Rainer Bressler, Jurist im Ruhestand und Schriftsteller, geboren 1945, ist Schweizer und lebt in Zürich. In den Jahren 1980 bis 1993 profilierte er sich als Hörspielautor, dessen Hörspiele von Radio DRS produziert und ausgestrahlt wurden.

Bisherige Veröffentlichungen:

7 Hörspiele (Tom Garner und Jamie Lester, Morgenkonzert, Folgen Sie mir, Madame, Aufruhr in Zürich, Nächst der Sonne, Geliebter / Geliebte, Gaukler der Nacht, Beinahe-Minuten-Krimi), produziert und ausgestrahlt in den Jahren 1979 bis 1993

Geliebter / Geliebte. 8 Hörspiele, Karpos Verlag, Loznica 2008

Privatzeug 1856 bis 2012. Versuch einer Spurensuche, 5 Bände (Spur 1 Reisen, Spur 2 Spielen, Spur 3 Schreiben, Spur 4 Dichten, Spur 5 Weben), BoD Norderstedt 2012 bis 2016

Pink Champagne. Satirischer Roman, BoD 2020

Schattenkämpfe. Biografischer Roman, BoD 2020

Kraut & Rüben. Kurzgeschichten, BoD 2020

Reise-Impressionen. Erzählungen, BoD 2020

Fenstersturz. Krimi-Satire, BoD 2020

Texturen

Krimi-Satire

Rainer Bressler

Lektorat und Korrektorat: Rainer Bressler
Umschlagbild / Illustrationen: Rainer Bressler
www.rainerbressler.ch

Die Handlung sowie die Personen sind frei erfunden.
Ähnlichkeiten mit Tatsächlichem sind nicht beabsichtigt.

Herstellung und Verlag: BoD – Books on Demand,
Norderstedt

ISBN: 978-3-7519-9649-5

Bibliografische Information der Deutschen
Nationalbibliothek:
Die Deutsche Nationalbibliothek verzeichnet diese
Publikation in der Deutschen Nationalbibliografie;
detaillierte bibliografische Daten sind im Internet über
http://dnb.dnb.de abrufbar.

‚Texturen. Krimi-Satire' wurde erstmals in ‚Privatzeug 1856 bis 2012. Versuch einer Spurensuche. Spur 5 Weben', BoD 2016, unter dem Pseudonym Relsserb Reniar veröffentlicht.

Erster Teil

Aussergewöhnliches an einem gewöhnlichen Sonntag

Transköl, Republik, besteht aus einem Landesgebiet
von 553'678 qkm mit (1957) 39,72 Mill. Einw.;
Hauptstadt: Langwardia, 804 500 Einw.
Landesnatur. ...
Wirtschaft, Verkehr. T. hat ein ausgeglichenes
Verhältnis von Landwirtschaft und Industrie, vor
allem Dienstleistungsindustrie ....
Staat. Gemäss Verfassung vom 3. Dezember 1945
wird der Staatspräsiden in Volkswahl ...

> *Der neuste Flockheim, Allbuch in fünf Bänden*
> *und in einem Atlas, dritte, völlig neubearbeitete*
> *Auflage, F. X. Flockheim, Krautenbusch, 2033*

Sonntag, 21. Mai 1972, zehn Uhr zehn

Ein Körper liegt unter einem Busch im Gebüsch hinter Abfallcontainern auf der blossen Erde. Ein weiblicher Körper in Rückenlage. Hübsche Frau. In Jeans und T-Shirt gekleidet. Einen funkelnden, grossen Ring am Zeigefinger ihrer linken Hand. Aus dem Mund rinnt ein feiner Faden Blut zur Erde. Über der linken Brust ist ein schwarz-violetter Fleck, ein hässliches Geschwür. Hier scheint die Kugel in den Körper getreten zu sein. In den Körper der Eliane Kuhn Zwigart, verheiratet, Mutter zweier Kinder, wohnhaft im angebauten Einfamilienhaus Nummer 18 der Wohnsiedlung Altendorf 17 bis 58, zu der die Abfallcontainer gehören. Eine Blaumeise tiriliert vom höchsten Ast des Busches.

Eine unordentlich in durchsichtigen Plastik gehüllte Waffe liegt neben dem Körper. Auf einem grossen Stein unter einem anderen Busch sitzt eine Katze und jault erbärmlich. Ein struppiger, kleiner Schnauzer hüpft herum. Das Gebüsch raschelt. Die Blaumeise fliegt auf.

Rautigunde Blaschkus horcht auf. Aus dem Gebüsch hinter den Abfallcontainern kommen ungewohnte Geräusche. Sie pflügt die Äste eines Busches hinter den Abfallcontainern beiseite und bahnt sich einen Weg. Im Schlepptau ihren Ehemann, Heribold Blaschkus. Sie ist gespannt, was es hier zu entdecken gibt. Die Mietze der Tallungs hockt auf einem Stein und lamentiert. Nachbars Lumpi rennt hin und her. Und – Rautigunde Blaschkus stockt der Atem – Elvira Kuhn Zwigart als Leiche!

Das Ehepaar Blaschkus bewohnt das angebaute Einfamilienhaus Nummer 39 der Wohnsiedlung Altendorf 17 bis 58.

Rautigunde Blaschkus ist eine fröhliche 65-Jährige. Präsidentin des Tennisclubs Finkenweiler. Vorstandsmitglied der Sektion Finkenweiler der Grünen Partei Transköls. Präsidentin der Stiftung „Mutter und Kind", die in Langwardia 28 Krippen betreibt. Vorstandsmitglied der Hochschule für Gestaltung Langwardia. Präsidentin des Lesezirkels Klotzenfleck. Zweite Klarinettistin im akademischen Orchester Langwardia. Vorstandsmitglied des Theaters in der Zehntenscheune.

Rautigunde Blaschkus schreibt leidenschaftlich Leserbriefe an Zeitungs- und Zeitschriftenredaktionen. In den Kreisen, die die Rubrik „Leserbriefe" nicht überblättern, sind ihre Briefe Kult. Die „Neue Langwardia Zeitung" (NLZ), der „Langwardia Anzeiger" (Langi), die „Transkölanische Illustrierte Zeitung" (TIZ), das Wochenblatt (WOB) und alle Blätter und Blättchen des Landes, sogar ALTER KLEISTER, die Boulevard-Zeitschrift Transköls, die Leute, die etwas auf sich halten, angeblich nicht lesen, drucken regelmässig Leserbriefe von Rautigunde Blaschkus ab. Sie formt ihr Leserbriefeschreiberinnen-Selbst zur empörten Bürgerin, die angeblich Skandale aufdeckt, die für die Redaktorinnen und Redaktoren tabu sind. Sie schreibt lustig und locker über einen wunderbaren Aufenthalt im Hotel Splendido in Wurstenheim am Schönlingsee. Das Hotel war in der letzten Ausgabe von ALTER KLEISTER in der Rubrik „Reisen" vorgestellt worden. Nebenher erwähnt sie, dass am Nebentisch der Familienminister gespeist habe. In Gesellschaft einer hübschen, jungen, blonden Dame. Die, falls Rautigunde Blaschkus sich nicht täuscht, Parlamentarierin der Alternativen Liste ist. Jedes Kind in Transköl weiss, dass der Familienminister den Liberalen Christen angehört, mit einer schwarzhaarigen, plumpen Frau verheiratet ist und sich bei jeder medialen Gelegenheit als Familienmensch mit Frau und drei hübschen Kinderchen inszeniert. Für den Redaktor des Ressorts ‚Ständige Rubriken, inklusive Leserbriefe', Bobby Renner, der einem scheinheiligen Liberalen Christen gerne eins auswischt, ist dieser Leserbrief der Rautigunde Blaschkus ein gefundenes Fressen. Er platziert diese Leserbrief-Delikatesse gut sichtbar an prominenter Stelle in ALTER KLEISTER. Im Nu weiss Transköl, dass der Familienminister eine Affäre hat. Der Leserbrief in ALTER KLEISTER löst eine Lawine von redaktionellen Artikeln in der NLZ, im Langi, in der TIZ, im WOB und allen Blättern und Blättchen, von Dementis, Behauptungen, Erklärungen, Berichtigungen und Lügen aus, über die der Familienminister zu guter Letzt stolpert. Zum Schluss will ausser Bobby Renner, Rautigunde und Heribold Blaschkus niemand mehr wissen, dass am Anfang der Umwälzung ein hübscher Leserbrief in ausgerechnet ALTER KLEISTER gestanden hatte.

Beim Verfolgen der Dynamik, die sie ausgelöst hat, lacht Rautigunde Blaschkus sich ins Fäustchen. Sie fühlt sich fröhlich wie Rumpelstilzchen. Sie ahnt nichts von der Prominenz, die sie inzwischen hat. Seiner Exzellenz, dem Minister- und Staatspräsidenten von Transköl, in Personalunion, Amadeus Paravanz, war der Familienminister schon immer ein Dorn im Auge gewesen. Er hatte ihn feuern wollen. Die First Lady von Transköl, Kunigunde Paravanz-Altenmeyer, und der Staatssekretär des Präsidenten, Prof. Dr. Dr. h.c. Dr. h.c. Lubi Trettner, hatten ihr Veto eingelegt. Damit bringe man die Liberalen Christen gegen sich auf. Dann las Amadeus Paravanz den Leserbrief von Rautigunde Blaschkus in ALTER KLEISTER. Er verfolgte amüsiert das Theater, bis der Familienminister seine Demission einreichte, die er, offiziell selbstverständlich mit grösstem Bedauern, entgegennahm. Nun wollte er diese Rautigunde Blaschkus persönlich kennenlernen. Immerhin war ihr Ehemann, Heribold Blaschkus, Präsident des Distriktsverwaltungsgerichts Langwardia gewesen. Das Ehepaar konnte man ohne weiteres bei einem Gala-Nachtessen auf die Gästeliste setzen. Er gibt seiner Protokollchefin, Dr. Marie-Thérèse Haschmich, entsprechende Anweisung. Doch damit stösst er in ein Wespennest. Prof. Dr. Dr. h.c. Dr. h.c. Lubi Trettner, Kunigunde Paravanz-Altenmeyer und seine gesamte Entourage empören sich ob diesem Ansinnen. Amadeus Paravanz muss sich diesen Spass wohl oder übel verkneifen.

Hätte Rautigunde Blaschkus eine Einladung in den Präsidentenpalast tatsächlich erhalten, hätte sie empört darauf reagiert. Der Paravanz-Altenmeyer-Clan ist ihr zuwider. Den Mächtigen misstraut sie aus tiefster Seele.

Im Freundes- und Bekanntenkreis stösst Rautigunde Blaschkus an Grenzen. Dass sie Leserbriefe sogar an ALTER KLEISTER schreibt und im Ernst behauptet, die WOB und ALTER KLEISTER seien heute die einzig ernstzunehmenden Medien, wird, wenn überhaupt zur Kenntnis genommen, in ‚unseren Kreisen' als peinlich empfunden und verdrängt. Niemand will hören, weshalb Rautigunde Blaschkus so denkt, wie sie denkt. Angängig ist es, in gewählten Worten über Paravanz & Co. zu lästern. Doch selber etwas zu bewegen und sich gegen die Macht zu stellen, gilt als gewöhnlich. Wenn Rautigunde Blaschkus richtig in Fahrt kommt und vorschlägt, das Denkmal Paravanz in die Luft zu jagen, hören die meisten weg. Nur eine Stimme fragt, „damit der Beton uns um die Ohren fliegt?!"

„Meine Schatzi-Bohne meint nicht das Denkmal, das demnächst auf dem Platz der grossen Freiheit enthüllt wird, doch den Herrn, dem mit dem Denkmal gehuldigt werden soll", präzisiert Heribold Blaschkus.

„Ihm den Thron unter seinem Arsch wegsprengen, damit die idiotische Wahl-Farce auch gleich erledigt ist", übersetzt Rautigunde Blaschkus ihre Worte.

Die Runde, ausser Rautigunde Blaschkus und ihr Mann Heribold Blaschkus, ist entsetzt dass ihre ‚Freundin' es wagt, das Wort Arsch nicht bloss zu denken, aber in den

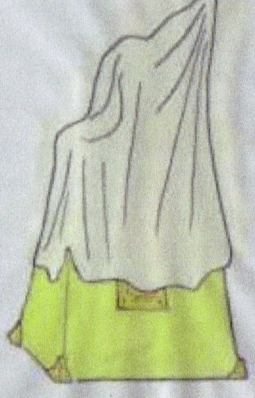

Mund zu nehmen. Später nimmt Alfonso von Knallfrosch, Botschafter Transköls in Molwanien, dem Land des schadhaften Lächelns, auf Heimaturlaub, Heribold Blaschkus diskret bei Seite und äussert flüsternd seine Vermutung, dass die beste Rautigunde entweder übergeschnappt oder anarchistisch geworden sei, was aufs gleiche rauskomme, weil für beide Phänomene eine Versenkung in der Klapsmühle das probate Mittel sei.

Rautigunde Blaschkus ist sich Kummer gewohnt. Sie lässt sich nicht beirren. Ihr Ziel ist, nicht bloss zu schimpfen, doch zu handeln. Paravanz muss weg. Kopf ab! Transköl darf nicht zu einer Bananenrepublik verkommen, wo Korruption und Nepotismus blühen. Die Tatsache, dass sie den Familienminister, diese verlogene und scheinheilige Tüte besiegt hat, gibt ihr genügend Zuversicht. Will man etwas erreichen, erreicht man es. Doch benötigt man den richtigen Dreh. Ohne den richtigen Dreh geht es nicht. Die Zeit eilt. Wie schafft sie es, in die Wahl-Farce einzugreifen und die Leute zum Staunen zu bringen?

Früher hatten Rautigunde Blaschkus und Heribold Blaschkus am Morgen darum gestritten, wer als erster oder erste die Zeitungen lesen darf.

„Meine liebste Schatzi-Bohne, ich verstehe nicht, weshalb du unbedingt die NTZ, und erst noch vor mir, lesen möchtest, wo du an dem, was sie schreiben, keinen guten Faden lässt!"

„Heriboldchen, ich schwöre, in drei Sekunden bekommst du deine Zeitung."

„Zerrupft und zerlesen …"

Rautigunde Blaschkuss will wissen, was die Mächtigen verbreiten. Geschwätz zwar, doch lässt gerade das Geschwätz triftige Rückschlüsse zu. Sie weiss, wovon sie redet. Sie beobachtet den Medienzirkus zu lange schon. Weiss, dass bloss Unabhängigkeit eine eigene Meinung erlaubt. Dass kaum jemand, der das Sagen hat, unabhängig ist. Sie empfindet Ekel vor dem Geschwätz, das sie aus allen Richtungen überflutet. Dennoch lässt ihre Neugierde nicht zu, dass sie die Medien links liegen lässt.

Durch Bobby Renners Mahawwah-Geschichte war sie auf ALTER KLEISTER gekommen. Sehr zum Entsetzen von Heribold Blaschkus und ihren Freundinnen und Freunden. In Bobby Renner erkannte sie den Freigeist mit Visionen, der in sich todernst nehmenden, seriösen Blättern nicht die geringsten Chancen hat und daher sich im belächelten Boulevard einnisten muss. Als die Mahawwah-Geschichten eine andere Wendung nahmen, seicht und ordinär wurden, nahm sie zwar zur Kenntnis, dass offiziell noch immer Bobby Renner der Autor war, ahnte aber, dass er ausgetrickst worden war. Ihre Ahnung bestätigte sich. Bobby Renner war in das Ressort ,Ständige Rubriken, inklusive Leserbriefe' verbannt worden. Bald jedoch erkannte sie seine Handschrift und seinen zynischen Geist in seiner Kolumne ,Julia Hinterdemmond klatscht & tratscht über Promis' wieder. Eine Freundin, die mit dem Chefredaktor von ALTER KLEISTER, Dickie Tann, befreundet ist, klatschte, dass Bobby Renner längst gefeuert worden wäre, wenn nicht die Ehefrau des Besitzers von ALTER KLEISTER, Elvira Müller Napf, die von Tuten und Blasen keine Ahnung habe und sich in die Redaktionsarbeit über alle Massen einmische, ihn decke. Als Rautigunde Blaschkus dies vernimmt, ist ihr Elvira Müller Napf auf Anhieb sympathisch.

An diesem Sonntagmorgen, den 21. Mai 1972, um zehn Uhr zehn beim Durchstreifen des Gebüschs hinter den Abfallcontainern der Wohnsiedlung Altendorf 17 bis 58 stockt Rautigunde Blaschkus beim Anblick der Leiche von Eliane Zwigart Kuhn der Atem und sie erstarrt. Heribold Blaschkus realisiert den plötzlichen Stillstand seiner Ehefrau zu spät. Stösst gegen sie auf. Stolpert beinahe. Entdeckt als zweiter die Leiche. Ihm entfährt ein dumpfes, halb gemurmeltes „verreckt!". Rautigunde Blaschkus murmelt spontan.

„So ein Jammer. Sie wäre die ideale Kandidatin als Staatspräsidentin."

„Meine liebste Schatzi-Bohne, so funktioniert Politik nicht!"

„Auch Joel Zwigart ist nicht ohne!"

„Erstens müssen wir die Polizei benachrichtigen. Zweitens musst du endlich aufwachen aus deinen Träumen. Und drittens, wenn du solche Gedanken offen aussprichst, halten die Leute dich zurecht für verrückt. Und viertens, es könnte immerhin sein, dass Joel Elvira erschossen hat. Schau mich nicht so an, es kommt vor, dass Männer ihre Ehefrauen umbringen."

Die Blaumeise sitzt nun auf einem mittleren Ast einer Birke hinter dem Gebüsch. Sie tiriliert weiter. Herbei fliegt ein Rotkehlchen.

Yet this turn from belief to aesthetics, from
engagement to spectatorship, is held to be one of the
virtues of capitalist realism.
Mark Fisher, Capitalist Realism: Is There no
Alternative? Zero Books 2008 , E-Book Seite 4

Sonntag, 21. Mai 1972, zehn Uhr neunundzwanzig

Polizeiwachmeister Sepp Pfund und Polizeisoldat Harry Kilmer sind im Quartier Finkenweiler auf Autopatrouille. Sie fangen am Funk um zehn Uhr neunundzwanzig die Nachricht der Zentrale auf, dass der Fund einer weiblichen Leiche im Gebüsch hinter den Abfallcontainern der Wohnsiedlung Altendorf 17 bis 58 gemeldet worden sei. Die Tote sei Eliane Kuhn Zwigart. Der zu benachrichtigende Ehemann heisse Joel Zwigart, wohnhaft Altendorf 18.

Sepp Pfund hat ein Problem. Nicht die Leiche. Doch sein Teamkollege Harry Kilmer. Sepp Pfund hirnt darüber nach, wie sage ich es meinem Kinde? Er ahnt, dass Harry Kilmer den Vorschlag, den er machen wird, empört ablehnt. Sepp Pfund weiss, eine Leiche kann warten. Seine Lust aber auf Kaffee und Mandelgipfel ist unaufschiebbar. Der BMW kommt eben zum Stillstand in einer Parklücke des Ochsen-Parkplatzes. Sepp Pfund ahnt, gleich wird Harry Kilmer sagen, schade, doch die Pflicht ruft, wir müssen weiter!

Harry Kilmer ist glücklich, dass endlich etwas geschieht. Seine erste Leiche. Und erst noch mit Sepp Pfund zusammen. Alle seine Kollegen sind sich einig, Sepp Pfund ist der beste Polizist weit und breit. Er ist einer der Wenigen, der sich bei der Arbeit etwas denkt. Alle sagen, Sepp Pfund könnte Karriere machen, wenn er nur wollte. Bürojob, ruhige Kugel schieben. Doch er will nicht. Er will Polizist sein. An der Basis. Harry Kilmer will werden wie Sepp Pfund. Er trägt seine Uniform mit Stolz.

„Schade. Doch die Pflicht ruft. Wir müssen weiter!"

Sepp Pfund schielt Harry Kilmer von der Seite her an. Er denkt, dieser Idiot ist noch stolz darauf, dass er eine so idiotische Uniform tragen darf. Dabei sieht die Uniform nicht mehr wie eine Uniform aus. Eher wie das lockere Tenue von Wandervögeln. In diesem modischen Zeugs schauen sie aus wie Models aus einem schwulen Uniformen-Fetischisten-Heft. Vor allem Harry Kilmer mit seinem Waschbrettbauch, seinem breiten Rücken und dem dicken Arsch. Dabei glaubt Harry Kilmer ihm, Sepp Pfund, jeden Mist. Sepp Pfund braucht nur zu sagen, mit todernster Stimme, doch im Scherz, der Trutschmer, der Kommandant der Stadtpolizei Langwardia, ist ein Agent von Bin Laden und der Al-Kaida. Sepp Pfund wettet, Harry Kilmer macht grosse Augen und sagt, leckt's mir. Wir müssen Anzeige gegen ihn erstatten. Der Spass Sepp Pfunds hört da auf, wo Harry Kilmer mangelnde Lebenserfahrung mit dem Auswendigwissen des Dienstreglements wettmacht. Das Dienstreglement ist Harry Kilmers Bibel. Er ist schrecklich gläubig.

Sepp Pfund und Harry Kilmer sind zum ersten Mal gemeinsam in Finkenweiler auf Patrouille. Sepp Pfund hatte Harry Kilmer soeben noch darüber aufgeklärt, dass in Finkenweiler Polizeipräsenz überflüssig ist. Die Finkenweiler und Finkenweilerinnen sind ausnahmslos nett und angepasst. Sie dulden keine Unnetten und Unangepassten. Der gewiegte Polizist, der etwas erfahren will, muss – entgegen der klaren Vorschrift des Dienstreglements – seine Patrouille unterbrechen und im „Ochsen" einkehren, weil der Wirt vom Ochsen immer das Neueste aus Finkenweiler weiss. Sepp Pfund hatte befürchtet, dass Harry Kilmer wie die Freiheitsstatue in New York die Fackel sein Dienstreglement in die Höhe halten und auf stur schalten wird. Selbst ein harmloser Kaffee und ein Mandelgipfel, spendiert vom Wirt, überfordern einen eifrigen Jungspund. Sepp Pfunds Befürchtungen waren voreilig gewesen. Harry Kilmer hatte Sepp Pfunds Argumentation eingeleuchtet. Weshalb kann diese verflixte Leiche nicht später kommen?! Scheisse, denkt, Sepp Pfund. Da kommt ihm eine Glanzidee.

„Ich muss dringend scheissen. Es macht keine Falle, wenn wir am Tatort auftauchen und ich zuerst jemanden bitten muss, eine Toilette in der Nachbarschaft benutzen zu dürfen. Ich kann nicht wie ein Idiot von einem Fuss auf den andern treten und das Arschloch zuklemmen! Komm mit und frag den Wirt nebenher, ob er diese Siedlung Altendorf."

„Gemäss Dienstreglement § - ."

„Hör mal Kleiner, das Scheissen kann mir niemand verbieten, nicht mal das Dienstreglement. Und hier, mitten auf einer Strasse in Finkenweiler, ausgerechnet in Finkenweiler, kann ich nicht scheissen, oder? Was würden die Leute da sagen. Vielleicht weiss der Wirt, wo genau der Abfallcontainer der Siedlung Altendorf steht."

Auf dem Platz vor dem Ochsen haben die Linken einen Stand. Sepp Pfund seufzt, ach, der Wahlkampf, jetzt fängt das wieder an.

„Mich nimmt wunder, wen sie aufstellen um die Wiederwahl vom alten Paravanz zu verhindern", sagt Sepp Pfund zu Harry Kilmer und bleibt einen Moment stehen. „Du glaubst es nicht. Die Linken stellen keinen Gegenkandidaten auf, boykottieren die Wahl, aus Protest gegen die liberale Politik von Paravanz! So unterstützen sie indirekt Paravanz! Dieser Ruprecht Villanius hat sowieso keine Chance. Die Linken müssten klar ihre Finger aus dem Arsch nehmen."

Sepp Pfund und Harry Kilmer kehren im Ochsen ein. Sepp Pfund geht pro forma aufs Klo. Sie trinken Kaffee und Sepp Pfund isst einen Mandelgipfel. Der Wirt weiss, im Altendorf wohnen die Mehrbesseren. Dass es dort einen Abfallcontainer geben soll und auch die Mehrbesseren Abfall produzieren, macht ihn lachen. Keine Ausländer im Altendorf. Als sie wieder in ihrem BMW sitzen und in Richtung Fundort der Leiche fahren, fasst Sepp Pfund Schritt für Schritt zusammen, was sie dort tun müssen. Harry Kilmer bestätigt jeden Schritt mit dem dazugehörigen Paragrafen aus dem Dienstreglement.

„Dann verhaften wird Zwigart."

„Gemäss Dienstreglement § -..."

„Ich weiss, ich weiss. Finkenweiler stinkt vor Bürgerlichkeit. Hier ist alles so scheissbürgerlich, dass nichts Schräges geschehen kann. Wenn die Frau mause ist, hat hier mit Bestimmtheit der Ehemann sie erschossen. Aus Eifersucht. Den grossen Bösen gibt es nicht. Der Teufel steckt in einem Detail."

„Tatsächlich?! Was du nicht alles weisst!"

Sepp Pfund verheimlicht Harry Kilmer, dass erfahrungsgemäss Tele Langi vor der Polizei an den Fundorten von Leichen ist. Er wird Harry Kilmer noch warnen müssen, dem Video-Jockey von Tele Langi scheissfreundlich zu begegnen, aber inhaltlich nichts zu sagen. Dazu ist die Polizeisprecherin da. Das sollte Harry Kilmer eigentlich wissen.

Sepp Pfund erinnert sich, dass gestern Abend zur besten Sendezeit die beiden Polizisten Dibi Plomm, dieser Aufschneider, und Kata Ströphi, dieses Arschloch der Nation, über die Bildschirme von Tele Langi flimmerten und von einem VJ von Tele Langi mit vor Sensationslüsternheit in Höchsttöne überschwappender Stimme gefragt wurden, ob sie die beiden Polizisten sind, die als erste an Ort und Stelle waren? Dabei war es bloss um den von Heller Sankt-Philipp als gestohlen gemeldeten, nun wieder gefundenen Lamborghini Countach gegangen. Dibi Plomm, dieser Aufschneider, und Kata Ströphi, dieses Arschloch der Nation, verschränken ihre Arme vor ihren Brüsten, stieren cool grinsend in die Kamera, schweigen vielversprechend, um dann zu sagen, kein Kommentar. Wenden sie sich an unsere Mediensprecherin.

Die beiden Blödlinge, Dibi Plomm, dieser Aufschneider, und Kata Ströphi, dieses Arschloch der Nation, sind nun die Promi-Polizisten des Augenblicks. Jeder Mensch in Transköl kennt die Beiden, weil sie zur besten Sendezeit auf Tele Langi waren. Jeder, der ihnen begegnet, wird sagen, sind sie nicht?! Dann bekommen sie bessere Tische in den Restaurants, Einlass in Clubs, brauchen die Rechnungen ihrer Konsumationen nicht zu bezahlen und so weiter und so weiter. Genau einen solchen, peinlichen Medienauftritt will Sepp Pfund bei seinen Ermittlungen unter allen Umständen vermeiden.

Sepp Pfund überlegt, dass der Diebstahl, beziehungsweise der Fund des schwarzen Lamborghini Countach von Heller Sankt-Philipp kein gewöhnlicher Vorfall ist. Erst recht ist es kein gewöhnlicher Vorfall, wenn im als gestohlen gemeldeten und in einem Kartoffelacker gefundenen Fahrzeug eine, wie man annimmt, Todesliste gefunden wird, auf der als mögliche Opfer neben Kunigunde Paravanz-Altenmeyer und Mahawwah weitere Personen der höchsten Kreise aufgeführt sind. Ein solches Ding erfordert schrecklich viel Papierkrieg, Einvernahmen, Protokolle. Dibi Plomm, dieser Aufschneider, und Kata Ströphi, dieses Arschloch der Nation, sind auf Wochen mit Schreibkram eingedeckt. Aufs Schreiben ist Sepp Pfund allergisch. Er wünscht sich einen Fall, der automatisch viel Papier produziert, tatsächlich aber nichts zu schreiben gibt. Ihm wegen des Wusts von Fremd-Papieren ohne eigenes Geschreibsel die Anerkennung seiner Vorgesetzten und den Respekt der Bevölkerung für seriöse Polizeiarbeit einbringt.

Inzwischen ist zehn Uhr siebenundvierzig. Sepp Pfund stutzt beim Denken des Namens Zwigart. Zwigart, Zwigart. Joel Zwigart. Dieser Name klingt ihm vertraut. Er glaubt sich vage zu erinnern, dass ein Staatsanwalt Zwigart heisst. Joel Zwigart. Ein Staatsanwalt bringt seine Frau nicht um, steht für Sepp Pfund fest. Damit ist der Fall nicht schon erledigt bevor er angefangen hat. Einvernahmen, Protokolle, Schreibkram – uach!

„Zwigart ist nicht der Mörder!"

„Wie kommst du darauf, Sepp?"

„Er ist Staatsanwalt."

„Richtig, ein Staatsanwalt tötet nicht. Er wäre wohl blöd zu töten, wo er als Staatsanwalt genau weiss, welches die Konsequenzen sind."

„Harry, jetzt heisst es, an die Säcke! Endlose Einvernahmen, Protokolle, kannst du endlich mal üben, wie der ganze Schreibkram läuft. Du schreibst. Ich gucke dir bloss von Zeit zu Zeit über deine Schulter."

„Au fein! Du bist so grosszügig. Mir das Wichtigste zu überlassen, wo ich doch neu bin."

Sepp Pfund und Harry Kilmer kurven mit ihrem BMW auf den Wendeplatz der Wohnsiedlung Altendorf 17 bis 58 ein. Ein Porsche steht genau da, wo Sepp Pfund den BMW abstellen möchte. Sepp Pfund hält seinen BMW neben dem Porsche an. Dabei schreckt er, mit Bedacht die Bremsen quietschen lassend, ein altes Paar auf, das abseits vom Geschehen auf dem Wendeplatz steht und den Menschenauflauf im und ums Gebüsch hinter den Abfallcontainern scharf beobachtet. Sepp Pfund erkennt den Mann als Blaschkus. Blaschkus, der ehemalige Präsident des Bezirksverwaltungsgerichts, hatte vor Jahren einen Vortrag in einer Weiterbildung für Polizisten gehalten. Harry Kilmer beobachtet, wie das alte Paar sich etwas entfernt.

„Die beiden Alten da. Verdächtig, verdächtig", stellt Harry Kilmer fest.

„Behalte sie im Auge. Befrage sie später. – Hurra, der rasende Reporter ist schon da! Bobby Renner von ALTER KLEISTER. Die Medien. Welche Lehre ist daraus zu ziehen? Ein Porsche, den sich einer aus der Privatwirtschaft locker leisten kann, ist klar schneller als die lahmen Enten von BMWs, die wir Polizisten haben. Zum Glück von Tele Langi noch keine Spur!"

Sepp Pfund hievt sich aus dem BMW. Er sieht den Mann im Trenchcoat und dem Schlapphut, umringt von Leuten, unmittelbar den Gebüsch und Abfallcontainern stehen. Einmal mehr halten die Leute Bobby Renner von ALTER KLEISTER für den Detektiv, Ermittler, Kommissar oder was auch immer. Die Leute sind dann schrecklich enttäuscht, wenn ganz gewöhnliche Polizisten auf der Bildfläche erscheinen und übernehmen.

Von den antiken Sophisten bis hin zu Slavoj Zizek fungiert das Übertreiben so als Methode, Menschen von der Bindung an bestimmte Denkfiguren zu befreien.

Wolfgang Ullrich, Alles nur Konsum. Kritik der warenästhetischen Erziehung, Wagenbach 2013, S. 179

Sonntag, 21. Mai 1972, zehn Uhr neunundzwanzig

Der rasende Reporter Bobby Renner von ALTER KLEISTER hört in der Redaktion aus Gewohnheit den Polizeifunk ab. Gleichzeitig mit Sepp Pfund und Harry Kilmer bekommt er den Fund der weiblichen Leiche im Altendorf mit. Ein Automatismus wird ausgelöst: nix wie los, in Trenchcoat rein, Schlapphut auf den Deckel, aus der Redaktion raus, in den Porsche rein, in Windeseile an den genannten Ort, um vor der Polizei dort einzutreffen. Unterwegs fragt Bobby Renner sich, weshalb er unterwegs ist. ‚Der rasende Reporter‘ ist sein längst vergilbtes Etikett. In den Ressorts ‚Ständige Rubriken, inklusive Leserbriefe‘ und ‚Kultur‘ ist er auf einem Abstellgeleise und überlebt bloss wegen der Protektion von Elvira Müller Napf, der Frau des Besitzers von ALTER KLEISTER. Er wird keinen Artikel über die Leiche schreiben. Egal, was ihr allererster Anblick hergibt. Ihn langweilen in aufgeregte Empörung getunkte Unglücksfälle und Verbrechen. Er lässt seinen linken Fuss auf dem Gaspedal. Und sei es bloss, um den sich todernst aufspielenden Polizisten eins auszuwischen.

Unterwegs fällt ihm ein, dass er sich bei Tamarinda Waschkler nicht abgemeldet hat. Sie schiebt als einzige mit ihm zusammen auf der Redaktion Sonntagsdienst. Andrerseits hat sie, falls Bobby Renner sich richtig erinnert, nicht aufgeschaut, als er wie vom Leibhaftigen getrieben aufgesprungen war und türknallend weggegangen ist.

Einmal rasender Reporter, immer rasender Reporter. Bobby Renner verweigert sich der Sex- & Crime-Geilheit des Chefredaktors Dickie Tann und seiner jungen technokratischen Crew. Verhält sich jedoch intuitiv so, dass Dickie Tann annehmen muss, das Fossil hat sich auf die neue Linie begeben, schleimt sich bei der Regierung ein und hat sich alle (Gift-) Zähne ziehen lassen. Bobby Renner ist unterwegs.

Aus Gewohnheit denkt Bobby Renner sogar über die Geschichte nach, die ihn am Ziel erwarten könnte. Bestimmt hat ein nicht einmal eifersüchtiger, aber auf seinen guten Ruf bedachter Ehemann, dem es egal war, als die Spatzen von den Dächern pfiffen, der Hausfreund sei öfter zuhause als der Ehemann, seine Frau abmurksen müssen, weil er sie dummerweise beim Fremdvögeln erwischt hat. Dickie Tann und seine junge technokratische Crew würden diesen Tatbestand zu einem Skandal aufbauschen, der die Bevölkerung für anderthalb oder vier Tage entsetzlich empört und zum Schluss der Regierung die Gelegenheit gibt, sich als elterliche Hüterin von Anstand und Ordnung zu inszenieren.

Der redaktionelle Inhalt der Nummer 21 vom 24. Mai 1972 steht fest, ist von Dickie Tann und seiner jungen technokratischen Crew abgesegnet. Er darf unter Androhung der Todesstrafe nicht abgeändert werden. Die Tatsache, dass zwei Redaktionsmitglieder, wie meist Tamarinda Waschkler und Bobby Renner, die für ‚Ständige Rubriken' und ‚Kultur in unserem Land' zuständig sind, dennoch Sonntagsdienst schieben müssen – Befehl von Dickie Tann – ist für die Katze und symptomatisch für die Absurdität des Systems auf der Redaktion von ALTER KLEISTER.

Um zehn Uhr zweiundvierzig kurvt Bobby Renner auf den Wendeplatz der Siedlung Altendorf. Wie Bobby Renner richtig vermutet hatte, ist weit und breit weder ein BMW der Polizei, noch ein VW Passat von Tele Langi zu sichten. Bei den Abfallcontainern und den Gebüschen dahinter ist ein kleiner Volksauflauf.

Das Röhren des Porschemotors, das Zuschlagen einer Autotüre, und schon schnellen die Blicke aller in Richtung Bobby Renners. Bobby Renner steigt aus den Tiefen seines Porsches auf. Die Menschen stehen stumm und reglos da, blicken hin zu Bobby Renner, harren der Dinge, die da kommen werden.

Ein altes Paar steht im Abseits am Rand des Wendeplatzes. Bobby Renner nickt ihnen zu. Sie nicken zurück. Bobby Renner hört die Frau dem Mann zuflüstern, „bloss der Detektiv, schau nicht hin!" Bobby Renner lächelt mild. Er ahnt nicht, dass er soeben einen Blickwechsel mit Rautigunde Blaschkus hatte, deren Leserbriefe ihn faszinieren.

Aus der Menge löst sich eine Frau. Sie setzt eine äusserst besorgte Miene auf. Sie nähert sich getragenen Schrittes würdevoll Bobby Renner. Mit dumpf schleifender Stimme presst sie die ersten Worte hervor.

„Schrecklich, nicht wahr? Die ärmste Eliane. Ich bin Albertine Huhn. Ich bin so erleichtert, dass sie endlich hier sind."

Albertine Huhn lässt ihre sorgenvolle Maske fallen. In munterem Plauderton fährt sie fort.

„Die Leute stehen unter Schock. Der Mann, der Ärmste, weiss womöglich noch nichts. Joel Zwigart. Ein so sympathischer, ein so lieber, ein so netter Mann. Wir brachten es nicht über uns, an seiner Haustüre zu klingeln und, Herr Kommissar, es ist schrecklich! Die Kinder, Lucy und Kevin. Elf und neun. Eine Bilderbuchfamilie. Beste Verhältnisse. Wer hat dieses Glück mutwillig zerstört, wer? Wir sind entsetzt. Wir werden alles tun, um den Ärmsten zu helfen."

Mit Kopfschütteln, Schulterzucken und Entsetzensmienen geben die Herumstehenden ihrer Empörung, Aufgewühlt- und Aufgeregtheit Ausdruck. Beinahe alle Frauen und sogar einige Männer haben Tränen in den Augen. Kinder und Kinderchen hüpfen aufgeregt herum, werden von Erwachsenen ermahnt, ruhig zu sein. Ein Kind stimmt ‚Das Wandern ist des Müllers Lust an'. Es wird sogleich zum Schweigen gebracht. Eine Frau schluchzt, „und erst noch beim Abfallcontainer!", und bricht in fassungsloses Heulen aus.

„Als ob der Mord an sich nicht schon genug wäre, murmelt eine andere Person."

„Ich habe", wendet Albertine Huhn sich vertraulich an Bobby Renner, „von meinem Balkon aus Leute im Gebüsch flüstern hören und gesehen, wie Frau Doktor Blaschkus und Herr Doktor Blaschkus aus dem Gebüsch in Richtung Wendeplatz und dann nach Hause gegangen sind. Jetzt stehen sie wieder beim Wendeplatz. Schauen sie nicht hin. Die Blaschkusens sind feine Leute, doch mischen sie sich nicht gerne unter die Leute. Nachdem ich also Blaschkusens im Gebüsch gesehen hatte, ging ich nachschauen, was im Gebüsch Besonderes ist. Schrecklich, nicht wahr! Damit konnte niemand rechnen!"

Ein noch junger Mann, hübsch, nähert sich zögernd aus einer der Passagen der Wohnsiedlung. Die Leute weichen zurück, bilden eine Gasse und senken in Betroffenheit ihre Blicke. Der junge Mann kommt auf Bobby Renner zu, streckt ihm seine beiden Hände, die Handflächen ausgestreckt aneinandergepresst, entgegen. Er bricht in Tränen aus und schreit auf, „ich bin Joel Zwigart, nehmen sie mich fest!"

Ein kleiner Junge hüpft um den Mann herum und staunt Bobby Renner an. Ein Mädchen steht daneben. Offensichtlich peinlich berührt. Tut so, als ob sie nicht dazu gehöre.

Autotüren werden zugeschlagen. Die Gesichter aller Anwesenden schnellen in Richtung Wendeplatz. Der BMW der Polizei ist auf dem Wendeplatz eingetroffen, steht hinter dem Porsche.

Im Näherkommen schneidet Sepp Pfund eine Grimasse und schüttelt seinen Kopf. Bobby Renner grinst, macht diskret mit seiner Rechten eine vertrauliche

Grussbewegung. Bobby Renner entfernt sich. Schaut sich um. Rautigunde Blaschkus ist nirgends mehr zu sehen. Bobby Renner steigt in seinen Porsche, fährt davon.

Sepp Pfund und Harry Kilmer sichern das Gelände, so gut es geht, um die Leiche herum ab, weisen die Umstehenden zurück. Aus der Menge ertönt eine empörte Stimme.

„Weshalb geht der Kommissar und ihr zwei Witzbolde bleibt hier? Nimmt der Kommissar uns überhaupt nicht ernst?! Er hat niemanden befragt oder einvernommen. Was ist das für ein Kommissar?!"

„Das war Bobby Renner von ALTER KLEISTER", klärt Sepp Pfund die Menge auf.

Die empörte Stimme intoniert einen Schrei des Entsetzens.

„ALTER KLEISTER?!!! Hier bei uns?!!! Mit der Presse wollen wir nichts zu tun haben! wir sagen kein Wort", stellt die empörte Stimme fest.

„Tatsächlich? Er war Bobby Renner von ALTER KLEISTER gewesen? Schade, ich hätte gerne mit ihm geredet", säuselt Albertine Huhn. „Bloss, ich habe ja nicht gewusst, dass wir plötzlich Promis sind. Bin nicht beim Frisör gewesen. Es ist schlussendlich besser, dass er kein Bild von mir geschossen hat. Ich müsste mich mit meiner Frisur schämen. Hat er überhaupt ein Bild geschossen? Binden sie uns einen Bären auf und er war überhaupt nicht Bobby Renner?"

Kevin Zwigart hüpft um seinen ratlos herumstehenden Vater Joel Zwigart herum. Er skandiert mit schriller Pipsstimme, „Papi hat Mami umgebracht, Papi hat Mami umgebracht!"

Lucy Zwigart steht hinter Joel Zwigart, sieht in eine andere Richtung und tut, als ob die Sache sie nichts angeht. Unversehens schiesst Lucy Zwigart hervor, pflanzt sich vor Kevin Zwigart auf und kanzelt ihn wütend ab.

„Du bist so dumm und klein, komm! Jetzt sind wir Halbwaisen. Da benimmt man sich und tut nicht so kindisch."

Kevin Zwigarts Huronengebrüll verebbt. Er folgt seiner grossen Schwester, die bereits wieder Richtung Haus geht.

„Entschuldigen sie, ich muss mich um meine Kinder kümmern", presst Joel Zwigart hervor und geht hinter den Kindern her.

Jemand flüstert, der Ärmste steht wohl unter Schock. Habe sich des Mordes bezichtigt, den er, ein so netter Mann, nie und nimmer begangen habe. Für Joel lege man die Hand ins Feuer. Sepp Pfund und Harry Kilmer sichern die Leiche und den Fundort mit Plastikbändern, zitieren die Umstehenden auf den Wendeplatz, weg von der Leiche, befragen sie einzeln und machen Notizen.

Sonntag, 21. Mai 1972, elf Uhr fünfzehn

Die Türe der Redaktion von ALTER KLEISTER öffnet sich. Tamarinda Waschkler hebt automatisch ihren Blick in Richtung Eingang und schielt kurz hin. Sie sieht Bobby Renner still vergnügt lächelnd zu seinem Arbeitsplatz zurückpilgern.

Tamarinda Waschkler ist geladen. Sie explodiert beinahe. Sie weiss, wenn sie ihren Gefühlen freien Lauf lässt, wird sie ausfällig und verletzend. Sie könnte Bobby Renner den Hals umdrehen. Verderben mit ihm will sie es unter keinen Umständen. Sie hockt auf ihren Mund. Versucht ihre Wut runterzuschlucken. Das heisst, sie lackiert mit ausgesuchter Hingabe ihre Fingernägel violett.

Bobby Renner wirft im Vorbeigehen hin, „hahaha, ich habe brutal blutige Bilder geschossen und bastle einen sensationellen Skandal-Primeur-Knüller zusammen, der ganz Transköl über diesen bösen Menschen der Gegenwart, diesen Joel Zwigart, diesen hinterrücksen Mörder, der nichts Gescheiteres im Sinn hat, als seine hilflose Frau abzumurksen, empört; heirassa, die Post wird abgehen!"

Er wundert sich, dass Tamarinda Waschkler weder aufschaut, seine Worte kommentiert, noch eine Miene verzieht. Ihm schwant Schreckliches.

Er hatte sich letzte Woche hinter dem Rücken von Tamarinda Waschkler erlaubt, nach der Schlussredaktionssitzung heimlich in seine Kolumne ,Julia Hinterdemmond klatscht & tratscht über Promis' Beiträge reinzuschmuggeln, die bei Dickie Tann und seiner jungen technokratischen Crew nie durchgegangen wären. Weil diese Schiss haben, sich mit den Mächtigen anzulegen. Bestimmt ist Tamarinda Waschkler ihm während seiner kurzen Abwesenheit auf die Schliche gekommen. Tamarinda Waschkler ist, seit Dickie Tann und seine junge technokratische Crew ihn in ,Ständige Rubriken, inklusive Leserbriefe' und ,Kultur' verbannt haben, seine einzige Vertraute in der Redaktion. Neben Elvira Müller Napf, der Gattin des Mannes, dem die Conturn AG und damit ALTER KLEISTER gehört. Elvira Müller Napf hält zu ihm und ihr hat er es zu verdanken, dass er und Tamarinda Waschkler noch nicht wegrationalisiert, sprich, gefeuert wurden.

Bobby Renner setzt sich an seinen Schreibtisch und schlürft mit viel Wasser verdünnten J&B aus seinem Flachmann. Seine Tagesration ist ein Flachmann pro Tag. Mehr gesteht er sich nicht zu. Darin ist er stur. Er muss darauf achten, nicht aus dem ihn unversehens überziehenden unguten Gefühl heraus, zu grosse Schlucke zu trinken und den Rest des Tages, der erst zur Hälfte vorüber ist, auf dem Trockenen zu sitzen. Es wäre, überlegt er, einfach, Tamarinda Waschkler auf sein Husarenstück anzusprechen. Doch falls Tamarinda Waschkler bloss ihre Tage hat und sich deshalb seltsam benimmt, möchte er nicht vorprellen. Er möchte sie nicht beunruhigen.

Elvira Müller Napf hat Bobby Renner vor gut zehn Tagen im Vertrauen gestanden, dass die Familie Napf die ConturnAG verkaufen werde. An eine Firma Schröter in Lauchringen. Dass die Auflagezahlen von ALTER KLEISTER in den letzten Jahren, seit Dickie Tann und seine junge technokratische Crew das Ruder übernommen haben, im Keller sind, ist ein offenes Geheimnis. Dass die Napfs finanziell ihre Schäfchen im Trockenen haben und blöd wären, ihren Laden nicht zu verhökern, solange überhaupt noch ein Käufer Interesse zeigt, ist Bobby Renner klar. Der Verkauf der ConturnAG an eine ominöse Firma Schröter in Lauchringen lässt bei Bobby Renner Alarmlichter aufblinken. Die Stunden von Tamarinda Waschkler und Bobby Renner bei ALTER KLEISTER sind gezählt. Davon ist Bobby Renner überzeugt. Ihm ist arg, dass Tamarinda Waschkler ihre Stelle bald verlieren wird und noch nichts davon ahnt. Falls sie herausgefunden haben sollte, was er sich geleistet hat, müsste er seine Tat damit begründen, Narrenfreiheit zu haben, weil ihr gemütlicher Alltag so oder so vor die Hunde geht.

Tamarinda Waschkler streicht inzwischen die dritte Schicht violetten Lacks auf ihre Fingernägel. Sie versucht krampfhaft sich einzureden, dass Bobby Renner ihr nicht mehr bedeutet als die übrigen Kolleginnen und Kollegen der Redaktion. Obwohl sie im ersten Augenblick laut herausgeprustet hatte vor Lachen, als sie die unverschämte Tat Bobby Renners entdeckt hatte, war sie gleich wieder zur Vernunft gekommen und hatte mit aller Klarheit voller Schrecken gewusst, wenn es auffliegt – und es ist bloss eine Frage von Stunden oder Tagen, bis es auffliegt –, wird er fristlos gefeuert. Und sie mit ihm. Sie darf diese Stelle nicht verlieren. Sie ist auf diese Stelle angewiesen. In ihrem Alter.

Tamarinda Waschkler war verheiratet gewesen. Mit Norman Waschkler.

Norman Waschkler ist ein Muskelpaket, das sich neben seinem Beruf dem Radrennsport verschrieben hat. Für die Windschlüpfrigkeit beim Rennradfahren enthaart er, ausser dem Haupt, seinen Körper. Tamarinda Waschkler findet den blanken weissen Körper von Norman Waschkler aufreizend. Sie ist Vollzeitmutter und Hausfrau, will aber, sobald Ruti und Bolko aus dem Gröbsten raus sind, wieder eine Arbeit suchen. Seit der Geburt von Bolko ist im Bett tote Hose. Für Tamarinda Waschkler ist klar, dass die Einnahme von Anabolika dazu geführt hat, dass Norman Waschkler der Bock auf Sex vergangen ist. Sie kann damit, das heisst, ohne Sex, leben. Dann erwischt sie Norman Waschkler mit Maipu de Piranha da Costa im Bett. Was sie sieht, macht ihr klar, dass von Impotenz bei Norman Waschkler keine Rede sein kann. Norman Waschkler heult, Maipu de Piranha da Costa sei seine grosse Liebe. Tamarinda Waschkler ist von diesem jämmerlichen Theater angewidert. Bevor sie Norman Waschkler rausschmeisst, hat er sich mit eingezogenem Schwanz bereits verdrückt und ist mit seiner grossen Liebe nach Brasilien abgehauen. Bolko fragt, wo ist Brasilien. Ruti schreit Bolko an, zum Glück weit, weit weg!

Der Kampf um Alimente ist Tamarinda Waschkler zu blöd. Sie sucht sich eine Arbeit. Leonie Tratschke, eine Freundin von Tamarinda Waschkler, hebt in der Bodega bei einem Gläschen Rioja und herrlichen Tapas zu einer kurzen Rede an.

„Rinda, jetzt hör gut zu. Ich habe den Traummann für dich gefunden. Verdreh nicht gleich die Augen. Selbstverständlich geht es nicht um den Mann. Es geht um den Job. Das weiss ich ja auch. Doch, jetzt lass mich erst mal ausreden. Kennst du Bobby Renner? Kennst du nicht! Also, Bobby Renner – dass du ihn tatsächlich nicht kennst?! Bobby Renner ist der Erfinder der Mahawwah-Geschichte. Wer Mahawwah nicht kennt, hat vom Leben nichts verstanden. Du kennst Mahawwah nicht???!!! Auf welchem Planeten lebst du? Also, Bobby Renner sucht eine Sachbearbeiterin. Und wenn der Mann, der eine Sachbearbeiterin sucht, erst noch ein echter Honeypie und ledig ist, also, ehrlich, Rinda, dann gehört schon eine gute Portion Dummheit dazu, den Vorschlag schnöde zurückzuweisen."

Tamarinda Waschkler und Bobby Renner verstehen sich auf Anhieb. Sie hat null Bock mehr auf Männer. Sie will nichts anderes als einen gut bezahlten Job. Bobby Renner ist hin von Tamarinda Waschklers Direktheit. Er gibt zu bedenken, dass selbst dieser Traumjob zu 97,5 Prozent aus Routine besteht und die Bezahlung nicht berauschend ist. Die Bezahlung ist höher, als Tamarinda Waschkler es sich in ihren wildesten Träumen ausgemalt hatte. Sie ist im siebenten Himmel.

„Falls meine Freundin mich richtig informiert hat, fahren sie einen Porsche. Haben sie geerbt?"

„Leonie, ach, diese Leonie! Also, der Porsche ist aus zweiter Hand. Kein besonderes Modell. Nun gut, ja, man verdient schon genügend, um sich so etwas leisten zu können, wenn man sich sonst etwas einschränkt."

Die Tatsache, dass Bobby Renner sich gleich zu Beginn als guter Kumpel erweist und weder anzügliche Bemerkungen macht, noch sie ins Bett zu kriegen versucht, beeindruckt Tamarinda Waschkler so sehr, dass sie explodiert, als Leonie Tratschke sie nach drei Monaten fragt, „nu, hast du ihn ins Bett gekriegt, wie ist er im Bett?"

Leonie Tratschke erschrickt ob der heftigen Reaktion Tamarinda Waschklers. Letztere fasst sich rasch, lächelt wieder souverän und bestellt den nächsten Daiquiri.
„Rinda, Rinda, ich vermute, dich hat es erwischt. Du bist total verknallt in ihn!"

Selbstverständlich schüttelt Tamarinda Waschkler lachend ihren Kopf. Ein Mann sei das Letzte, was sie brauche. Dann wechselt sie das Thema. Sie befürchtet, dass Leonie Tratschke herumtratschen wird, sie, Tamarinda Waschkler, habe ein Verhältnis mit, rat mal mir wem, mit BOBBY RENNER!

Die Arbeit auf der Redaktion, die Betreuung der Ressorts ‚Ständige Rubriken, inklusive Leserbriefe" und „Kultur' ist spannend. Bobby Renner ist ihr direkter Vorgesetzter und der Star der Redaktion. Seine Mahawwah-Geschichten sind Knüller. ALTER KLEISTER floriert. Wegen der Mahawwah-Geschichten. Sergej Napf, der Chefredaktor und Besitzer von ALTER KLEISTER, schätzt ihre Arbeit und ist grosszügig. Zu Beginn ihrer Arbeit auf der Redaktion hatte Tamarinda Waschkler gestaunt, wie Nachrichten, Berichte, Homestories, Sensationen und Katastrophen generiert werden. Inzwischen hat sie sich daran gewöhnt.

Bobby Renner erweist sich als harter Brocken. Prima Kumpel, mit dem sie lachen und Pferde stehlen kann. Doch unnahbar. Als sie es einmal mit geschickter Tücke schafft, dass er sie zu sich nach Hause mitnimmt, bleibt er trotz einiger Gläser J&B Whisky anständig. Sie ergreift die

Initiative, setzt sich ihm auf den Schoss, schaut ihm in die Augen und haucht, ich liebe dich. Anstatt sie zu küssen, hebt er zu einem philosophischen Exkurs über die Liebe an. Sie setzt sich wieder auf den Stuhl daneben. Ein ander Mal, wieder in seiner Wohnung, es ist Winter, reisst er kurz nach Elf das Fenster sperrangelweit auf. Sie sieht erst jetzt den herrlichen Sternenhimmel. Sie tritt von hinten an ihn ran, legt ihren Arm um seine Schultern, schmiegt ihren Kopf an seinen rechten Oberarm und seufzt, dieser Sternenhimmel, so romantisch! Er wendet sich brüsk um, grinsend, und gähnt. „Nix Sternenhimmel. Bevor ich schlafen gehe, wird die Wohnung gelüftet!"

Er hatte klar nicht geplant, das Bett mir ihr zu teilen.

Sie versucht ihr Glück bei Dickie Tann, der zwar jünger ist als sie und die Ressorts ‚Aktuelles' und ‚Sport' betreut. Er ist schrecklich eingebildet und überhaupt nicht ihr Fall. Als es Tamarinda Waschkler doch noch gelingt, Bobby Renner in ihr Bett zu lotsen, verbringen sie eine vergnügliche Nacht, in der sie wenig schlafen. Bobby Renner bleibt danach höflich und unverbindlich wie zuvor. Inzwischen liebt sie ihn wie einen jüngeren Bruder, für den sie sich irgendwie verantwortlich fühlt und über den sie immer wieder ihren Kopf schüttelt.

Bobby Renner ist der Gipfel der Durchschnittlichkeit. Seine Zufriedenheit mit seiner Durchschnittlichkeit gibt ihm das gewisse Etwas. Er hätschelt seinen Porsche 365 und freut sich wie ein Kind, wenn Leute sich mit ihm über diese Autolegende freuen. Tamarinda Waschkler kann ihn irgendwann zu einem Burbury

Trenchcoat und einem Schlapphut überreden, die seine alte Leica wunderbar ergänzen. Er grinst. Ob es für einen Journalisten nicht eine Anmassung sei, wie ein Detektiv auszusehen. Tamarinda Waschkler fragt, ob ihm das Rollenspiel keinen Spass mache? Bobby Renner grinst verlegen.

Tamarinda Waschkler ist zufrieden mit ihrem Leben. Ruti und Bolko schimpfen wie die Rohrspatzen über ihr Spiessertum.

„Nimm Tante Marleni", hatte Ruti Waschkler neulich wutentbrannt gesagt. „Sie hat es zu was gebracht, hat sich den reichen Oppel gekrallt und Schuscha und Trulli haben zu ihrem achtzehnten Geburtstag je einen coolen schwarzen BMW bekommen, während wir – ."

„Bleiben wir bei den Tatsachen, Tante Marleni ist in der Klapsmühle. Mit ihr möchte ich nicht tauschen."

„Doch bloss weil der eklige Oppel sie in den Suff getrieben hat! Sobald er abkratzt, sie ihn beerbt und vom Gin loskommt, ist sie eine gemachte Frau und Schuscha und Trulli haben nicht ständig Zoff wegen des Taschengeldes!"

Tamarinda Waschkler ist genügend realistisch, um zu wissen, dass Zurechtweisungen und Belehrungen nichts fruchten. Ruti und Bolko hängen, meist in Gesellschaft von Schuscha und Trulli, bei ihr in der Wohnung herum und malen in grellsten Farben aus, um wie viel besser es überall sonst ist als hier, zu Hause, in dieser spiessigen Wohnung der spiessigen Tamarinda Waschkler. Tamarinda Waschkler kocht Spaghetti, über die sich alle mit Heisshunger hermachen. Tamarinda Waschkler fühlt sich als Glückspilz.

Plötzlich bebt die Erde.

Es beginnt damit, dass Bobby Renner das Ende seiner Mahawwah-Geschichten ankündigt. Und zwar ab sofort. Sergej Napf und das Redaktionsteam, inklusive Tamarinda Waschkler, erklären ihm, das kannst du nicht machen.

„Ich beobachte die Situation seit mindestens drei Jahren. Zuerst die üblichen Schwankungen der Auflagezahlen, dann das stetige Sinken und seit einem Jahr – . Sergej, bitte, widersprich mir nicht. Seit einem Jahr sind unsere Auflagezahlen im Keller. Ich bin nicht bereit, mir das Blut aus den Fingern zu saugen und damit zu floppen. Mahawwah ist gestorben. Schluss, fertig. Es gibt sie nicht mehr!"

„Ein Mensch verschwindet nicht einfach so von der Bildfläche", mault Tamarinda Waschkler herum. „Die Leute haben ein Anrecht darauf, zu wissen, was Mahawwah macht. Bewege deinen Hintern!"

Alle fluchen, werfen ihm vor, ein Verräter zu sein.

„Nix Verrat! Die Zahlen sprechen eine deutliche Sprache. Ich habe meinen Teil zum Erfolg von ALTER KLEISTER beigetragen. Jetzt ist etwas Neues gefragt. Dickie, lass dir etwas einfallen, auf das die Leute springen!"

Dann stirbt Sergej Napf. Balz Fidel Napf ist sein Erbe, will sich aber selbst nicht um die Redaktion von ALTER KLEISTER kümmern. Dafür nimmt seine Ehefrau, Elvira Müller Napf Einsitz in die Redaktion. Balz Fidel Napf veranlasst ein Qualitätsmanagement durch den ultimativen Unternehmensberater Oskar Schönundgut. Als Folge davon ernennt Balz Fidel Napf Dickie Tann zum neuen Chefredaktor und stellt ihm zur Linken eine junge technokratische Crew. Dickie Tann verbannt Bobby Renner vom Ressort ‚Gesellschaft und Events' in die Ressorts ‚Ständige Rubriken, inklusive Leserbriefe' und ‚Kultur'. Von nun an müssen Tamarinda Waschkler und Bobby Renner sich in die Arbeit teilen. Tamarinda Waschkler ist empört, wie mit Bobby Renner umgesprungen wird.

„Ach, ist alles egal. Dickie hätte mich am liebsten gefeuert. Zum Glück hat Elvira den Narren an mir gefressen und darauf bestanden, dass mir nicht gekündigt wird. Mehr Sorge bereitet mir, dass Dickie Tann und seine Leute weiter Mahawwah-Geschichten schreiben. Und das unter meinem Namen. Für mich ist die Mahawwah-Geschichte vorbei, weil Mahawwah nicht mehr mitmacht. Sie hat genug vom Rummel, ist untergetaucht."

„Du, das stimmt nicht. In der neusten Ausgabe waren gerade wieder neuste Bilder von Mahawwah …"

Das war vor Jahren gewesen. Tamarinda Waschkler hat sich inzwischen daran gewöhnt, dass nichts zu Ende besprochen wird. Alles irgendwie als offene Frage in der Hektik des Betriebes hängen bleibt. Zumindest haben sie und Bobby Renner sich unter der schützenden Hand von Elvira Müller Napf mit Dickie Tann und seiner jungen technokratischen Crew eingerichtet. Dickie Tann lässt sie beide in Ruhe.

Für Bobby Renners Ankündigung, er werde in den ständigen Rubriken eine neue Kolumne beginnen, ‚Julia Hinterdemmond klatscht & tratscht über Promis', hatte sie nur ein müdes Lächeln übrig. Sie hasst Klatsch und Tratsch. Sie versteht nicht, dass auf Bobby Renners Mist eine trendig ordinäre Idee wächst. Konsequent ignoriert sie Bobby Renners neue Kolumne.

Heimlich freut sie sich, als Bobby Renner einen Rüffel von Dickie Tann einfängt.

Unter Bobby Renners wachsamem Auge als Verantwortlicher für die Veröffentlichung von Leserbriefen war auf Seite 58 war in der Ausgabe Nr. 14 von ALTER KLEISTER vom 2. April 1969 ein Leserbrief einer gewissen Rautigunde Blaschkus durchgegangen. Im Leserbrief wurde der Familienminister diffamiert. Die Veröffentlichung dieses Leserbriefs hatte zur Folge, dass ein mächtiger Sturm durch den Blätterwald sauste und dessen Folge der Familienminister seinen Hut hatte nehmen müssen. Nachdem es wieder ruhig geworden war und niemand sich mehr daran erinnern wollte, dass der Sturm mit einem in ALTER KLEISTER veröffentlichten Leserbrief begonnen hatte, flatterte dem Chefredaktor von ALTER KLEISTER ein Schreiben von Prof. Dr. Dr. h.c. Dr. h.c. Lubi Trettner, Staatssekretär, auf den Schreibtisch. Prof. Dr. Dr. h.c. Dr. h.c. Lubi Trettner meldete die Empörung des Präsidenten über die Veröffentlichung dieses Leserbriefes. Bezeichnete solches Handeln als subversiv und übermittelte der Redaktion von ALTER KLEISTER die neuste Anordnung des Präsidenten. Der Zeitschrift ALTER KLEISTER ist es künftig untersagt, in Bild und/oder Wort über seine Exzellenz den Präsidenten und dessen Familie zu berichten. Für Zuwiderhandlungen droht als Strafe das Verbot der Zeitschrift. Dickie Tann schäumt vor Wut. Dieses Schreiben wie eine Fakel in die Höhe reckend stürmt er ins Büro von Bobby Renner und lässt seine Wut an diesem aus. Er kündigt an, von nun an werde die Arbeit von Bobby Renner minutiös kontrolliert und benötige vor der Veröffentlichung die Einwilligung von ihm, Dickie Tann, dem Chefredaktor, oder seines Stellvertreters.

Das harte Regime währt genau eine Woche. Jeder Buchstabe, den Bobby Renner und Tamarinda Waschkler schreiben, wird überprüft. Dann stinkt es dem Chefredaktor und seinem Stellvertreter und Bobby Renner und Tamarinda Waschkler können weiterwursteln wie bisher.

Am Sonntag, 21. Mai 1972, nachdem Bobby Renner wortlos aus dem Büro abgehauen war, blätterte Tamarinda Waschkler aus Langeweile die neuste Ausgabe von ALTER KLEISTER vom 17. Mai 1972 durch und stutzt beim Anblick der Doppelseite 56/57 und der Kolumne ‚Julia Hinterdemmond klatscht & tratscht über Promis'. Spontan prustet sie los vor Lachen. Um sich vor Schrecken dann zu verschlucken und von einem schmerzhaften Hustenanfall geschüttelt zu werden. Dieser Vollidiot von Bobby Renner veröffentlicht doch tatsächlich in seiner Kolumne ‚Julia Hinterdemmond klatscht & tratscht über Promis' ein Foto der First Lady, sage und schreibe in Gesellschaft von Mahawwah. Tamarinda Waschkler weiss, dies ist der Tropfen, der das Fass zum Überlaufen bringt. Nicht einmal die gute Elvira Müller Napf kann sie beide diesmal retten. Sie und Bobby Renner sind ihre Stellen los. Dann stutzt Tamarinda Waschkler noch einmal. Diese Ausgabe von ALTER KLEISTER ist seit vier Tagen auf dem Markt. Noch nichts ist geschehn. Ihr wird heiss und kalt.

Tamarinda Waschkler betrachtet an diesem Sonntag, 21. Mai 1972 um elf Uhr siebzehn die aufgetragene dritte Schicht violetten Lacks auf ihre Fingernägel. Sie überlegt, dass selbst ein Wutausbruch an ihrer Lage nichts mehr ändert. Irgendwie wird sie es schaffen und schon nicht ertrinken.

„Ich könnte in der Zeitung über einen Mord berichten. DER MÖRDER HEISST JOEL ZWIGART die Schlagzeile. Könnte, sollte, müsste! Doch die Verhältnisse, gestatten sie's?"

„Joel Zwigart? Joel Zwigart", fragt Tamarinda Waschkler und schaut auf.

Sie erinnert sich düster an eine Sylvestereinladung bei Freunden, an diesen hübschen Mann namens Joel Zwigart, an die Fotos von der Einladung, die ihr danach von der Gastgeberin zugesandt worden waren und die sie mit ins Büro genommen und in eine Schublade ihres Schreibtisches gelegt hatte.

„Hier hast du ihn."

„Stimmt", sagt Bobby Renner. „Der böse Mann! So hübsch. Ich liebe Menschen, die man bewundern kann. Das macht Mut. Lieber als diese Mörder und Profiteure, die ihre Firmen zu Höchstpreisen an irgendwelche Investoren verkaufen."

„Wie kommst du darauf?"

„Ist mir so rausgerutscht. Könnte immerhin sein, dass unsere lieben Napfs ihren Betrieb verhökern?"

„Wie bitte?! Die Napfs??!! Nie und nimmer!!! Versuche nicht, mir Angst einzujagen. Pack ein mit deinen Geschichten!"

Erster Exkurs

Die wahre Geschichte der Verlegerfamilie Napf

Es war einmal im besten aller Länder ein junger Mann. Das Land ist Transköl. Der junge Mann ist Balthasar Napf.

Balthasar Napf wurde 1841 als Kind einfacher Eltern geboren. Er bringt es zu etwas und ist ein aufgeklärter, junger Schulmeister. Er ärgert sich grün und blau über die willkürlich Herrschenden, die die Menschen für dumm verkaufen. Er gründet ein Erbauungs- und Unterhaltungsblatt für die Familie mit dem Namen IDYLLISCHE FAMILIE. ILLUSTRIERTE BLÄTTER. Sein Ziel ist die unbeschönigte Schilderung des Alltags gewöhnlicher Menschen. Keine verklärten Bilder, wie die Herrschenden sie gerne propagieren. Seine illustrierten Blätter sind erfolgreich und machen Balthasar Napf zum reichen Mann.

Balthasar Napf frisst den Herrschenden zu wenig aus den Händen, küsst zu wenig Hände, leckt zu wenig Ärsche. Selbst die Obrigkeit bemerkt, dass die Zensur ein schlechtes Mittel ist, um Wirrköpfe zum Verschwinden zu bringen. Je mehr die IDYLLISCHE FAMILIE zensuriert wird, desto mehr Aufmerksamkeit hat sie. Selbst ein Verbot vermag nicht heimliche Drucke zu unterbinden. Balthasar Napf wird unzählige Male vor Gericht geschleppt und mit Prozessen zugedröhnt. Für den Herrscher ist er ein Querulant. Diese Qualifizierung macht ihn im Volk populärer als jeder Verdienstorden.

Joseph Napf, der Sohn von Balthasar Napf, ist ein studierter Mann. Er lauert auf den Zeitpunkt, wo sein Vater das Zeitliche segnet und er den Betrieb nach neusten Ideen umkrempeln kann. Doch der Alte lebt und lebt, herrscht alleine und lässt seinen Sohn nicht zur Entfaltung kommen.

Balthasar Napf misstraut Joseph Napf. Er befürchtet, dass sein Sohn, zusammen mit leitenden Angestellten des Verlags, ihm nach dem Leben trachtet. Er trägt in seiner Aktentasche ein Fleischermesser mit sich herum. Als Joseph Napf seinem Vater Balthasar Napf einmal etwas nahe tritt, greift letzterer nach seiner Aktentasche, öffnet sie und zückt das Fleischermesser. Joseph Napf trifft auf der Stelle der Schlag. Balthasar Napf ist erleichtert. Nun legt Balthasar Napf sich ruhig auf sein Totenbett, versammelt seine Familie um das Bett, segnet alle, bestimmt seinen Enkel Joseph Balthasar Napf zu seinem Nachfolger und schliesst anno 1938 im methusalemischen Alter von 97 Jahren seine Augen für immer.

Joseph Balthasar Napf hat mit seinen 31 Jahren Einiges hinter sich. Er war überzeugter Kommunist gewesen, bis er sich vom Gegenteil hatte überzeugen lassen und überzeugter Antikommunist wurde. Er hält Politik für eine heikle Angelegenheit, von der er sich seine Geschäfte partout nicht verderben lassen will. Er setzt daher voll und ganz auf die Durchschlagskraft ästhetischer Bilder von Technik, Architektur, Sport, Rennwagen, Uniformen und im Rahmen von Kraft und Freude turnenden, blonden Mädels. Die Zeitschrift benennt er in ILLUSTRIERTE WOCHENBLÄTTER um. Nach dem zweiten Weltkrieg wird Joseph Balthasar Napf gedrängt zu erklären, weshalb er in kritischen Zeiten vor allem in Deutschland überaus erfolgreich gewesen war. Er lässt sich weitschweifig darüber aus, dass seine Unterhaltungszeitschrift die Leserschaft von der Politik ablenken sollte und er unter dem Deckmantel der Anpassung durchaus mutige und dem diktatorischen Regime Deutschlands feindlich gesinnte Gedanken verbreitet habe, die die Zensur des Diktators in ihrer Beschränktheit schlicht nicht erkannt hätte. Joseph Balthasar Napf wird zum Inbegriff des geistigen Widerstandes, zum Ehren- und Festredner aller bloss denkbaren Kongregationen und zum doctor honoris causa aller Universitäten, die etwas auf sich halten. Er weiss, was er der Gesellschaft, die ihn zu dem gemacht hat, was er ist, schuldet und geizt nirgends mit seiner Präsenz, ausser in der Redaktion der ILLUSTRIERTEN WOCHENBLÄTTER. Mitten in einer Rede über den geistigen Widerstand gegen die Diktatur im Nachbarland in düsteren Zeiten, einer Rede, die von Radio Transköl übertragen wird, bricht Joseph Balthasar Napf 1962 tot zusammen.

Joseph Balthasar Napfs Sohn Sergei Napf, benannt nach Eisenstein, hatte als Teenager, sehr zum Entsetzen seiner Familie, eine junge Dame aus bestem Haus geschwängert. Zur Heirat ist wegen des jugendlichen Alters der Eheleute eine Ausnahmebewilligung notwendig. Die Schwiegereltern sorgen für eine standesgemässe Wohnsituation der jungen Leute. Sergei Napf studiert

Ökonomie und ist überzeugt, dass eine Zeitschrift, die ehemals erfolgreich gewesen war, nach wie vor Potenzial hat. Als scharfer Analyst erkennt er, dass das ehemalige Erfolgsrezept seines Vaters nach wie vor erfolgversprechend sein kann, sofern die richtigen Anpassungen vorgenommen werden. Sein Vater verweigert sich stur den neuen Ideen seines Filius. Der Filius vergnügt sich anderweitig und wartet vergnügt ab, bis seine Zeit kommt.

Sergei Napf vergnügt sich mit einer seiner Geliebten im Spielcasino von Monte Carlo. Zu seinem Ärger flirtet ein junger Schnösel mit seiner Geliebten. Sergej Napf ärgert sich so sehr, dass er den jungen Schnösel auf der Stelle stellt. Der junge Schnösel stellt sich als Dickie Tann vor und lässt gelangweilt fallen, ich bitte sie, Herr Napf, mit einer Frau zu flirten, wenn sie alleine ist, ist keine Kunst. Wenn jedoch ihr Sponsor neben ihr sitzt – das ist der richtige Kick! Sergej Napf ist fasziniert von Dickie Tann. Er schaut diesen mit herablassender Bewunderung an. Ein Diener drängt Sergej Napf ein Telegramm auf. Sergej Napf ist irritiert durch die Störung. Reisst das Telegramm auf. „Vater tot".
„Junger Mann, ich bin der Besitzer der ILLUSTRIERTEN WOCHENBLÄTTER. Ich stelle sie ein als Redaktor!"

Dickie Tann klärt Sergej Napf mit nasal leiser Stimme auf, dass die ILLUSTRIERTEN WOCHENBLÄTTER im Volksmund schon längst „alter Kleister" heissen und dieses Angebot der beste Witz sei, den er je gehört habe. Weil Dickie Tann die Vorstellung amüsiert, mit einem Volontariat in der Redaktion ausgerechnet der ILLUSTRIERTEN WOCHENBLÄTTER seine noble Familie zu ärgern. Über seine Überlegungen tauscht er sich offen mit Sergej Napf aus.

Sergej Napf ist hin von der Unverschämtheit des jungen Schnösels. Dickie Tanns Familie unternimmt nicht den geringsten Versuch, wegen Dickie Tanns Anstellung bei den ILLUSTRIERTEN WOCHENBLÄTTER aus der Fassung zu geraten. Sie erklärt ihn zum schwarzen Schaf der Familie und enterbt ihn. Dickie Tann reagiert auf die Enterbung mit einer Magenkolik und bleibt aus finanzieller Not in der Redaktion der ILLUSTRIERTEN WOCHENBLÄTTER hängen.

Sergei Napf besteht darauf, dass aus der ILLUSTRIERTEN WOCHENBLÄTTER das das ästhetisch Verbrämte verschwindet. Er will Fussball, Technik und Nacktheit, ohne Kulissen von antiken Ruinen und dergleichen. Er benennt die ILLUSTRIERTEN WOCHENBLÄTTER in DAS NEUSTE. WOCHENMAGAZIN um.

Den Knüller landet kurz darauf Redaktor Bobby Renner mit seiner Mahawwah-Geschichte und der Anregung, DAS NEUSTE. WOCHENMAGAZIN in ALTER KLEISTER umzubenennen. Der neue Name und die Sensations-geschichte, die wie eine Bombe einschlagen und die Menschen in Transköl bewegt, katapultieren den Verlag der Napfs aus dem Tief in ein allerhöchstes Hoch. Bobby Renner hat auf der Redaktion das Sagen. Sergej Napf vertraut Bobby Renner und mischt sich nicht ein. Dank immenser Gewinne und geschicktem Finanzmanagement kann Sergei Napf verschiedene Zeitungen, Zeitschriften, Radio- und Fernsehsender aufkaufen und vereint ALTER KLEISTER und alle Neuerwerbungen in der ConturnAG. Alle sind überglücklich. Bloss Dickie Tann hasst seinen erfolgreichen Kollegen.

Sergej Napf ruht sich auf seinen Lorbeeren aus und katapultiert sich mit einem Selbstunfall in seinem Iso Grifo 1968 in den Tod. Er hatte wohl geahnt, sich bei längerem Leben über kurz oder lang zwischen privaten Schulden und eifersüchtiger Ehefrau langsam aber sicher aufzureiben, ohne je allen Völkern seine Signale hörbar gemacht zu haben.

Balz Fidel Napf ist erst Zwanzig, doch ein aufgewecktes Bürschchen, das, getrieben von seiner laut heulenden Mutter und der finanziellen Notwendigkeit sich der neuen Verantwortung als Haupt der Familie und Chef der ConturnAG, inklusive ALTER KLEISTER, stellt. Er hat soeben seine Studien an der wirtschaftswissenschaftlichen Fakultät der Uni Langwardia begonnen und fühlt sich mächtig gut, bereits Unternehmer zu sein. Das notwendige Vokabular kennt er bald auswändig. Rote Zahlen schrecken ihn nicht. Er lernt an einem Manager-Symposium den Unternehmensberater Oskar Schönundgut kennen. Er schwebt in anderen Sphären, träumt davon, Unternehmer des Jahres zu werden. Auf der Amadeus Paravanz-Allee stolpert er über eine Person. Er herrscht diese Person an, was ihr einfalle, sich ihm in den Weg zu stellen.

„Dumme Kuh, hast keine Augen im Kopf!?"

Die Person, die er unwirsch anherrscht, ist Elvira Müller.

Elvira Müller hatte sich als junges Mädchen bei Xander Müller und dessen Ehefrau als Magd verdingt. Sie hatte Schreckliches erlebt, fühlte sich als Nichts und war heilsfroh, irgendwo unterzukommen. Xander Müller war ein übellauniger, griesgrämiger Mann gewesen. Das arme

Mädchen stellte er als „Totsch", als dummes Ding, hin. Um gegen ihre Dummheit anzukommen, zwang er sie, neben der Arbeit als Magd das Gymnasium zu besuchen und zu studieren. Sie studierte Ethnologie. Sie pflegte die krebskranke Creszentia Müller-Müller bis in den Tod. Nach Creszentia Müller-Müllers Tod befahl Xander Müller dem armen Mädchen, ihn zu heiraten. Nach der Heirat begab das arme Mädchen sich zitternd wie ein Espenlaub im baumwollenen Nachthemd in die Schlafkammer von Xander Müller. Xander Müller lachte sie aus. Ob sie es im Ernst darauf abgesehen habe, ihn alten Trottel für Schweinekram zu entflammen. Ob ihr, dem dummen Ding, das nicht einmal durch ein Studium gescheiter geworden sei, nicht in den Schädel hinein wolle, dass er sie ausschliesslich zu dem Zweck geheiratet habe, sie finanziell abzusichern. Wenn sie so dumm bleibe, sehe er sehr schwarz für ihre Zukunft. Bald segnete Xander Müller das Zeitliche. Seither ist Elvira Müller eine reiche Witwe und unendlich traurig. Sie irrt durch die Strassen Langwardias und stellt sich ihre düstere Zukunft vor, wo sie zu dumm ist, ihr Leben in den Griff zu kriegen. Sie stösst auf der Amadeus Paravanz-Allee mit einem Unbekannten zusammen, schämt sich dafür, dass sie so schrecklich ungeschickt ist und immer alles falsch macht. Als der Unbekannte sie – zu Recht – anschreit, ist sie überglücklich und strahlt ihn an, den jungen Burschen.

Balz Fidel Napf stiert fassungslos in das strahlende Gesicht. Er kann sich das Lachen ob der absurden Situation nicht verkneifen, umarmt das verschüchterte Ding und flüstert ihr ins Ohr, dein Strahlen ist phänomenal. Er verliebt sich auf der Stelle in die schöne, junge Frau und schleppt sie in die Empire Bar ab. Bei Pink Champagne fragt er sie, von der er inzwischen weiss, dass sie Elvira heisst, was sie von seinem Plan halte, Oskar Schönundgut mit einem Qualitätsmanagement für seine Zeitschriftenredaktion zu beauftragen. Ob es nicht vermessen sei, dass er als junger Mensch diese Koryphäe angehe, ob er es wagen dürfe. Er spürt, dass Elvira, die eine reife Frau ist, gesunden Menschenverstand hat.

„Ach Balz Fidel, ich bin ein dummes Ding und kann dir nicht raten. Weshalb zögerst du, Oskar Schönundgut anzugehen. Mehr als nein sagen kann er nicht. Doch Qualitätsmanagement – du ich verstehe nichts davon –, glaube ich, ist absoluter Humbug."

Nach dieser ersten Begegnung weiss Balz Fidel Napf, die und keine andere. Er heiratet sie, obwohl sie fünfzehn Jahre älter ist als er. Elvira Müller Napf und Balz Fidel Napfs Mutter verstehen sich blendend. Sie tauschen sich über Nagellacks und ähnliches aus. Balz Fidel Napf ist mit der ConturnAG, insbesondere mit der Redaktion von ALTER KLEISTER recht gefordert. Er erteilt Oskar Schönundgut Auftrag für ein Qualitätsmanagement. Die laufende Expertise hält ihm Bobby Renner vom Leib, der ihm ultimativ ankündigt, Mahawwah werde sofort beerdigt, und ihm rät, ALTER KLEISTER wegen der Gefahr, Verluste einzufahren, einzustellen. ALTER KLEISTER sei für Leserinnen und Leser nicht mehr attraktiv. Eine Variante wäre, inhaltlich einen Schwenker zu machen und sich auf Politik zu konzentrieren.

„Mein lieber Bobby, ich finde es toll, obwohl du nicht mehr der Jüngste bist, dass du mitdenkst. Doch ich flehe dich an, wir belassen alles beim Alten, bevor nicht Oskar Schönundgut …"

Die Expertise von Oskar Schönundgut kommt zum Schluss, dass das ehemalige Erfolgsrezept – die Mahawwah-Geschichte – dümple, weil der ursprüngliche Macher ausgelaugt ist. Der Vater von Balz Fidel Napf, Sergej Napf, habe das Ruder zu sehr aus den Händen gegeben. Notwendig sei eine straffe Führung. Werde das Konzept von einer jungen technokratischen Crew neu aufgegleist, werde sich im Nu der Erfolg wieder einstellen. Bobby Renner sei das Ressort ‚Gesellschaft und Events' wegzunehmen. Er kenne drei junge Absolventen der besten Journalistenschule, die zuvor Wirtschaft studiert hätten, und die für das Ressort ‚Gesellschaft und Events' die beste Wahl seien, unter dem neuen Chefredaktor Dickie Tann.

Dickie Tann will sich Bobby Renners und Tamarinda Waschklers entledigen. Elvira Müller Napf hält schützend ihre Hände über deren Häupter. Sie sieht, wie es bergab geht mit ALTER KLEISTER und den Medien insgesamt. Sie entschliesst sich schweren Herzens zum Verkauf der ConturnAG und ist hellbegeistert, als sich sogar eine Käuferin finden lässt, die Firma Schröter in Lauchringen. Elvira Müller Napf kommt aus dem Staunen nicht mehr raus, als sie die Käuferschaft persönlich trifft. Und wenn sie nicht gestorben sind, so leben sie noch heute.

Zweiter Exkurs

Die wahre Geschichte der Firma Schröter in Lauchringen

Es war einmal im besten aller Länder eine alteingesessene Firma, die von einer ausländischen Holding gefressen wird. Das Land heisst Transköl, die alteingesessene Firma ConturnAG, die ausländische Holding Firma Schröter in Lauchringen.

Die Firma Schröter in Lauchringen ist die Holding des Firmenkonstrukts von Chris Graf Heimstätt und Mizzi Cluster.

Mizzi Cluster und Chris Graf Heimstätt verbindet Kurzsichtigkeit und die Lust, sich in Finanzdingen azyklisch zu verhalten. Sie stolperten sich gegenseitig 1968 in der Halle des Negresco über die Füsse. Keines der Beiden konnte erkennen, wo es hintrat, weil keines seine Brille trug. Mizzi Cluster aus Eitelkeit. Chris Graf Heimstätt aus Nachlässigkeit.

Mizzi Cluster wird verfolgt von einem der Diener eines arabischen Prinzen, der den Auftrag von seinem Boss gefasst hatte, diese blonde sexy Lady für alles Geld der Welt in sein Bett zu holen. Chris Graf Heimstätt wird vom Chefbuchhalter des Negresco verfolgt, der mit einer unbezahlten Hotelrechnung in seinen Händen herumrudert. Der Diener des arabischen Prinzen und der Chefbuchhalter sehen das Unheil kommen. Können es nicht verhindern.

Mizzi Cluster und Chris Graf Heimstätt prallen aufeinander. Fallen hin. Liegen sich am Boden in der Hotelhalle des Negresco in den Armen.

Chris Graf Heimstätt fühlt weiche Rundungen auf sich liegen, sieht in wunderschöne Augen und murmelt erfreut, was hältst du von einer Heirat? Mizzi Cluster liegt kuschelig weich auf Chris Graf Heimstätts Körper. Räkelt sich sanft. Flötet, zu heiraten ist immer mein Traum gewesen.

Mizzi Cluster bezahlt die offene Hotelrechnung Chris Graf Heimstätts. Der Diener des arabischen Prinzen wirft mit Geldscheinen, Diamanten und goldenen Luxus-Armband-Uhren um sich. Der Chefbuchhalter bittet den Diener des arabischen Prinzen diskret, das Nein der Lady zu respektieren und aufzuhören, mit Preziosen um sich zu schmeissen. Andernfalls müsse er ihn aus der Hotelhalle des Negresco weisen.

Chris Graf Heimstätt war in USA geboren. Graf ist, amerikanischem Brauch folgend, sein zweiter Vorname, der Mädchenname seiner Grossmutter. Als er ein Junge gewesen war, rief seine Familie ihn, um ihn zu necken, Graf und benutzte diesen Namen, als ob er ein Titel sei. Jean Graf Heimstätt fand es kindisch, doch letztlich war es ihm egal. Er ärgerte sich zwar über den ewig wiederkehrenden Spruch seines Vaters, du bist der aristokratische Sohn proletarischer

Eltern, doch selbst das war ihm im Grunde egal. Wenn er sich ärgerte ging er zu seiner Grossmutter.

Edith Heimstätt-Graf, Chris Graf Heimstätts Grossmutter, war in Purzelheim, einer Kleinstadt mit etwas Industrie und vielen Briefkästen im Landesinnern Transköls als einzige Tochter eines Konditors aufgewachsen. Bereits als Kind hatte sie in der Konditorei ihres Vaters mitgeholfen, zuerst im Laden, dann in der Buchhaltung. Dann hatte der junge Herr Pfarrer, der den Kirchenchor dirigierte und dessen Frau sich gerade von der Geburt des Stammhalters erholte, mit ihr nicht bloss das Vaterunser gebetet. Das war 1919 gewesen. Edith Heimstätt-Graf wusste zuerst nicht, was geschehen war, informierte sich in Büchern und lernte, dass sie schwanger war. Der junge Herr Pfarrer stand zu seiner Sünde, erkannte das Weib als die Verführerin und gelobte Gott, zur Strafe zeit seines Lebens keine Frau mehr zu berühren. In späteren Jahren geriet er in Schwierigkeiten, weil er einen Konfirmanden im Konfirmandenlager im Einzelunterricht lehrte, wie ein Junge sein Pfeifchen halten müsse, um den Pissstrahl nicht an unliebsame Orte zu lenken.

Edith Heimstätt-Graf dachte 1919 scharf darüber nach, welcher Junge aus Purzelheim zum Heiraten und Abwenden der Familienschande in Frage komme. Sie entschied sich für den Jungen des Gärtnereimeisters Heimstätt, Walter Heimstätt. Dieser war hocherfreut über ihre Wahl. Sowohl Grafs als auch Heimstätts hatten ihre helle Freude daran, wie sehr es Edith Heimstätt-Graf eilte, unter die Haube zu kommen. Edith Heimstätt-Graf erklärte ihrem Vater, in USA würden neue Konditoreitechniken angewandt. Es wäre ihr grösster Wunsch, diese gleich nach der Hochzeit zu studieren. Anstatt eine Hochzeitsreise zu unternehmen, verbrachten die jungen Heimstätt-Grafs einen Studienaufenthalt in USA, wo Edith Heimstätt-Graf dann, wie sie nach Hause schrieb, eine Frühgeburt erlitt. Das Kindchen sei gesund und munter. Ein Junge.

Ein paar Jahre später erlitt Edith Heimstätt-Grafs Vater einen Gehirnschlag. Edith Heimstätt-Graf eilte als treue Tochter ans Krankenbett ihres Vaters. Sie gelobte dem bewusstlosen Mann, sein Geschäft nicht im Stich zu lassen. Ihre Mutter atmete auf und die Brüder waren so baff, dass sie keinen Einspruch erhoben. Walter Heimstätt-Graf half in der väterlichen Gärtnerei mit. Edith Heimstätt-Graf führte die Konditorei mit strenger Hand. Sie übernahm die Konditorei, fand ihre Mutter gut ab und zahlte die Brüder aus. Als gläubige Christin erschrak sie ob des Gewinns, den die Konditorei abwirft. Gleichzeitig konnte sie die Preisempfehlungen des Berufsverbandes nicht ignorieren. Um nichts in der Welt wollte sie sich ihren Kollegen und Kolleginnen gegenüber unsolidarisch erweisen, bloss um den Gewinn der Konditorei zu reduzieren. Der Bankverwalter riet ihr, das Geld nicht brach liegen zu lassen. Edith Heimstätt-Graf findet Aktien unmoralisch.

„Kaufen sie Häuser!"

„Damit alle Leute wissen, sie kauft sich Häuser?! Wie stehe ich dann da, als reiche Frau?! Wir sind immer anständige Leute gewesen!"

Der Bankverwalter überredet Edith Heimstätt-Graf mit Geschick, sich Häuser, Renditeobjekte in Langwardia zu kaufen. Niemand dort kümmere sich darum, wem was und wieviel gehöre. Edith Heimstätt-Graf vertraut ihrem Bankverwalter. Sie führt ihre Konditorei ruhig und mit fester

Hand. Sie bedient im Verkaufsladen die werte Kundschaft. Sie freut sich über Komplimente für die ausgezeichnete Ware und den sauberen Betrieb. Sie wacht darüber, dass die Kasse stimmt und die Konditoren, Verkäuferinnen und Servierfräuleins im Tea Room nicht zu lange Kaffee- und Zigarettenpausen machen. Auf ihrem Konto ist immer genügend Geld, um sogar, Jahre, Jahrzehnte später, die horrenden und unbezahlten Rechnungen ihres Enkels, Jean Graf Heimstätt, locker zu begleichen.

Edith Heimstätt-Graf ist überzeugt vom Prinzip der Nächstenliebe. Wenn sie ihren Enkel bloss genügend liebe, werde schon etwas Rechtes aus ihm werden. Doch Chris Graf Heimstätt wächst heran und wird, in ihren Augen, zunehmend seltsam. Vor allem erlernt er keinen anständigen Beruf. Er studiert endlos an der Universität Langwardia. Philosophie. Wie er behauptet. Er unternimmt häufig Bildungsreisen. Auf diesen Bildungsreisen schiesst er jeweils hübsche Fotos. Sein Geldverbrauch ist so hoch, dass sie sich schämt. Ihr will nicht in den Kopf, wie ein einziger Mensch so viel Geld ausgeben kann. Sie spricht ihn auf seinen Geldverbrauch an.

„Omi, was gibt es Wichtigeres, als über das Dasein nachzudenken und spielerisch sich auszumalen, wie das verkommene politische und wirtschaftliche System auszuhebeln ist. Ich philosophiere - .“

„Und wer soll das bezahlen - ?“

„Omi, du bist doch der liebste Omi-Goldschatz und - .“

Edith Heimstätt-Graf ist hin- und hergerissen. Einerseits fehlt ihr das Verständnis dafür, dass ein Mensch seine Zeit mit unnützen Dingen verplempert. Andrerseits ist ihr Enkel gescheit, raucht nicht, trinkt nicht und er hat keine Frauengeschichten.

Edith Heimstätt-Grafs Freundin Trude Hostwar erzählt ihr begeistert von ihren Urenkeln. Mit hämischem Unterton, den Edith Heimstätt-Graf deutlich heraushört, fragt sie, heiratet dein Enkel nie?

Edith Heimstätt-Graf bespricht sich mit dem Herrn Pfarrer. Dieser legt seine Stirne in Falten. Er bröselt hervor, dass vorwiegend junge Leute aus den sogenannt besseren Kreisen in einer Art und Weise verwahrlosen, die in einer grenzenlosen Überspanntheit endet. Bloss mit klaren Grenzen im Sinne von Gottes Wort könne diesem Übel beigekommen werden. Edith Heimstätt-Graf lacht herzlich.

„Mein Gott, Herr Pfarrer, wir gehören nicht zu den besseren Kreisen, wir sind einfache Leute."

Dennoch erklärt Edith Graf-Heimstätt Chris Graf Heimstätt, von nun an werde sie seine Schulden nicht mehr bezahlen. Sie erwarte von ihm, dass er seriös arbeite, heirate und Urenkelchen produziere. Chris Graf Heimstätt lacht herzlich. Er küsst seine Oma auf ihre Stirne und reist nach Cannes, wo ihm nach vierzehn Tagen der Hotelmanager des Negresco hinterher jagt und wo er mit der unbekannten Schönen zusammenstösst.

Edith Heimstätt-Graf ist glücklich, dass ihre Strafpredigt Wirkung zeigt. Chris Graf Heimstätt produziert keine weiteren Schulden und stellt ihr Mizzi Cluster als seine Braut vor.

Mizzi Cluster hütet als Geheimnis, woher die Mittel kommen, mit denen sie sich das Recht erkämpfte, als Frau respektiert zu werden und sich einen verschwenderischen Ehemann leisten zu können. Als Edelnutte hatte sie dem prominentesten Wirtschaftskapitän Transköls, der gemäss Aufstellung im CASH-EXPLORER ein Vermögen von soundso viel Milliarden besitzt und diese Milliarden auf ein einsames Inselchen verschoben hatte, um Steuern zu optimieren, im Laufe der Jahre um ein oder zwei Milliärdchen erleichtert. Dieser Ex-Milliardär war nackt und wimmend vor ihr auf dem Boden gekrochen, eine Peitsche quer im Maul, und hatte, kaum verständlich, hervorgedrückt, „bitte, bitte, versohle mir ungehorsamem Jungen ganz gehörig den Hintern, weil ich mich für ein Bisschen Sex zu armen Tagen bringe!"

Mizzi Cluster hat die Hoffnung aufgegeben, je einem netten Mann zu begegnen, den sie heiraten, mit dem sie Kinder haben und mit dem sie glücklich sein kann. Auf die Spielchen mit dem Ex-Milliardär und sonstigen Milliardären hat sie keinen Bock mehr und reist nach Cannes, wo sie von einem Diener eines arabischen Prinzen durch die Hotelhalle des Negresco gejagt wird und wo sie mit dem unbekannten Schönen zusammenstösst.

Mizzi Cluster und Chris Graf Heimstätt lassen sich auf dem Standesamt Langwardia zivil trauen. Auf eine kirchliche Trauung und ein grosses Hochzeitsfest verzichten sie. Edith Heimstätt-Graf findet diesen Entscheid vernünftig. Sein Geld soll man nicht an Oberflächliches verschwenden. Bald stellt sich das erste Kind von Mizzi Cluster und Chris Graf Heimstätt, der erste Urenkel von Edith Heimstätt-Graf, ein. Das Glück ist perfekt. Mizzi Cluster und Chris Graf Heimstätt haben das Heu politisch auf der gleichen Bühne.

Edith Heimstätt-Graf wahrt zu allen Menschen die notwendige Distanz. Sie ist diskret, stellt kaum Fragen, möchte unbedingt nicht als neugierig und geschwätzig auffallen. Sie gibt sich einen Stoss und stellt Mizzi Cluster nach einer umständlichen Einleitung, die Mizzi Cluster sich geduldig anhört, mit klaren Worten die drängende Frage.

„Ich bin Gott so dankbar, dass ich mit bald siebzig Jahren noch die Zügel in der Hand halte und arbeiten kann. Ich bin nicht neugierig und werde dich nicht ausfragen über deine Herkunft und was du vor deiner Ehe gearbeitet hast. Nein, nein, ich will es nicht wissen. Du brauchst mir nichts zu sagen. Doch drängt sich mir eine Frage auf, die ich dir stellen möchte. Ich hoffe, ich trete dir damit nicht zu nah. Schliesslich ist dein Söhnchen schon über drei Monate alt. Hättest du Lust, in meiner Konditorei als Verkäuferin und Serviertochter zu arbeiten? Der Lohn ist reell. Wenn du nett bist, machst du gutes Trinkgeld."

„Ach, Omi, ich arbeite längst. Ich bin Vermögensverwalterin. Und meine Familie, ach! Als ich Vier gewesen war, hatte mein Grossvater mich sexuell missbraucht. Er redete mir ins Gewissen, niemandem etwas zu verraten. Ich weiss auch nicht mehr, wie es kam, doch sagte ich spontan, und wieviel bezahlst du für mein Schweigen? Und das mit Vier! Er bezahlte anstandslos. Gezwungenermassen musste ich mir in frühstem Alter die Fähigkeit des Rechnens aneignen. Na ja, alte Geschichten! So ganz durch und durch böse sein kann ich meiner Familie heute nicht mehr sein. Doch den Kontakt mit ihr habe ich vollständig abgebrochen. Wer weiss, vielleicht werde ich meine Schwestern eines Tages wieder suchen."

Edith Heimstätt-Graf sticht der Beruf der Vermögensverwalterin ins Ohr. Den Rest mag sie nicht hören. Er ist zu widerlich. Wenn die Ehefrau ihres Enkels Vermögensverwalterin ist, kann sie ihr ihr Vermögen schenken und ist den gesamten Plunder samt Vermögensverwalter endlich los. Mizzi Cluster protestiert.

„Ein solches Geschenk nehme ich nicht an. Ausser du schenkst es Jean-Honigbärlein."

„Das kommt nicht gut. Er ist ein Verschwender. Ich gebe alles dir – und damit basta!"

„Okay, mir und Jean-Honigbärlein und dem kleinen Nikki-Spatz. Ich schwöre dir, ich achte darauf, dass Jean-Honigbärlein das Geld nicht verschwendet und seriös bleibt!"

Mizzi Cluster, Chris Graf Heimstätt und Edith Heimstätt-Graf schliessen einen Schenkungsvertrag. Mizzi Cluster lässt sich vom Vermögensverwalter der Hypothekenbank und Sparkasse Transköls, der HST, die Unterlagen über das Vermögen von Edith Heimstätt-Graf aushändigen. Mit Befriedigung erkennt sie, dass sich das Vermögen vor allem aus Liegenschaften in Langwardia zusammensetzt. Renditeobjekte erster Güte. In den meisten Gebäuden werden Bordelle betrieben, je nach Lage der Häuser, Nobeletablissements oder billige Absteigen. Sie verkauft die betreffenden Liegenschaften und bekommt einen Haufen Geld dafür. Ist etwas ratlos, wie das viele Geld nachhaltig angelegt werden kann. Muss sich unbedingt mit Jean Welter besprechen, der immer Rat weiss.

Auf einem British Airways Flug Nummer 001 in einer Concorde, der ‚Königin der Lüfte' (*Anachronismus, die*

Concorde wurde erst 1976 in den flugplanmässigen Verkehr aufgenommen, während die hier erzählte Geschichte 1966 spielt! Anm. des Herausgebers), von London Heathrow nach New York John F. Kennedy platzierte das Schicksal sie neben ein Männchen, bei dessen Anblick sie denkt, o Gott, es darf nicht wahr sein, eine Figur, direkt einem Comic entsprungen, der Ärmste! Als er dann seinen Mund öffnet, kann sie vorerst das Lachen nicht unterdrücken.

„Ich mag fröhliche Menschen", piepst Jean Welter munter drauflos.

Jean Welter mit dem spriessenden Bierbäuchlein und dem Gehaben eines Grand-Seigneurs unterhält Mizzi Cluster bestens, während sie in 16'000 Metern Höhe bei Mach 2 Kaviar essen und Krug Champagner trinken. Er schwatzt ihr den Kopf voll von Geld, Investitionen, seinem glücklichen Händchen in Gelddingen, wie er Frauen zu Stars mache und in jeder Frau ein Star stecke.

„Halt, Jean Welter, wir kennen uns!"
„Nicht dass ich wüsste!"

Auf der Suche nach der vergangenen Zeit – ein Unternehmen, das dreimal im Leben konsequent betrieben werden sollte, um Spuren zu sichern, die Brücken zwischen dem sind, was war und was sein wird – dämmert das gemeinsam Erlebte aus dem Morast der Erinnerungen auf: am 3. Dezember 1960 hat Jean Welter es endgültig satt, naive Schulmädchen zu vögeln. Er hat Lust darauf, es mit einer erfahrenen Frau zu treiben. Aus seiner Mutter Haushaltskasse, einer Blechschachtel im Küchenbüffet hinter den Gläsern, stiehlt er genügend Geld, um sich eine Nutte zu kaufen. In der Kramgasse, im Neonlicht eines Nachtklubs, fällt sein Blick auf die verrucht in Leder und Metallketten gehüllte Mizzi Cluster, die er für reif und erfahren hält, die aber genau sein Alter hat und ihn um zwei Kopflängen überragt. Sie einigen sich auf den Preis. Mizzi Cluster sagt, ihre Absteige sei gleich um die Ecke, im sechsten Stockwerk, ohne Lift. Mizzi Cluster hält Jean Welter für einen niedlichen Jungen, so süss und so klein, und stellt sich vor, mit ihm endlich einmal etwas Spass bei ihrer sonst bemühenden Arbeit zu haben. Beide haben riesigen Spass. Der Spass dauert nicht bloss eine Viertelstunde.

„Mizzi, wir sollten offen miteinander reden. Du hast Spass gehabt, ich habe Spass gehabt. Ich finde, wir sollten das Schöne, das wir gemeinsam erlebten, nicht als Geschäft, als eine Geldangelegenheit entwürdigen. Gib mir mein Geld zurück und wir sind Freunde."

„Du tickst wohl nicht richtig, Jean. Willst deinen Spass haben und bist zu geizig, um einem armen Mädchen ein bisschen Geld für dies und das zu geben."

In der Concorde, 1966, als sie zufällig nach Jahren wieder zusammentreffen, mag er kaum glauben, dass er diese elegante Dame einst als verruchte Nutte im knappen Lederkleidchen erlebt hatte.

„Damals, als ICH mich so sehr schämte und dir noch mehr und mehr Geld zuschob - ."

„Unsinn, ich schämte mich so sehr, dass ICH dir dein Geld zurückgab."

Sie wechseln das Thema. Sprechen über Vermögensanlagen. Mizzi Cluster nimmt Jean Welter nach allen Regeln der Kunst aus, bis sie überzeugt davon ist, dass er ihr Mann ist – für das Finanzielle. Jean Welter frohlockt. Da hat er sich einen fetten Fisch an Land gezogen.

„Vermögensverwaltung.   Vermögensverwaltung? Du traust mir zu, dass ...?"

„Wo denkst du hin, mein lieber Jean! Ich bin ein armes Mädchen. Was gibt es da schon zu verwalten! Nein, nein, nein, nein. Im Ernst, Jean, ich benötige alle Auskünfte über die ConturnAG. Du musst mir alles, aber auch restlos alles über diese ConturnAG herausfinden."

„Wird gemacht."

Dank seines guten Beziehungsgewebes trägt Jean Welter nicht nur die offiziellen Daten der ConturnAG zusammen, aber kommt an offiziöse Daten ran.

„Entschuldige, bitte, Mizzi, dass es so lange gedauert hat. Mein Bericht, 732 Seiten, ist ausgewogen und absolut korrekt. Die Firma ist sanierungsbedürftig, doch lohnt eine Sanierung wegen der allgemeinen Aussichten der Branche nicht. Ich muss dringendst vom Erwerb der ConturnAG abraten, falls es dir um einen Erwerb gehen sollte. Unter uns gesagt, die fünfte Generation hat abgewirtschaftet. Balz Fidel Napf ist ein Aufschneider ohne Ideen, Elvira Müller Napf ein rühriger Gutmensch. So führt man kein Unternehmen."

„Was ist an rührigen Gutmenschen falsch?"

„Es geht um Geschäfte, die florieren sollen!"

„Vielleicht auch um Menschen. Wir kaufen! Wir gründen eine Holding mit dem Namen ,Firma Schröter in Lauchringen' und wir kaufen als erstes die ConturnAG."

„Jetzt hat dir ein Vogel ins Gehirn geschissen!"

Und wenn sie nicht gestorben sind, so leben sie noch heute

Die – technogene – Dauerzerstörung von Vergangenheit wird modern kompensiert durch die – historische – Dauerbewahrung von Vergangenheit: ohne sie könnten wir – im Zeitalter der Kontinuitätsbrüche – unseren Kontinuitätsbedarf und – im Zeitalter der Weltfremdheit – unseren Vertrautheitsbedarf nicht mehr decken und den Wirklichkeitswandel nicht mehr aushalten; denn: je weniger Kontinuität durch historischen Sinn, desto mehr Flucht in die Illusion. Ihr gegenüber hat der historische Sinn Desillusionierungswert: er ist eine Ernüchterungsgrösse. Ohne historischen Sinn könnten wir nicht leben.

Odo Marquard, Apologie des Zufälligen, Zeitalter der Weltfremdheit? Beitrag zur Analyse der Gegenwart, Reclam 1986/2013, S. 93 ff.

Sonntag, 21. Mai 1972, zwölf Uhr siebzehn

Tamarinda Waschkler ist am Boden zerstört. Sie hatte vorgegeben, die Geschichte vom Verkauf der ConturnAG durch die Napfs an eine ominöse Firma Schröter in Lauchringen nicht zu glauben. Tatsächlich aber macht die Vorstellung, ihre Stelle bei ALTER KLEISTER zu verlieren, sie fertig. Diese Angst paart sich mit der noch nicht ventilierten Empörung über die Eselei, die Bobby Renner sich in der letzten Ausgabe von ALTER KLEISTER klammheimlich geleistet hatte. Heilsfroh ist sie, mit dem Foto von Joel Zwigart abgelenkt zu haben. Sie wundert sich über die Art und Weise, wie Bobby Renner das Foto von Joel Zwigart anschaut. Ihr blitzt durch den Kopf, verdammt, wenn Bobby Renner am Ende auf Männer steht!

„Komm, los geht's", ruft Bobby Renner und Tamarinda Waschkler schreckt aus ihren Grübeleien auf.

An jedem Sonntag mit Sonntagsdienst ist für Bobby Renner und Tamarinda Waschkler das Mittagessen in der Transki angesagt. Bobby Renner plappert fröhlich drauflos über den Zufall, dass er versehentlich an den Fundort einer Leiche gefahren sei, aus einer längst überholten Deformation professionelle heraus. Dass der Mörder dort gewesen sei, ihn für den Kommissar gehalten und ihm den Mord gestanden habe. Dass er den blutrünstigsten Artikel schreiben könnte, doch nicht schreiben werde. Und dass sie, Tamarinda Waschkler ihm ausgerechnet ein Foto des Mörders, dieses Joel Zwigarts hervorgezaubert habe. Bisher habe er intuitiv Frauen die besseren Menschen als Männer gefunden. Männer seien in der Regel emotional verschüttete Wesen. Dann sei er diesem Joel Zwigart gegenüber gestanden. Betrachte nun sein Bild.

„Rinda, bin ich schwul, wenn ich diesen Typen so sympathisch, so toll finde? Mein Bauch sagt mir, er kann unmöglich der Täter sein. Solange es solche Männer gibt, kann man wieder stolz darauf sein, ein Mann zu sein."

Tamarinda Waschkler und Bobby Renner kennen die Transki aus der guten alten Zeit, als sie vor allem eine Bar gewesen war. Noch nicht das gepflegte Speiselokal mit weissen Tischtüchern, Sternchen und Kochmützchen. Damals hatte die Transki den Groove eines abgefuckten Bahnhofwartesaals gehabt. Die Gäste hatten aneinander gequetscht in mehreren Schichten an der unendlich langen Bartheke gestanden. Die Luft geschwängert vom Rauch der Gauloises und Gitanes, nach Möglichkeit papier maïs. Sie hatten Bier in sich reingeschüttet und schrecklich gescheit parliert. Inzwischen hat die Transki nicht nur ideell, auch materiell einen weiten Weg zurückgelegt. Aus dem verlotterten Altbau in einen hübsch renovierten Altbau der Transki auf der anderen Strassenseite. Der verlotterte Altbau musste, zusammen mit weiteren alten Liegenschaften einem hübschen Neubau weichen. „Auch ich", pflegt Bobby Renner grinsend sagen, „bin das Auslaufmodell einer einst frechen Branche."

Tamarinda Waschkler geht Bobby Renners fröhliches Geplapper auf die Nerven. Sie würde ihn und seine ‚Julia Hinterdemmond klatscht & tratscht über Promis' am liebsten auf den Mond schiessen. Ihn würgen, bis er gesteht, den Verkauf der ConturnAG an diese ominöse ‚Firma Schröter in Lauchringen' erfunden zu haben. Ihn in seine Fresse hauen. Einfach so. Um in ihrer Wut Dampf abzulassen.

„Geh dem Zwigart an die Wäsche! Dann verprügelt er dich. Verdient hast du es. Der Zwigart ist 100 pro nicht schwul. Sonst hätte ich mich in ihn verliebt gehabt. Ich verliebe mich ständig in die falschen Männer."

„Was ist in dich gefahren, Rinda? So aggressiv."

Tamarinda Waschkler tritt beherzt in die Strasse.

„Obacht! Bei Rot über die Strasse zu hühnern, entfährt Bobby Renner schreiend, während er Tamarinda Waschkler am Arm zurück hält."

Die Lichtampel für Fussgänger ist auf Rot. Autos breschen vorüber. Dann wechselt sie auf Grün.

„Ich mache Joel Zwigart zum Präsidenten. Dann sind Paravanz & Co. endgültig weg vom Fenster! Und ein guter Mensch der Gegenwart ist am Ruder!"

„Hahaha", macht Tamarinda Waschkler und denkt, den Ärmsten hat es erwischt.

Tamarinda Waschkler und Bobby Renner erreichen die andere Strassenseite und betreten die Transki. Tamarinda Waschkler isst ein Steinpilzrisotto, Bobby Renner geschnetzelte Kalbsleber mit Rösti. Er bestellt trotz des nicht ernstzunehmenden Protests von Tamarinda Waschkler neben dem stillen Wasser einen halben Liter Malbec. Er nippt bloss an seinem Weinglas, schenkt aber ihr, die irgendwie nicht so gut drauf scheint, eifrig nach. Nach einiger Zeit gibt er dem Kellner Zeichen, hebt die leere Weinkaraffe in die Höhe und sorgt für Nachschub.

Bobby Renner schwelgt in den luftigen Höhen von Tagträumen und überlässt Tamarinda Waschkler ihrer schlechten Laune. Tamarinda Waschkler findet es unerhört, dass Bobby Renner tut, als ob nichts wäre und beim Verzehr seiner Kalbsleber mit Rösti vor Lust beinahe schmilzt. Sie hätte von ihm als gutem Kollegen erwartet, dass er einfühlsam ist, mitbekommt, wie schlecht sie drauf ist und von sich aus ein Thema anschlägt, über das sie sich unverfänglich unterhalten können. Es gibt Momente, denkt sie, wo blödes Geschwätz Erlösung wäre. Man könnte über den Wahlkampf von Paravanz lästern, sich über den ‚Gegenkandidaten' Ruprecht Villanius totlachen. Einmal mehr sich demonstrativ und lautstark darüber ärgern, dass

Fritz Würsch Milliarden in diesen „Wahlkampf" pumpt und Heller Sankt Philipp als Berater so viel Geld einkassiert, dass er sich den achten oder achtzehnten Lamborghini oder Ferrari leisten kann. Gegen diese Clique ist kein Kraut gewachsen. Tamarinda Waschkler ist beschwipst.

„Du bist ein Arschloch, Bobby Renner", lallt Tamarinda Waschkler, zeigt mit dem ausgestreckten Zeigefinger ihrer Rechten auf ihn, stösst mit der Spitze ihres Zeigefingers gegen dessen Nasenspitze und bricht in einen Lachanfall aus, der sogleich in eine schmerzlich verzogene Miene und leises Gewimmer kippt.

Bobby Renner lacht. Er bemerkt, wie Tamarinda Waschklers Gesicht sich zu einer Grimasse verzieht. Ihm wird bang. Bei heulenden Weibern ist er ratlos und ohnmächtig. Zum Glück fängt Tamarinda Waschkler sich auf, bevor Tränen fliessen. Setzt sich gerade auf. Schiebt ihr Kinn hoch. Lässt ihren Blick durch das Lokal schweifen, mit leicht säuerlicher Miene. Als sie zu reden beginnt, ist ihre Stimme fest und sicher. Keine Spur mehr vom Lallen von soeben.

„Du armes Würstchen, Bobby Renner", wirft sie grinsend und schnippisch hin. „Darfst dich nach einer neuen Stelle umschauen. Wird nicht leicht sein, in deinem Alter. Ich beneide dich nicht. Nachdem unser Laden verkauft wird, brauche ich mich auch nicht mehr über deine bodenlos freche Scheiss-Kolumne ‚Julia Hinterdemmond klatscht & tratscht über Promis' zu ärgern. Was stellst du dir eigentlich vor?! Bist du total bescheuert?! Wie kann einem halbwegs gescheiten Menschen einfallen, solchen Scheiss zu schreiben!!!"

„Die Wahrheit, nichts als die Wahrheit!"

„Ist dir nicht in dein Spatzenhirn reingegangen, dass das die, über die die Wahrheit, eine Wahrheit, womöglich eine Scheinwahrheit verbreitet wird, mit Gewalt zurückschlagen werden. Du bist ja so blöd!"

Bobby Renner sitzt mit sanftem Gesichtsausdruck da und hört Tamarinda Waschkler aufmerksam zu. Tamarinda Waschkler ist verunsichert. Weshalb reagiert dieser Unmensch nicht auf ihre Worte. Stimmt etwas nicht mit ihr? Kleben ihr versehentlich Speisereste an Lippen, Wangen, Nasenspitze? Sie verstummt, verzieht ihr Gesicht, erbebt leicht vor dem ersten Aufwallen eines Katzenjammergeheuls aus tiefster Brust. Bobby Renner lächelt sie an. Tamarinda Waschkler atmet fest durch, zwingt sich zu einem heroischen Lächeln. Will sich unbedingt keine Blösse geben und sich runterkriegen lassen. Bobby Renner lacht. Aus ihrem Bauch heraus stimmt Tamarinda Waschkler in Bobby Renners Lachen ein. Bobby Renner steht auf, setzt sich neben Tamarinda Waschkler auf die schmale Bank, legt seinen Arm um sie und flüstert, „als Obdachlose werden wir uns gemeinsam ein hübsches Schlafplätzchen unter der Stauffacherbrücke suchen."

„Bobby Renner, ohne mich", triumphiert Tamarinda Waschkler lachend und boxt ihn in seinen Brustkasten, dass ihm die Spucke wegbleibt und er aufschreit.

Bobby Renner bestellt beim Kellner zwei Grappi Brunello. Tamarinda Waschkler winkt ab, nicht für mich! Kaum sind die Grappi da, hält auch sie tüchtig mit.

Sonntag, 21. Mai 1972, achtzehn Uhr fünfunddreissig

Sepp Hungerbühler liegt ausgestreckt auf dem Sofa. In Rückenlage. Er stösst aus seinem zu einem Fischmund zugespitzt klaffenden Lippen regelmässig Schnarchgeräusche aus. Hulda Hungerbühler hat den Abwasch beendet. Sie stellt fest, dass noch fünfundzwanzig Minuten bis zu den Nachrichten von Tele Langi bleiben. Sie setzt sich in ihren Fernsehsessel neben dem Sofa und nimmt vom Salontischchen die ALTER KLEISTER-Ausgabe vom letzten Mittwoch. Obwohl sie seit Donnerstag in deren Besitz ist, hat sie noch keinen Blick hineingeworfen. ALTER KLEISTER ist grundsätzlich unter ihrem Niveau. Das Abonnement erhält sie von Sepp Hungerbühler jeweils zu Weihnachten geschenkt. Angefangen hatte diese leidige Geschichte vor Urzeiten.

Vor Jahren begannen Freundinnen von Hulda Hungerbühler über Mahawwah und diesen verflixten Bobby Renner zu tratschen. Ihre Freundinnen sind Feuer und Flamme und kugeln sich vor Lachen. Hulda Hungerbühler versteht bloss Bahnhof. Bis sie mitbekommt, dass es um ALTER KLEISTER geht. Sie rümpft ihre Nase und geht diskret auf Distanz. Ist aber neugierig, worüber ihre Freundinnen sich amüsieren. Ihr Stolz erlaubt ihr nicht, sich von einer Freundin ALTER KLEISTER auszuleihen. Verschämt kauft sie sich ALTER KLEISTER am Kiosk und lässt das Heftchen ungeschickterweise in der Stube herumliegen, wo Sepp Hungerbühler es entdeckt. So war es zum Geschenk-Abonnement von Sepp Hungerbühler an Hulda Hungerbühler gekommen.

Seit einiger Zeit, auch schon wieder einige Jahre her, verlieren die Mahawwah-Geschichten an Reiz, Geist und subversiven Gedanken, werden ordinär und fad. Für sie ist klar, dieser Bobby Renner, der rasende Star-Reporter, hat sein Pulver verschossen. Er ist ausgebrannt. Seinen Mangel an Ideen kompensiert er mit Bildern von barbusigen und nacktarschigen Mahawwahs. Nun aber findet Sepp Hungerbühler offensichtlich Gefallen an ALTER KLEISTER. Hulda Hungerbühler pflegt Sepp Hungerbühler in regelmässigen Abständen zu sagen, dass ALTER KLEISTER immer schlechter werde. Sepp Hungerbühler schaute sie jeweils erstaunt an und murmelte, ich dachte, du liebst ALTER KLEISTER und ich bereite dir eine Freude damit. Hulda Hungerbühler formuliert klipp und klar, dass sie dieses Blättchen nicht mehr wünsche. Im Wissen darum, dass Sepp Hungerbühler nicht zuhört und sie weiterhin in den Genuss von ALTER KLEISTER kommt.

Bevor Hulda Hungerbühler durchgreift und das Abonnement höchstpersönlich kündigt, beobachtet sie die Situation und will herausfinden, welche Bilder Sepp Hungerbühler anziehen. Einmal, als sie verzweifelt ihr weises Haupt schüttelt und gedankenlos die Seiten von ALTER KLEISTER an ihren Fingerkuppen vorbeigleiten lässt, bleibt die Zeitschrift geöffnet auf der Doppelseite 56/57 auf ihrem Schoss liegen. Ihr Blick wandert auf die Bescherung. Dies ist der Moment, in dem Hulda Hungerbühler die Kolumne ‚Julia Hinterdemmond klatscht + tratscht über Promis' entdeckt.

Seither ist ihr die Lektüre von ALTER KLEISTER ein Muss. Ihre Freundinnen sind genauso begeisterte Leserinnen dieser Kolumne. Und der Leserbriefe auf Seite 58. Diese drei Seiten machen die Lektüre von ALTER KLEISTER lohnend. Was Hulda Hungerbühler selbstverständlich Sepp Hungerbühler, dem die Augen beinahe aus den Augenhöhlen kullern, sobald er des Busens von Mahawwah ansichtig wird.

Aus der zum Schein über die Herrschenden empörten, in Wahrheit aber sich harmonisch an sie anbiedernden Medienlandschaft schert einzig ALTER KLEISTER aus, legt verpackt in Klatsch & Tratsch und Leserbriefen den Samen für den Sturz des Finanzminister und für die Erkenntnis, welche Personen hinter den Geschäften, Gesetzen und Systemen stecken, die die Allmacht des Geldes bedeuten. Hulda Hungerbühler hofft inbrünstig, dass ALTER KLEISTER es schaffen wird, am lahmen, Geld-hörigen Regime der Clique Paravanz ernsthaft zu rütteln. Es mit etwas Glück zu stürzen.

An diesem gemütlichen Sonntagabend um achtzehn Uhr siebenunddreissig, als Hulda Hungerbühler sich in ihrem Fernsehstuhl genüsslich eingeräkelt hat, schlägt sie ALTER KLEISTER in gespannt-freudiger Erwartung auf der Doppelseite 56/57 auf. Sie wittert auf den ersten Blick süffigen Katsch + Tratsch. Der Titel ‚Mahawwahs nie enden wollende Geschichte'. Hulda Hungerbühler zwingt sich jeweils, zuerst den Text zu lesen und dann erst das dazugehörige Bild (-errätsel) einzusaugen (und dessen Subtext zu ergründen). Diesmal sieht sie sich in den ersten Sätzen bereits in ihrer Einschätzung der Situation bestätigt. Die Mahawwah-Geschichten welkten mit vermodernden Blütenresten dahin, Bobby Renner sei offiziell ausgebrannt, inoffiziell seinem Flachmann und dem darin befindlichen J & B verfallen (Hulda Hungerbühler weiss nicht, für welches Ding J & B der Kürzel ist, nimmt aber an, dass es sich dabei um einen Schnaps handelt, freut sich aber kindlich an der geglückten Formulierung Julia Hinterdemmonds), habe heimlich durch eine junge technokratische Crew ersetzt werden müssen. Da haben wir es, blitzt es durch Hulda Hungerbühlers Gehirn. Ihr Blick schnellt zum dazugehörigen Bild. Hulda Hungerbühler muss zweimal hinsehen. Erst da glaubt sie, was sie sieht. Unscharf zwar, aber dennoch erkennbar entdeckt sie hinter dem scharfen Bild von Mahahwwah mit nacktem Busen, dreckigem Grinsen und in provokant ordinärer Pose, einen – Hulda Hungerbühler ist befremdet und rutscht unversehens in ein Fremdschämen rein – Gummischwanz schwingend die alte Paraschwanz, Kunigunde Paravanz-Altenmeyer, die First Lady! Letztere wirft, unscharf und nur mit besonderer Achtsamkeit zu erkennen, Mahawwah einen neckisch-amüsierten Blick zu und saugt lasziv eine Riesencrevette aus! Dieses Bild ist Dynamit!

Hulda Hungerbühlers Herz hüpft vor Freude darüber, dass Julia Hinterdemmond als Einzige es wagt, der alten Paraschwanz entgegen dem ausdrücklichen Verbot des Präsidenten, über die Familie Paravanz in ALTER KLEISTER zu berichten, eins auszuwischen. Und gleichzeitig festzuhalten, dass die beiden Frauen, die offiziell Feindinnen sind, ausgelassen zusammen feiern. Das, denkt Hulda Hungerbühler, ist wahre Volksaufklärung. Hier erfährt das Volk, wie das Beziehungsnetz tatsächlich gewoben ist. Vornherum gibt man sich moralisch und hintenrum, na ja! Hatte nicht Amanda Leberkeil, die Rautigunde Blaschkus kennt und daher immer wieder betont, diese

Leserbriefschreiberin sei keine Legende, aber eine Frau aus Fleisch und Blut, von dieser erfahren, dass es sich zumindest bei einer der in einer Mahawwah-Geschichte in ALTER KLEISTER von vor ungefähr drei Wochen als Mahawwah bezeichneten Frauen um Liddy Tratschke handle, das Starlett, das von Fritz Würsch mächtig gefördert werde. Könnte es sein, dass auf dem Bild nicht Mahawwah, aber Liddy Tratschke ist? Einerlei, denkt Hulda Hungerbühler, was sie da oben treiben, ist so oder so ein Skandal.

Ja, ja, die Amanda Leberkeil, denkt Hulda Hungerbühler. Amanda Leberkeil kauft ALTER KLEISTER wöchentlich am Kiosk, doch nicht etwa in Finkendorf. Sie schlingt sich jeden Mittwoch ihr Hermès-Foulard um den Kopf, setzt sich ihre dunkle Sonnenbrille mit dem dunkelbraunen Gestell auf, packt ihre Kelly-Bag und pilgert nach Prolodorf, abwechslungsweise zu verschiedenen Kiosken und verlangt dort abwechslungsweise eine ‚NTZ mit‘, einen ‚Langi mit‘ oder einen ‚TIZ mit‘, worauf sie von der verschwörerisch grinsenden Kioskfrau einen in die NTZ, in den Langi oder in die TIZ eingerollten ALTER KLEISTER entgegennimmt und im Austausch dafür den korrekten Kaufpreis für die Zeitung und die Zeitschrift und ein Trinkgeld übergibt.

Die nächste Kolumne ist übertitelt mit ‚Fritz Würsch wie er leibt und lebt‘. Das Bild darunter zeigt Fritz Würsch und einen Ausländer, beim Golfspiel auf einem Golfplatz in einer öden Wüstenlandschaft. Die Bildlegende lautet, ‚Der Geschäftsmann Huan Chan aus Protzkleksonien musste sich von Fritz Würsch in Dubai geschlagen geben.‘
„Ich glaub es nicht", entfährt es Hulda Hungerbühler. „Der Würsch und der Huan Chan! Da, schau,

unglaublich. Hier gibt er sich streng national gesinnt, wettert gegen Ausländer, für die Unabhängigkeit von Transköl von fremden Vögten und spielt mit diesem Huan Chan in Dubai Golf. Von wegen Golf spielen! Da geht es bestimmt um Drecksgeschäfte! Und so einer hat unser Transköl populistisch im Griff! Und Tele Langi wird in den Abendnachrichten bestimmt wieder nur über die Schau, die die alte Paraschwanz gestern an der Galaaufführung in der Oper abgezogen hat, berichten und kein Wort darüber verlieren, dass Wahlkampf herrscht und der Würsch, der mit der chinesischen Mafia verbandelt ist, alles bezahlt!"

Sepp Hungerbühler schreckt aus seinem Schlaf auf, gähnt mit einem knorchzenden Laut und murmelt, „ist etwas?"

„Der Huan Chan ist doch der, wo die Liegenschaft vom jungen Losinger dort drüben gekauft hat. Dubiose Sache! Chinesische Mafia. Dort drüben! Gestern! Hast bereits verschwitzt?! Sepp, o Sepp! Unser Privat-Krimi von gestern! Breits wieder vergessen?!!!"

Zweiter Teil

Ein gewöhnlicher Samstag

Samstag, 20. Mai 1972, elf Uhr siebzehn

Kunigunde Paravanz-Altenmeyer ist enthusiasmiert. Es läuft alles wie geschmiert. Der Würsch hat ihr versichert, dass der Villanius heute um Vier seine Kandidatur als Präsident offiziell bekannt geben wird. Die Haschmich hat die Order, den Anruf der NTZ an Amadeus weiterzuleiten, der Order hat, sich erschreckt zu zeigen über die Gegenkandidatur von Villanius. Amadeus hat die Order, bei der Begrüssung an der Galavorstellung in der Oper um zwanzig Uhr fünfzehn die Verlobung seiner geliebten Tochter Jacqueline mit Isidor von Müntwerk bekanntzugeben. Zufällig hat Bobby Renner, der sich hinter Julia Hinterdemmond verbirgt, lustige Fotomontage von ihr zusammen mit der unanständig ordinären als Mahawwah posierenden Liddy Tratschke in ALTER KLEISER ausgerechnet jetzt veröffentlicht, so dass sie in diesem hektischen Getriebe die günstige Gelegenheit hat, sich als empörtes Opfer von verlogenen Medien auf einer Prachtsplattform zu inszenieren. Die Dynamik der Geschehnisse treibt sie an.

Als Kunigunde Paravanz-Altenmeyer an diesem Samstagmorgen um elf Uhr siebzehn ins Vorzimmer ihres Arbeitszimmers zurückkommt, meldet Mirella Traschner, dass es ihr gelungen sei, Prof. Dr. Dr. h.c. Dr. h.c. Lubi Trettner und Vinzenzus Vagantus, die sie in einer

Staatsangelegenheit dringendst zu sprechen verlangt hätten, habe abwimmeln können. Kunigunde Paravanz-Altenmeyer strahlt.

„Frau Traschner, gratuliere! Das haben sie sehr gut gemacht. Ich bin ihnen dankbar für alles, was sie mir vom Leib halten. So viele Leute wollen sich bei mir einschmeicheln unter dem Vorwand, sie hätten mir etwas Wichtiges mitzuteilen. Ich bin stolz auf sie, dass sie es sogar geschafft haben, diesen Herren zu widerstehen. Ich weiss, es braucht eine besondere Standfestigkeit. Nun müssen sie mir bloss noch meine Tochter auf punkt achtzehn Uhr fünfundvierzig in den Grünen Saal bringen, damit wir pünktlich zur Galaaufführung in die Oper kommen. Ich habe Vertrauen in sie, Frau Traschner, sie werden es schaffen. Selbst bei einem so harten Brocken wie meiner Tochter."

„Entschuldigen sie, gnädige Frau, dass ich mich zu ungeschickt angestellt und aus Prof. Dr. Dr. h.c. Dr. h.c. Lubi Trettner und Vinzenzus Vagantus nicht herausgekriegt habe, welche Angelegenheit für sie so schrecklich dringend ist."

„Was soll es schon gewesen sein, Frau Traschner! Staub, Staub, nichts als Staub, den diese von Ehrgeiz zerfressenen Leute aufwirbeln, um sich aufzuspielen."

Kunigunde Paravanz-Altenmeyer weiss, dass Mirella Traschner sie angelogen hat und selbstverständlich Kenntnis von der angeblich so wichtigen Sache hat, ihr dies aber aus welchen Gründen auch immer willentlich verschweigt. Sie lächelt Mirella Traschner verschwörerisch zu und denkt, nun hat das Ding ein schlechtes Gewissen, dass sie mich angelogen hat und wird umso eifriger darum bemüht sein, das, was ich von ihr fordere, pflichtgemäss und bestens zu erfüllen.

Kunigunde Paravanz-Altenmeyer betritt ihr Arbeitszimmer. Grinst vergnügt vor sich hin. Stellt sich vor ihren Schreibtisch. Faltet ihre fest aneinander gepressten Hände bei weit ausgestreckten Ellbogen so, dass eine prickelnde Anspannung ihren gesamten Körper durchrieselt und denkt, ‚toréador, en garde!' Dann lässt sie einen Augenblick ihre Arme locker baumeln, um anschliessend der Schublade ihres Schreibtischs die neuste Ausgabe von ALTER KLEISTER zu entnehmen, aufgeschlagen auf der Doppelseite 56/57. Sie grinst ihrem frechen, etwas zu unscharfen und verschwommenen Konterfei zu. In der Hoffnung, dass die Leute sie auf dieser Fotomontage dennoch erkennen.

Lange hat sie auf diesen Moment gewartet. Sie hatte sich gewundert, dass die Leute von ALTER KLEISTER und insbesondere dieser Bobby Renner sich so lange von ihrem Verbot, über die Familie Paravanz in ALTER KLEISTER zu berichten, hatten beeindrucken lassen. Nun endlich wird ihr Image vom braven Hausmütterchen weg zu dem eines verruchten Vamps gestossen. Heller Sankt-Philipp hatte die Strategie der Unnahbarkeit der First Lady entworfen und sich weiss der Kuckuck was darauf eingebildet.

Sie will diesen Bobby Renner gleich zu seinem Coup gratulieren, verwählt sich und hat Heller Sankt-Philipp am Draht.

Sie dankt dem Zufall. Seit sie vom schamlosen Bild in ALTER KLEISTER weiss, wundert sie sich, dass Heller Sankt-Philipp, ihr PR-Berater, sie nicht gleich nach dem Erscheinen von ALTER KLEISTER auf dieses Bild aufmerksam gemacht hat. Sich seit Tagen überhaupt nicht gemeldet hat.

„Sankti, du lahme Ente. Gut, dass ich dich spreche. Was fällt dir ein, mich nicht davon in Kenntnis zu setzen, dass ALTER KLEISTER ein Bild von mir bringt?! Wozu habe ich einen PR-Berater, der untätig ist. Ich selber musste darauf kommen. Schwamm drüber, ich rufe sogleich diesen Bobby Renner an und lese ihm die Leviten."

„Bloss das nicht, Kuni-Liebes. Wir müssen taktisch vorgehen. Wir befinden uns im Wahlkampf. Amadeus muss wiedergewählt werden. Wir brauchen Publicity. Lass mich machen. Wir werden Dickie Tann und die Redaktion von ALTER KLEISTER wegen Verletzung deiner Privatsphäre verklagen. Dann müssen auch die NTZ, der Langi und alle anderen Medien gross darüber berichten und können nicht anders, als dich zum unschuldigen Opfer hochstilisieren."

„Gauner!"

„Versprich mir, dass du nicht selber etwas unternimmst. Überlasse alles mir!"

Heller Sankt-Philipp hat das Unheil abgewendet. Er muss einen direkten Kontakt von Kunigunde Paravanz-Altenmeyer mit Bobby Renner verhindern. Das von Bobby Renner in seiner Kolumne ‚Julia Hinterdemmond klatscht + tratscht über Promis' hinter dem Rücken des Chefredaktors Dickie Tann veröffentlichte Bild ist Anlass, dass Heller Sankt-Philipp endlich von Dickie Tann fordern kann, Bobby Renner zu feuern. Bobby Renner hat in der Mahawwah-Geschichte nichts mehr zu suchen. Er darf kein Bild von Mahawwah veröffentlichen, selbst wenn Kunigunde Paravanz-Altenmeyer mit drauf ist. Mahawwah ist seit Jahren alleiniger Bereich von Dickie Tann. Und Heller Sankt-Philipp. Seit Jean Welter, Lisa Weinmann Sert und Bobby Renner aus dem

Mahawwah-Deal ausgestiegen sind, beliefert Heller Sankt-Philipp, was niemand wissen darf, Dickie Tann im Auftrag von Fritz Würsch regelmässig mit Bildern von aufreizenden jungen Damen, die unter dem Etikett „aktuellste Bilder von Mahawwah" segeln. Fritz Würsch hat ein Interesse daran, dass ALTER KLEISTER nicht eingeht. Zur Verbreitung seiner populistischen Ideen sind NTZ, Langi und TIZ ungeeignet. Darum hat Heller Sankt-Philipp den Auftrag von Fritz Würsch, darum besorgt zu sein, dass aus den Mahawwah-Geschichten aller Saft rausgepresst wird. Dickie Tann macht mit, weil er seinen lukrativen Chefsessel retten kann, solange Fritz Würsch dahinter steht, ungeachtet darum, ob noch jemand die Mahawwah-Geschichten liest oder nicht. Janosz Polowiezcikz beliefert den Fotografen, der von Fritz Würsch beauftragt ist, laufend mit billigen Mahawwah-Doppelgängerinnen aus dem Ausland. Janosz Polowiezcikz wird diskret zugesichert, dass er für seine Ware, von der angeblich niemand weiss, worum es sich handelt, die erforderlichen Papiere und Bewilligungen erhält. Für die reibungslose Ausstellung aller erforderlichen Papiere hat Heller Sankt-Philipp sich bei Prof. Dr. Dr. h.c. Dr. h.c. Lubi Trettner eingeschleimt. Bisher ist die Sache wie geschmiert gelaufen. Heller Sankt-Philipp bekommt den Bammel, als er hört, dass Kunigunde Paravanz-Altenmeyer persönlich sich an Bobby Renner wenden könnte. Er glaubt, dass er das Unheil abgewendet hat und schnauft auf. Mahawwah ist ausgepresst wie eine Zitrone. Sie hat zu sterben. Schluss mit Mahawwah in ALTER KLEISTER und das Problem ist gelöst.

Insbesondere bereitet Heller Sankt-Philipp Sorge, dass Janosz Polowiezcikz mit einem Milieu verbandelt ist, mit dem die Politik unter keinen Umständen in Verbindung gebracht werden darf. Janosz Polowiezcikz ist in seinem

Milieu ein kleiner Fisch und, wie es in diesem Milieu trotz gegenteiliger Vermutungen oft der Fall ist, buchhalterisch überkorrekt. Heller Sankt-Philipp hat sich zutragen lassen, dass Janosz Polowiezcikz in seinem Büro an der Waldenbergstrasse 5 einen roten Leitz-Ordner mit den Unterlagen über seine ,Warenlieferung im Auftrag ungenannter Auftraggeber an ungenannte Empfänger' hat. Diesen Ordner muss Heller Sank Philipp unbedingt bekommen damit alles verdächtige Material verschwunden ist.

Heller Sankt-Philipp erinnert sich vage an eine Person, vor der Janosz Polowiezcikz ihn einmal gewarnt hatte. Er sei ein Auftragsmörder. Heller Sankt-Philipp überlegt, dass Janosz Polowiezcikz ihn bloss vor eigenen Feinden warnt. Geht davon aus, dass selbst ein Auftragsmörder gegen hohe Prämie in der Lage ist, nur einen Diebstahl auszuführen. Nach kurzer Rücksprache mit Fritz Würsch ist die Sache geritzt. Heller Sankt-Philipp hat den Auftragsmörder am Draht. Dieser lacht höhnisch, als Heller Sankt-Philipp ihm den Handel vorschlägt. Lacht höhnisch weiter, als Heller Sankt-Philipp ihm die dabei zu verdienende Summe nennt. Hört erst auf zu lachen, als er hört, in wessen Büroräume er einzubrechen hat.

„Abgemacht? Ich kann ihnen vertrauen", fragt Heller Sankt-Philipp.

„Ehrenwort."

„Die Übergabe des zu stehlenden Ordners im Austausch gegen das Honorar, am Sonntagmorgen, 21. Mai, um ein Uhr fünfundvierzig vor dem Haus Klarfeldstrasse 17. Streng geheim! Kein Sterbenswörtchen! Ich komme diskret in meinem Opel Rekord."

„Und ich im VW-Käfer. Stumm wie ein Grab!"

„Läuft etwas schief, weiss ich von nichts und das Geld bleibt bei mir."

„Chef, für wen halten sie mich?!"

Heller Sankt-Philipp organisiert, wie mit Fritz Würsch abgesprochen, mit einem Kleingangster der Region den Diebstahl seines silbergrauen Lamborghini Countach auf achtzehn Uhr fünfzehn, um selber ins Gerede zu kommen und nicht mit dem Diebstahl an der Waldenbergstrasse 5 in Verbindung gebracht zu werden.

Der Auftragsmörder notiert ,21. Mai, ein Uhr fünfundvierzig, Klarfeldstrasse 17' auf den Rand eines grossen Geldscheines. In der Schnelle ist kein anderes Papier in Griffnähe. Er verschweigt seinem Auftraggeber, den er schmeichelnd Chef nennt, dass er eine eigene Rechnung mit Janosz Polowiezcikz zu begleichen hat. Er weiss, dass Janosz Polowiezcikz immer pünktlich, so pünktlich, dass man seine Uhr danach richten kann, aus seinem Büro an der Waldenbergstrasse 5 um siebzehn Uhr fünfundvierzig seine Unterlagen für das Briefing der Crew des Gestiefelten Katers abholt. Er wird nach dem Einbruch ins Büro und dem Diebstahl der Ordner Janosz Polowiezcikz im Hinterhalt auflauern und ihn abknallen, wenn dieser im Begriffe ist, sein Haus zu betreten. Mit Schalldämpfer. Versteht sich von selber.

Der Auftragsmörder lässt den grossen Geldschein mit der Notiz am Rand auf dem Tisch liegen und holt ein Bier aus dem Kühlschrank. Währenddessen geht ein Kumpel des Auftragsmörders am Tisch vorüber, sieht den grossen Geldschein dort liegen und nimmt ihn an sich, weil er gerade knapp bei Kasse ist und in der Stadt bei LatiWeb noch dringend etwas zu besorgen hat. Bei LatiWeb erwirbt der Kumpel des Auftragsmörders die nicht ganz billige Kleinigkeit käuflich, streckt dem Typ an der Kasse ungeduldig den grossen Geldschein hin. Er hat seinen Wagen vor dem Eingang von LatiWeb unter einem Halteverbot abgestellt. Der Typ an der Kasse plaudert mit einer Tussie und gibt vor, ihn, den Kumpel des Auftragsmörders, nicht wahrzunehmen. Der Kumpel des Auftragsmörders lässt sich diese Unverschämtheit nicht bieten, wirft den Geldschein hin, haut ab und braust davon. Wenn er sich ärgert, spielt Geld keine Rolle, dann geht es ums Prinzip.

Während der Typ an der Kasse noch immer mit der Tussie plaudert, will Eliane Kuhn Zwigart das Ding, das sie Kevin von LatiWeb mitzubringen versprochen hatte, bezahlen. Sie ist in Eile und streckt dem Typ an der Kasse einen kleinen Geldschein entgegen und wartet auf das Rückgeld. Sie steckt den Geldschein ein, den ihr der Typ an der Kasse von LatiWeb als Herausgeld gibt. Erst zu Hause bemerkt sie, dass der Typ an der Kasse von LatiWeb ihr versehentlich diesen grossen Geldschein herausgegeben haben musste, obwohl sie bloss mit einem kleinen Geldschein bezahlt hatte. Sie nimmt sich vor, den Geldschein am Montag ins LatiWeb zurückzubringen. Ihr ist arg, dass dem Typ an der Kasse von LatiWeb ein Verlust entsteht. Sie legt den Geldschein auf die Konsole in der Eingangshalle, um auch ja am Montag daran zu denken. Sie nimmt das Gekritzel am Rand des grossen Geldscheins wahr und wundert sich, was ‚21. Mai ein Uhr fünfundvierzig Klarfeldstrasse 17' zu bedeuten haben könnte.

Inzwischen hat der Auftragsmörder einen heftigen Streit mit seinem Sohn, der steif und fest behauptet, den

Geldschein nicht vom Tisch genommen zu haben. Der Auftragsmörder glaubt seinem Sohn nicht. Er droht dem Jungen, ihn umzubringen, wenn er ihm nicht augenblicklich diesen Geldschein zurückgebe.

„Du Idiot kannst mich auf den Kopf stellen und schütteln, alle Taschen von Innen nach Aussen kehren, ich habe nicht so viel Geld! Typisch, immer wirfst du mir vor, ich lüge! Und du, ausgerechnet du machst mir diesen Zoff wegen eines läppischen Geldscheines!"

„Auf den Geldschein habe ich etwas unheimlich Wichtiges notiert. Eine Uhrzeit, eine Adresse – ich Idiot habe die Uhrzeit und die Adresse total verschwitzt. Ich muss diesen Geldschein haben! Wenn du ihn nicht endlich rausrückst, erwürge ich dich."

Nachdem Heller Sankt-Philipp sein Telefongespräch mit dem Auftragsmörder beendet hat, schlägt er das Kalenderblatt von morgen auf und notiert in seine Tischagenda ‚ein Uhr fünfundvierzig Klarfeldstrasse 17'. Er hat diesen Eintrag mit seinem Montblanc-Meisterstück-Füllhalter noch nicht zu Ende geschrieben, als es an die Türe klopft und Ronny Sert sich vor seinem Schreibtisch aufpflanzt. Intuitiv verdeckt er diesen neusten Eintrag. Er nimmt wahr, wie Ronny Sert auffällt, dass er, Heller Sankt-Philipp, wie Ronny Sert bestimmt annehmen muss, vor ihm etwas verheimlichen möchte, was nicht der Fall ist, denn was wollte oder sollte ein Ronny Sert mit einer solchen Notiz schon anfangen. Dennoch behält er seine Hand auf seiner Tischagenda, bis er, im Laufe des Gesprächs, intuitiv mit seinen Händen zu gestikulieren beginnt. Sich dessen erst nachher bewusst wird und leicht pikiert wahrnehmen muss, dass Ronny Serts Blick sofort auf den Eintrag schnellt. Heller Sankt-Philipp grinst und redet weiter, als ob nichts gewesen ist. Es ist tatsächlich nichts gewesen. Ronny Sert notiert in Gedanken, ,21. Mai, ein Uhr fünfundvierzig Klarfeldstrasse 17'. Er grinst Heller Sankt-Philipp an und denkt, was hat er mitten in der Nacht dort zu tun? Seltsame Sache. Womöglich ein krummes Ding. Könnte spannend sein, dieser Sache nachzugehen.

Ronny Sert plant sein Büro neu einzurichten. Jean Welter hatte ihm gesagt, Heller Sankt Philipp, „du weisst schon, dieser Superstar der Werber", habe in seinem Büro den schönsten dunkelgrauen Granitboden. Ronny Sert will diesen Boden sehen und erfahren, wo man einen solchen Boden bekommen kann. Er wundert sich, wie er den Empfang dieser hochgekotzten Werbeagentur problemlos passiert und im Handumdreh vor dem Werbetycoon steht.

Heller Sankt Philipp hat keine Ahnung, was dieser ihm unbekannte Ronny Sert von ihm will.

„Was ist Glück? Das Gefühl, dass die Stärke zunimmt – dass gerade ein Hindernis überwunden wird", schrieb ein Freund.

Unsichtbares Komitee, AN UNSERE FREUNDE: NAUTILUS FLUGSCHRIFT, Edition Nautilus Verlag Lutz Schulenburg Hamburg 2015, E-Book Position 2517

Samstag, 20. Mai 1972, siebzehn Uhr fünfunddreissig

Am Samstagabend um siebzehn Uhr fünfunddreissig ruft Hulda Hungerbühler den diensthabenden Polizisten des städtischen Polizeipostens ihres Wohnquartiers Stammlikon an und berichtet diesem, dass drei Männer in Schwarz mit schwarzen Pudelmützen, wie sie soeben beobachtet, in der Nachbarliegenschaft, Waldenbergstrasse 5, im Erdgeschoss, in das Ladengeschäft der Firma Losinger AG für elektronische Unterhaltungsgeräte einbrechen.

„Die Waldenbergstrasse am Ende, kurz bevor man nach Altendorf einbiegt. Sie sind in einem schwarzen Mercedes der 500-er Serie mit dem Kennzeichen XY 10763 vor das Haus gefahren. Sie öffneten die Ladentüre gewaltsam und im Nu, ohne von Passanten wahrgenommen oder gestört zu werden. Nun sind sie drinnen im Geschäft. Der Name des Geschäftes lautet zwar noch immer auf Losinger AG, doch hat ein, wie selbst im Wirtschaftsteil der NTZ zu lesen ist, zwielichtiger Ausländer, Huan Chan, vor kurzem die

Aktienmehrheit von den Erben des jungen Losinger erworben und als Erstes den langjährigen Geschäftsführer, Paul Müller, ein Mann von 59 Jahren mit Eheschwierigkeiten und einem zwar kleinen, kaum auffälligen, aber dennoch nicht wegzuleugnenden Alkoholproblem, das sich aber auf seine berufliche Tätigkeit nicht im geringsten auswirkt, gefeuert und diesen durch einen Polen, Janozs Polowiezcikz, ersetzt. Janozs Polowiezcikz fährt einen regenbogenfarbigen Pontiac Firebird, spricht kein Wort Deutsch. Ist immer in Begleitung von üppigsten Blondinen in Superminiröckchen und flauschigen Synthetik-Pelzmäntelchen. Ich will nichts gesagt haben, doch mir kommt es vor, als ob der saubere Janozs Polowiezcikz mit den Einbrechern nicht unter einer Decke steckt. Der Gang von einem der Einbrecher erinnert mich an - ."

Hier unterbricht der diensthabende Polizist den Redefluss von Hulda Hungerbühler, um einen Streifenwagen aufzubieten, der zwar unmittelbar nach ihrem Telefonanruf am Tatort eintrifft, aber dennoch zu spät, um die Täter auf frischer Tat zu ertappen. Hulda Hungerbühler steht bereit, um den Polizisten das Notwendige zu sagen. Für die Patrouillenpolizisten ist dieser Einsatz Routine. Sie rufen die Leute von der Einbruchsabteilung. Diese wissen in der Regel bereits im voraus, dass der Fall mit 83-prozentiger Sicherheit nicht aufgeklärt werden wird, weil die Täter im allgemeinen sehr motiviert sind und der Polizei zu wenig finanzielle Mittel zur Verbrechensbekämpfung zur Verfügung stehen, sodass potentielle Fachleute für Besitzschiebereien sich eher auf die Seite der gegengesetzlichen Wirklichkeitsströme schlagen.

„Da! In dieser Richtung sind sie gefahren, dann nach rechts in die Hauptstrasse eingebogen, in Richtung

Felsental", schiesst Hulda Hungerbühler wie ein Maschinengewehr los. „Wenn sie sich beeilen, holen sie sie locker ein, doch trödeln dürfen sie nicht. Soeben noch hatte ich den Pontiac Firebird des Janozs Polowiezcikz hier stehen sehen, doch kaum sind sie, die Polizei, aufgetaucht, ist er weg. Ich stelle mich vor die Türe. Diesen Laden betritt niemand, ausser über meine Leiche, darauf können sie Gift nehmen. Einer der Einbrecher hatte beim Verlassen des Geschäfts zwei Handys bei sich. Ich kann aber nicht sagen, ob sie gestohlen wurden oder ob er sie bereits beim Betreten des Ladens gehabt hatte. Hingegen trug einer einen roten Leitz-Ordner bei sich. Den hatten sie zuvor nicht gehabt, woraus zu schliessen ist, dass - ."

Die Patrouillenpolizisten veranlassen eine Fahrzeugfahndung nach dem schwarzen Mercedes der 500-er Serie mit dem Kennzeichen XY 10763. Die Beamten der Einbruchsabteilung, die wenig später eintreffen, beginnen mit der Suche nach und der Sicherung von verwertbaren Spuren am Tatort.

Hulda Hungerbühler erzählt jedem, der zufällig neben ihr stehen bleibt, sie habe schon immer prophezeit, dass die Sitten roher würden, nachdem das ehemals selbständige Bauerndorf Stammlikon von der Stadt aufgeschluckt und zum Stadtquartier Stammlikon abgewertet worden sei. Aus der Stadt komme nichts Gutes. Zu viele Menschen lebten da auf einem kleinen Flecken Erde beisammen. Was Wunder, dass die Leute sich da auf den Füssen herumtrampeln. Die Stadt habe es bloss auf die guten Steuereinnahmen von Stammlikon abgesehen gehabt. Der alte Losinger sei als Sohn eines Bauern hier im ehemaligen Dorf Stammlikon aufgewachsen. Durch Landverkäufe sei er zu sehr viel Geld gekommen und alle Leute hätten befürchtet, dass es mit ihm ohne erdbezogene Beschäftigung auf der eigenen Scholle bergab gehen werde. Er habe dann aber dieses Geschäft für Unterhaltungselektronik gleichsam als Steckenpferd mit exklusivstem und faszinierendstem Angebot für Elektronikfreaks, mit fachmännischer Beratung und mit tadellosem Service, aber eben ohne die zwingende Notwendigkeit, selbsttragend oder gewinnabwerfend zu sein, aufgebaut und mit Inbrunst zur hellen Freude einer kleinen, aber eingeschworenen Gruppe von Elektronikbegeisterten betrieben. Erstaunlicherweise habe dann das Geschäft unter der Führung des alten Losinger doch noch Gewinn abgeworfen, der zu gleichen Teilen der Quartiersbibliothek und der Aktion Brot für Brüder zugeflossen sei. Unter dem jungen Losinger seien Defizite erwirtschaftet worden. In Anbetracht des Reichtums des jungen Losinger sei dieser Umstand ein zu vernachlässigendes Detail gewesen. Nachdem der junge Losinger sich vor Jahren zu Tode gesoffen habe, hätten seine Erben sich während unzähliger Jahren nicht darüber einigen können, ob das Ladengeschäft nach einer möglichen Liquidation der Losinger AG für elektronische Unterhaltungsgeräte zu einem symbolischen Mietzins an das Reformhaus Mutter Erde oder zu einem exorbitanten Mietzins an die Syn-Tec AG zu vermieten sei, worauf die Erbengemeinschaft sich nach einem kostspieligen Gerichtsverfahren entschlossen habe, die gesamte Liegenschaft inklusive Losinger AG für elektronische Unterhaltungsgeräte als Paket zu verkaufen. Die Nachbarschaft hätte dann nicht schlecht gestaunt, als Huan Chan, höchst wahrscheinlich in Absprache mit Janozs Polowiezcikz, den Erben des jungen Losinger, angeblich, einen Betrag in Millionenhöhe hingeblättert habe und Gerüchte seien aufgekommen, dass …

Inzwischen sind an allen Ausfallstrassen aus dem Stadtquartier Stammlikon Polizeisperren errichtet worden. Der gesuchte schwarze Mercedes wird dabei nicht geschnappt. Dafür umfährt ein silbergrauer Lamborghini Countach die Strassensperre über eine holprige Wiese in Richtung Felsental und weiter zur Landesgrenze mit derart übersetzter Geschwindigkeit, mit einer derart unheimlichen Wendigkeit und mit einem derart surrealen und unerklärlichen Drive, dass die verblüfften Polizisten mit offenen Mündern dem rasch kleiner werdenden Fahrzeug nachstarren und ungläubig ihre Häupter schütteln, weil sie nicht fassen können, wie das möglich ist, wo das Fahrgestell eines Lamborghini Countach tief liegt - . Die Fahndung wird augenblicklich auf den silbergrauen Lamborghini Countach erweitert. Der Lamborghini Countach ist als gestohlen gemeldet.

Der silbergraue Lamborghini Countach gehört, wie jedes Kind in Transköl, zumindest aber in Langwardia und Umgebung weiss, dem Werbetycoon Heller Sankt-Philipp, der die Gemüter des Landes in Wallung versetzt und Grundsatzdiskussionen über Privilegien und Vettern-wirtschaft ausgelöst hatte, als er sich, gut sichtbar auf einem gerodeten Hügel mitten in der Stadt, eine Millionenvilla in der Form eines Kubus aus schwarzem Marmor, fensterlos, zu bauen und den Hügel mit Lavendel zu bepflanzen wünschte. Damals hatten sich in der Stadt drei Lager gebildet, die Fortschrittlichen, die Heller Sankt-Philipp schlicht genial finden, die Rückständigen, die ihn nicht ernst nehmen wollen oder können, und die Besorgten, die ihn für verrückt halten und alle Hebel in Bewegung setzen, um ihn in die Psychiatrische Universitätsklinik Langwardia einzuweisen. Schlussendlich bewilligt der Stadtrat den Bau. Die Opposition, angeführt vom Verein zur Erhaltung des Vaterlandes, verpasst die Rechtsmittelfrist, weil gleichzeitig mit dem Beschluss des Stadtrates ein Skandal um die Kehrichtverbrennung auffliegt. Die Opposition streut daraufhin das Gerücht, Heller Sankt-Philipp habe den Stadtpräsidenten geschmiert und bloss so die Bewilligung für den eigenwilligen und anstössigen Bau erhalten. Der Stadtpräsident dementiert mit einem Gesichtsausdruck grösster Indignation, stellt aber dennoch freiwillig sein Amt zur Verfügung, was, wie er sagt, eine unvorhersehbare Koinzidenz sei, und wird sogleich von einer renommierten Rückversicherungsgesellschaft, die Teil des Wirtschaftsimperiums Altenmeyer ist, zum zehnfachen früheren Gehalt als Executive Leader eingestellt.

Die Villa, entworfen von Teresius Engelstein, dem Hausarchitekten der Paravanzens, wird wie gewünscht gebaut. Ein weithin sichtbares Wahrzeichen der Stadt. Die Villa erlebt als Erstes den „Millionenparty" getauften gesellschaftlichen, total exklusiven ultimativen Super-Event des Dezenniums. Der internationale Jet-Set mit gekrönten und noblen Häuptern, Waffenschiebern, Oligarchen, Möchtegerns und Dummerians wird eingeflogen. Presse ist strikte ausgeschlossen. ALTER KLEISTER überdies überflüssigerweise als unerwünscht zusätzlich noch erwähnt. Was Bobby Renner nicht daran hindert, in der Maske von Lord Bringsham kurz zu erscheinen, ein Foto von der alten Paraschwanz, pardon, der First Lady, Kunigunde Paravanz-Altenmeyer, zu schiessen, während sie lachend eine

Riescrevette in ihren Mund schiebt und munter lächelnd nach links schielt.

Noch immer läuft an diesem Samstag, kurz nach halb Sieben, die Fahndung nach dem silbergrauen Lamborghini Countach des Heller Sankt-Philipp. Zwei Patrouillenpolizisten in einem Polizeifahrzeug finden den Wagen um Viertel nach Sieben verlassen und nicht beschädigt in einem Kartoffelacker nahe der Stadt, ungefähr sieben Kilometer hinter dem Felsental. Sie melden den Fund per Funk an die Zentrale und fordern einen Staatsanwalt an. Die beiden Polizisten entdecken auf dem Beifahrersitz ein Blatt Papier, auf dem rund ein Dutzend Namen geschrieben stehen. Ein Computerausdruck, eine Namenliste.

Auf der Namenliste stehen die Namen von Persönlichkeiten des öffentlichen Lebens. Drei der auf der Liste aufgeführten Personen – Cranky Precocious, Friedensreich Mostbrocken und Sebastian Hamm – waren kurz zuvor bei unerklärlichen Unfällen ums Leben gekommen. Cranky Precocious hatte sich zwar als wilder E-Bassist der Gruppe The Wild Ones und als furchteinflössender Freak gebärdet, doch wusste jedes Kind, dank ‚Julia Hinterdemmond klatscht + tratscht über Promis‘ aus ALTER KLEISTER, dass er in seinem Privatleben treu sorgender Familienvater und bekennender Christ ist. Er verstarb in einer schmutzigsten Absteige am goldenen Schuss. Dabei hatte er Drogen gehasst und bekämpft. Sebastian Hamm, der Saubermann der Nation, Demagoge, polternder Redner, erfolgreichster Industriekapitän und geschickter Benutzer der unterschwelligen Volksemotionen zu seinen eigenen, politischen und finanziellen Interessen, polarisierender Parlamentarier, der sich in der öffentlichen

Austragung von Sachfragen sonnt, war kurz zuvor erhängt unter einer Londoner Brücke aufgefunden worden. Die polizeilichen Ermittlungen hatten zwar ergeben, dass Selbstmord nicht ausgeschlossen werden kann, doch an eben diesen Selbstmord will bei Sebastian Hamm niemand glauben. Friedensreich Mostbrocken, Erster Staatsanwalt des Landes, der sich unter anderem mit der Drogenmafia in Mexiko und Kolumbien, der Mafia in USA, der Camorra in Neapel und der Yakusa in Japan angelegt hatte, war vor wenigen Tagen bei einem unerklärlichen Selbstunfall in seiner gepanzerten Limousine ums Leben gekommen. Diese drei Namen sind auf der Namenliste mit violettem Filzschreiber durchgestrichen und dahinter sind Kreuze gezeichnet. Unter weiter aufgeführten Namen finden sich Kunigunde Paravanz-Altenmeyer, die First Lady, und Mahawwah.

Die beiden Polizisten kratzen sich hinter den Ohren. In dem Moment erscheint ein VJ von Tele Langi auf der Bildfläche. Er beginnt zu filmen. Bevor Kata Ströphi und Dibi Plom, die beiden Polizisten, dazu kommen, ihm dies zu verbieten, nimmt der VJ von Tele Langi die beiden Polizisten ins Bild. Er streckt ihnen ein Mikrophon entgegen. Beide stottern gleichzeitig ins Mikrophon, kein Kommentar, kein Kommentar, verschwinden sie!

Joel Zwigart, der an diesem Samstag auf der Staatsanwaltschaft Pikettdienst hat, fährt mit seinem Fiat Uno zum Fundort des gestohlenen silbergrauen Lamborghini Countach, um der polizeilichen Sicherung der Tatspuren seinen höchstuntersuchungsrichterlichen Segen zu geben. Er taucht auf, als die beiden Polizisten dem VJ von Tele Langi ins Mikrophon stottern. Joel Zwigart hält eine Hand vor die

Linse der Kamera und erklärt dem VJ von Tele Langi ruhig, die Show sei zu Ende.

Inzwischen hat die Situation an der Waldenbergstrasse 5 sich beruhigt. Hulda Hungerbühler geht getrost nach Hause. Sie sieht, dass sie gerade rechtzeitig für die acht Uhr Nachrichten von Tele Langi zurück ist. Sepp Hungerbühler liegt schnarchend auf dem Sofa. Sie stellt den Fernseher ein und setzt sich in ihren Fernsehsessel.

Um acht Uhr siebenunddreissig unterbricht Tele Langi ihre reguläre Nachrichtensendung für eine improvisierte Pressekonferenz über eine Aktualität von nationaler Tragweite.

Der höchst besorgte, jedoch gefasste Dr. Hans-Eugen Turner, Oberstaatsanwalt Transköls, erklärt der Nation mit fester Stimme, etliche Persönlichkeiten des Landes schwebten in einer gewissen, zur Zeit noch nicht abzuschätzenden Lebensgefahr. Er liest von einem Papier ab, welche Persönlichkeiten des öffentlichen Lebens gefährdet sind. Zu grössten Vorsichtsmassnahmen veranlasse die tragische Tatsache, dass einige Träger der auf der Liste aufgeführten und mit Rot durchgestrichenen Namen neulich auf ungeklärte Weise zu Tode gekommen seien. An noch lebenden Personen sei auf der Liste unter anderen die überaus verehrte, vom Volk geliebte First Lady, Kunigunde Paravanz-Altenmeyer aufgeführt. Hans-Eugen Turner verstummt für einen Moment, initiiert eine Minute des Schweigens oder wartet auf Applaus, verzieht dann sein Gesicht zu einer Grimasse des seufzenden Schreckens und fährt fort, dass, Gott sei Dank, dank seiner Umsicht, seiner Aufmerksamkeit und seinem vorausschauenden Geist, die

Sache jetzt auffliege und eine Katastrophe verhindert sei. Er habe durchaus versucht, wie es die Geschehnisse erforderten, die einzelnen bedrohten Personen persönlich zu erreichen, doch sei ihm dies nicht gelungen. Zumal sich, zum Beispiel, die First Lady in einer Galavorstellung in der Oper befinde. Aus diesem Grund habe er sich zu diesem eher unorthodoxen Medium und Vorgehen entschlossen, damit alle bedrohten Persönlichkeiten möglichst wirksam gewarnt seien. Ausserdem werde er den polizeilichen Schutz der bedrohten Persönlichkeiten unverzüglich veranlassen.

"Zu dumm", ruft Hulda Hungerbühler, "Schatz! Die alte Paraschwanz und ihre Clique, den Amadeus gleich damit, hätten sie ruhig beseitigen dürfen. Unglaublich, was heute alles geschieht. Da geschieht tage-, ja wochen-, nein, jahrelang überhaupt nichts. Und dann plötzlich ..."

Sepp Hungerbühler hört auf zu schnarchen, schreckt aus dem Schlaf auf und reisst seine Augen auf und fragt, was ist los? Hulda Hungerbühler schüttelt ihren Kopf. Sepp Hungerbühler setzt sich auf und starrt auf den Bildschirm.

"Hast du im Quiz gewonnen?"

Dann entdeckt Sepp Hungerbühler Dr. Hans-Eugen Turner auf dem Bildschirm. Sepp Hungerbühler beginnt wie ein Verrückter zu lachen, als Dr. Hans- Eugen Turner alle Transkölanerinnen und Transkölaner bittet, die First Lady, die verehrte Kunigunde Paravanz-Altenmeyer in ihre Gebete einzuschliessen. Sepp Hungerbühler wiehert vor Lachen, schlägt sich auf seine dicken Schenkel und lacht Tränen, laut und prustend, bis Hulda Hungerbühler genervt schreit, das sei bitterer Ernst!

„Entschuldige, Liebes. Ich dachte, es sei Turi Glabotzki in einer seiner Verkleidungen. Hast du genau hingesehen, ehrlich? Es ist nicht auszuschliessen, dass es ein Jux von Turi Glabotzki ist. Die Augenpartie und der Mund. Der geborene Komiker. Wer sagst du, ist er? Wenn die alte Paraschwanz hops geht und der Paravanz aus Kummer der Schlag trifft, hätten wir gleich zwei Fliegen auf einen Schlag. Doch, wer, das ist die grosse Frage, wird dann Präsident von Transköl werden?! Ohne Präsident scheint es nicht zu gehen."

„Irgendjemand. Es bleibt sowieso immer alles beim Alten."

„Oder auch nicht."

Und wär's mein Untergang, erfahren / will ich zuvor, was schon seit Jahren / verschwiegne Wünsche in mir fragen, / die ungestüm ans Licht sich wagen. / Ich schlürf das süsse Gift Verlangen, / der Sehnsucht Bann hält mich gefangen.
Eugen Onegin, 2. Bild, 2. Auftritt, 1931

Samstag, 20. Mai 1972, achtzehn Uhr zwölf

Joel Zwigart sitzt in seinem Büro. Unter dem Vorwand des samstäglichen Pikettdienstes hatte er sich, was nicht zwingend vorgeschrieben war, weil er bloss telefonisch erreichbar und abrufbar sein muss, ins Büro begeben, um dem familiären Mief und dem drohenden Besuch seiner lieben Schwiegermama, Selina Kuhn-Faster, zu entfliehen. Im Büro hat er nichts Ausserordentliches zu tun. Nach kurzem bereits vergeht ihm die Lust, an dem Fall, der ihm von seinem Chef als besonders schwierig übergeben worden war, weiterzuarbeiten. Arbeitet er daran, wird der Fall im Nu erledigt sein und seine Kolleginnen und Kollegen werden ihn als Streber scheel ansehen. Besser er trödelt und lässt sich mit der endgültigen Aufbereitung dieses ‚schwierigen' Falles etwas Zeit. Ihm fällt nichts ein, was er tun könnte, um sich die Zeit zu vertreiben und die Heimfahrt hinauszuzögern. Der Anruf, dass Heller Sankt-Phillips als gestohlen gemeldeter Lamborghini Countach von einer Polizeipatrouille an der B17 in einem Kartoffelacker hinter dem Felsental gefunden worden sei, erlöst ihn aus dem

Dilemma. Er kann hinfahren, hingucken, seinen untersuchungsrichterlichen Segen geben, dann wieder zurück ins Büro fahren und einen Bericht über den Fund schreiben. Joel Zwigarts Samstagabend ist gerettet.

Joel Zwigart staunt nicht schlecht, als der VJ von Tele Langi sich ohne Widerrede dünn macht. In der Regel hören Leute, insbesondere Männer nicht auf ihn, nehmen ihn nicht ernst, weil er, dessen ist er sich bewusst, zu weich ist und auch nicht spielerisch den Macho raushängen kann. Die beiden Polizisten Kata Ströphi und Dibi Plom fuchteln aufgeregt mit einem Blatt Papier vor seinem Gesicht herum. Als er sich das Papier, das inzwischen in einer Plastiktüte steckt, in die die Polizisten es geschoben haben, endlich schnappen kann, muss er erst mal tüchtig lachen, setzt dann, um die beiden Polizisten nicht zu verletzen, eine ernste Miene auf und lässt fallen, „so, so, so!" Er bedankt sich bei den Polizisten, lobt sie für ihren perfekten Einsatz. Damit ist sein Auftrag am Fundort erledigt.

Über diesen Fund lässt sich kaum etwas berichten. Zurück ins Büro zu pilgern und dort rumzuhängen lohnt nicht. Nachhause will Joel Zwigart noch nicht.

Seit einiger Zeit irritiert ihn sein Privatleben. Eliane Kuhn Zwigart gebärdet sich ihm gegenüber gereizt und mäkelt ständig an ihm rum. Lucy und Kevin lassen ihn spüren, dass sie ihren Papa total peinlich finden. Beide wünschen sich nichts sehnlicher, als dass ein cooler Fremder aus dem Nebel auftaucht und sich als ihr wahrer Vater entpuppt. Joel Zwigart besinnt sich auf seine eigene Kindheit. Er hat Verständnis für das Aufbegehren der Kinder, ist sogar heimlich stolz darauf, dass sie es wagen, ihm ihre Stirnen zu bieten und nicht auf Idylle machen. Irgendwie verletzt es ihn dennoch. Trotz Bilderbuchfamilie, wie Dritte ihn und seine Familie wahrnehmen, hat er niemanden mehr zum Kuscheln und für das Wärmen der Seele. Neulich liess er bei Tisch fallen, wie er sich als Kind sehnlichst einen anderen Vater gewünscht hatte. Lucy und Kevin warfen ihm vernichtende Blicke zu. Lucy liess gelangweilt fallen, solche Träume seien kindisch, absolut kindisch. Kevin nickte zustimmend.

Joel Zwigart blitzt durch den Kopf, dass die beiden Polizisten die gefundene Namenliste, die er zu sich genommen hat, ernst genommen hatten und mit ihr in der Hand vom VJ von Tele Langi gefilmt worden waren. Obwohl er die Sache für einen Witz hält, scheint es ihm ratsam, seinen höchsten Chef, Oberstaatsanwalt Dr. Hans-Eugen Turner, für alle Fälle, pro forma, über die Sache zu informieren. Dabei eine Spur von Diensteifer zu demonstrieren. Er fährt zum Wohnhaus von Dr. Hans-Eugen Turner. Dieser wird mit Bestimmtheit nicht zu Hause sein, weil er zu den geladenen Gästen bei der Galaaufführung der Paravanzens im Opernhaus gehört. So kann Joel Zwigart zum Beweis seines vorausdenkenden Handelns eine Notiz im Briefkasten der Turners hinterlassen.

Zu seinem Erstaunen ist Dr. Hans-Eugen Turner zu Hause. Er öffnet selber die Haustüre.

„Bloss um dich zu informieren. Ich würde es selbstverständlich nie wagen, dich an einem heiligen Samstagabend zu stören, doch - . Ich meine, dieser Zettel, den der Polizist mit einer Pincette in diese Plastiktüte geschoben hat, ist ein Witz. Vielleicht amüsiert er dich genauso wie mich. Wir sollen annehmen, dass die Mafia - . Doch die Mafia würde nie so stümperhaft und offensichtlich - . Der Wagen, der als gestohlen gemeldet war und in dem diese Namenliste gefunden wurde, gehört Heller Sankt-Philipp. Bestimmt ist das Ding auf seinem Mist gewachsen."

Dr. Hans-Eugen Turner starrt auf das Blatt Papier, legt seine Stirne in Falten, sieht abwechselnd zu Joel Zwigart hin, dann wieder zum Blatt Papier. Joel Zwigart merkt, dass Dr. Hans-Eugen Turner die Namenliste anders bewertet als er. Ihm schwant Schreckliches. Er hätte nie einem, der klar nach dem Posten des Justizminister schielt, einen Wisch in die Hände spielen dürfen, der ihm eine Plattform im Rampenlicht zu erklimmen ermöglicht. Dr. Hans-Eugen Turner setzt eine ernsteste Miene auf. Sein Tonfall ist getragen.

„Ich bin stolz auf dich, Joel. Du handelst pflichtbewusst. Diese Angelegenheit können wir nicht auf sich beruhen lassen. Schau dir die Namen auf der Liste an. Die First Lady ist hier aufgeführt! Die First Lady, Mahawwah, Albinus Herfort, um bloss drei der Namen herauszupicken. Die höchsten politischen Kreise, die Spitzen des Showbusiness, der oberste Chef der Armee - . Mann o Mann, sie alle im Visier zu haben - . Was für staats- und gesellschaftszersetzende Kräfte wohl dahinter stecken mögen - ."

„Vielleicht sollten wir erst einmal abwarten und schauen, ob - ."

„Lass mich machen. Du, Joel, hast den Feierabend redlich verdient. Geh nach Hause. Geniesse deine Familie."

Bestimmt thront seine liebe Schwiegermama, Selina Kuhn-Faster, zuhause in der guten Stube, inmitten seiner Familie, und stachelt ihre Tochter, Eliane Kuhn Zwigart, gegen ihn, Joel Zwigart auf, während Lucy und

Kevin gebannt zuhören. Für Selina Kuhn-Faster ist Joel Zwigart ein Versager und unwürdig, Ehemann ihrer Tochter und Vater ihrer Enkelkinder zu sein.

Weil Joel Zwigart hübsch ist, eine Frau sich wegen seines Äusseren nicht zu schämen braucht, bietet Selina Kuhn-Faster ihn dennoch auf, wenn sie in der Öffentlichkeit einen Begleiter benötigt.

Die Kuhn-Fasters aus Obertunkwil, besitzen seit Jahrzehnten ein Premierenabonnement im Nationaltheater, dritte Reihe Parkett Mitte, und fahren zu den Aufführungen vom Land in die Stadt. Sie haben eigens für den Besuch dieser Aufführungen im Nationaltheater im Grand Hotel Ziegler-au-Lac eine Suite dauergemietet, um nach dem Theaterbesuch nicht mitten in der Nacht nachhause zurückzufahren. Selina Kuhn-Faster ist bei den Theaterbesuchen in ihrem Element. Dann endlich kann sie ihre Designerroben und die Diamanten, Smaragde, Rubine tragen, mit denen sie sich auf dem Lande lächerlich machen würde und mit denen sie die einfachen Leute auf dem Lande nicht brüskieren möchte. Dann endlich kann sie ohne Vorbehalte sich selber sein. Direktor Erwin Kuhn-Faster richtet es in der Regel so ein, dass er zufällig, dringend geschäftlich für seine Bürstenfabrik nach New York oder Tokyo verreisen muss, sobald Theaterbesuche bevorstehen. Selina Kuhn-Faster bietet dann jeweils Joel Zwigart als Begleiter auf. Sie entschuldigt sich dafür sogar bei ihrer Tochter.

„Weisst du, mein liebes Eliane Schätzchen, es ist einfach so viel schöner in Begleitung eines Mannes auszugehen. Ich finde reine Weibergesellschaften schrecklich. Und das muss ich schon sagen, mit Joel braucht man sich, zumindest visuell, nicht zu schämen. Er sieht atemberaubend gut aus. Obwohl objektiv etwas zu klein gewachsen. Und zu weich profiliert. Solange die Leute nicht dahinterkommen, was für ein Versager er tatsächlich ist, stimmt das Bild. Die Blicke der anderen Frauen – zum Schreien! Sie sind neidisch, dass ich alte Schachtel mit einem so feschen jungen Mann ausgehe. Sie stellen sich weiss der Kuckuck was vor."

Nach der Vorstellung trinken Selina Kuhn-Faster und Joel Zwigart in der angesagtesten Bar Langwardias, wo die Crème de la Crème Transköls demonstrativ vertraulichen Umgang mit der Barjungfrau, die bereits etwas in die Jahre gekommen ist und an Volumen zugelegt hat, der Jockey-Bar, Rosé Champagner. Selina Kuhn-Faster und Joel Zwigart steuern immer an den für sie reservierten Tisch, wo die Flasche Perrier Jouet Belle Epoque Rosé bereits bereit steht. Sie beobachten amüsiert, wie die in die Bar hineinströmenden Schönen und Reichen mit gespielter Herablassung um die augenblickliche Aufmerksamkeit der Barjungfrau buhlen. Selina Kuhn-Faster fühlt sich in keiner anderen Gesellschaft so wohl. Joel Zwigart liebt eleganteste Frauen. Er bewundert Frauen, die ohne zu zögern grosse Auftritte als Diven inszenieren. In diesem Spektakel begann Selina Kuhn-Faster neulich, Joel Zwigart den Kopf zu waschen.

„Joel, du musst doch gestehen, dass du im Leben nichts erreicht hast. Subalterner Beamter in irgendeinem Amt, was ist das schon. Wir sind Unternehmer. Klar, wir können uns dich leisten. Meine liebe Eliane muss auf nichts verzichten, bloss weil sie mit dir verheiratet ist. Nicht jeder Mann kann gut verdienen, das ist ebenfalls klar. Doch es geht um unseren guten Ruf. Wir sind Macher-Typen, während du ....Ja, was bist du eigentlich? Sag mir, was du bist? Dich von einem Turner überflügeln lassen, ich bitte dich! Und man munkelt, dass er Justizminister wird. Und du?! Ich habe mit Leuten aus dem Wahlkommando Villanius bereits diskret Kontakt aufgenommen. Falls Villanius die Wahl gewinnt – ich möchte nichts gesagt haben, bitte, vergiss es gleich wieder – , könntest DU zum Justizminister berufen werden. Da staunst du, was?! Selbst Prof. Dr. Dr. h.c. Dr. h.c. Lubi Trettner, den ich neulich an einem Cocktail getroffen und gefragt habe, wie er der Wahl entgegensieht, zog seinen Mund so schief, dass es allen auffiel. Und Dr. Marie-Thérèse Haschmich, die daneben stand, flüsterte mir im Vertrauen zu, wir befürchten, dass der Präsident die Wiederwahl nicht schaffen wird. Mein Herz hüpfte vor Freude, doch ich legte glatt eine Trauermiene hin, dass die Umstehenden beinahe applaudierten. Wenn du also Justizminister bist – also, ich spiele bloss mit dem Gedanken – darf dein Ehesegen unbedingt nicht schief hängen. Hier, gib das dem Eli-Schätzchen. Sag, es ist ein Geschenk von dir. Einfach so. Ohne Geburts-, ohne Mutter-, ohne Hochzeitstag, einfach so. Eine Frau will verwöhnt sein. Dann frisst sie dir aus der Hand."

Selina Kuhn-Faster übergab Joel Zwigart ein schlicht verpacktes, kleines Geschenk-Päckchen. Joel Zwigart ist ratlos.

„Brauchst nicht reinzuschauen. Drinnen ist ein Fingerring mit einem 37-karätigen Cabochon-Rubin von Harry Winston mit einem Strahlenkranz von Diamant-Baguetten. Top Wesselton, selbstverständlich, ohne Einschlüsse. Für ein solches Stück wird selbst Eliane-Schätzchen dir die Füsse küssen."

Joel Zwigart liebt absurde Filme. Hat nichts dagegen, selber in einem absurden Film zu agieren. Doch definiert er seine Rolle selber. Er gibt Selina Kuhn-Faster das

Päckchen zurück und schüttelt seinen Kopf. Zu seinem Erstaunen insistiert Selina Kuhn-Faster nicht. Vor einer Woche, als die Zwigarts von ihrem misslungenen Mallorca-Urlaub zurückkehrten, stand Selina Kuhn-Faster in der Ankunftshalle, fiel ihrer Tochter um den Hals, drückte Joel Zwigart verstohlen das Päckchen in die Hand und forderte ihn flüsternd auf, es seiner Frau zu übergeben. Diese Inszenierung schlug dem Fass den Boden aus. Elvira Kuhn Zwigart brach in Tränen aus. Selina Kuhn-Faster flötete entzückt, schau, Joel, so gerührt ist dein Weibchen!

Angebahnt hatte sich Katastrophe mit dem Mallorca-Urlaub kurz vor der Abreise. Elvira Kuhn Zwigart hatte am Samstag vor der Abreise nach Mallorca darauf bestanden, mit Joel Zwigart und den Kindern einen Einkaufsbummel auf der Bahnhofstrasse in Langwardia zu machen, um noch dies und das für die Ferien zu kaufen. Kevin war sauer, dass er während des Spazierens keine Spiele auf seinem iPhone spielen sollte. Lucy hörte mit ihrem iPod Musik, scherte mit geschlossenen Augen aus und musste ständig mit Brachialgewalt in den Familienkonvoi zurückgezogen werden. Eliane Kuhn Zwigart versprühte übertrieben gute Laune. Joel Zwigart verfluchte insgeheim seine Familie. Vor seinem geistigen Auge plötzlich das Bild eines Verkehrsunfalls: Kevin liegt reglos vor einer Kühlerhaube auf der Strasse. Blutgerinnseln aus Mund und Hinterkopf auf den Asphalt. In dem Moment schmiegt sich unerwartet etwas Kuscheliges an Joel Zwigarts Körper. Joel Zwigart spürt den Wuschelkopf von Kevin an seinem Arm. Der verlorene Junge ist da. Ganz und gesund. Joel Zwigart stehen die Tränen zuvorderst. Als er seinen Blick, um ganz sicher zu sein, zum Jungen wendet, ist die Hingabe seines Sohnes weitergehüpft. Joel Zwigart nimmt mit Bestimmtheit wahr, dass Kevin gebannt das Titelbild einer Illustrierten im Aushang eines Kiosks anstarrt. Ein Titelblatt von ALTER KLEISTER, auf dem Mahawwah abgebildet ist. Joel Zwigart wundert sich, dass Kevin sich bereits von Superstars, schönsten Frauen mit weiblichen Rundungen und Glamour in Bann ziehen lässt.

„Ich kenne Mahawwah, lässt Joel Zwigart lachend fallen, möglichst beiläufig, doch mit genügend provozierender Knappheit und Lautstärke, um Kevins Aufmerksamkeit zurück auf sich zu ziehen."

Kevin scheint nicht auf Joel Zwigarts Worte zu achten, ist bereits wieder mit etwas Neuem beschäftigt. Lucy schaut ihren Vater mit diesem Blick an, diesem besonderen Blick, der besagt, schon gut, Papa, schon gut! Einzig Eliane Kuhn Zwigart starrt ihren Mann mit bösem Blick an.

Die Situation gestattete es Joel Zwigart nicht, seine tatsächliche Geschichte mit Mahawwah zu erzählen. Danach unterliess er es, mit Eliana Kuhn Zwigart über seine Bemerkung zu reden und allfällige Missverständnisse aus dem Weg zu räumen.

Eliane Kuhn Zwigart und Joel Zwigart reisten mit den Kindern für zwei Wochen in die Colonia San Jordi auf Mallorca. Joel Zwigart hatte mit Bedacht ein kinderfreundliches Hotel ausgewählt, in dem Kinder mit hübschem Unterhaltungsprogramm rund um die Uhr betreut werden. Er hatte für die gesamte Dauer ihres Aufenthaltes einen kleinen Wagen gemietet und sich vorgestellt, dass er mit Eliane Kuhn Zwigart, ohne die Kinder, Ausflüge an einsame Strände unternehmen und die Liebe neu entdecken werde.

Am ersten Ferientag leidet Eliane Kuhn Zwigart, wegen des Fluges und wegen des Stresses mit der Packerei, wie sie sagt, unter Migräne. Joel Zwigart liegt zu lange an der Sonne, so dass er am Abend einen Sonnenbrand hat. Er beklagt sich nicht über seinen Sonnenbrand, ist höchstens amüsiert über seine Dummheit. Eliane Kuhn Zwigart überschüttet ihn mit Vorwürfen. Weshalb er nicht die Sonnencrème mit Faktor 16 oder Daylong benutzt habe. Er solle sich unterstehen, ihr wegen des Sonnenbrandes Vorwürfe zu machen. Joel Zwigart betrachtete sich im Spiegel. Rot wie ein Krebs, sagt er zu sich, und um das Geschlecht und den Hintern herum bleich, ein komisches Wesen, der Mensch.

„Schatz, ich mache dir nicht den geringsten Vorwurf - ."

„Nenn mich nicht immer Schatz, das klingt so - . Mein Gott, wie spiessig. Fühlt ein Mann, der seine Frau Schatz nennt, sich als Don Juan oder was? Du nennst mich Schatz, weil du Sex möchtest."

„Ja, Eli, genau - ."

„Nein, ehrlich, Joel, wir müssen einmal offen miteinander reden. So geht es nicht weiter. Um die Kinder kümmerst du dich nicht. Was mit den Kindern geschieht, ist dir gleichgültig! Alles bleibt an mir hängen. Hast du nicht bemerkt, wie Kevin - ."

„Die Kinder sind beim Surfen. In spätestens einer halben Stunde sind sie zurück. Falls wir tatsächlich noch rasch - ."

„Sag mal, spürst du nicht, wie du ein nicht präsenter Vater bist. Sie vermissen dich überhaupt nicht mehr, weil sie sich nicht mehr daran erinnern, dass sie einen Vater haben. Das Wort Vater hat sich ihnen nicht eingeprägt.

Ist für sie ein Fremdwort. Und das ist alleine deine Schuld, weil du, entschuldige meine Offenheit, doch einmal muss es gesagt sein, weil du ein Pascha bist. Mein lieber Joel, jemand muss es dir ja sagen. Wann hast du mit Kevin Fussball gespielt? Wann hast du mit Lucy eine Wanderung unternommen? Wann hast du - ? Und falls du wieder einmal die Idee hast, ausgerechnet in die Colonia San Jordi zu fahren, dann ohne mich. Und ohne die Kinder. Dafür sind wir uns nun wirklich zu schade. Ich meine, schau dir die Leute an, die hier ihren Urlaub verbringen."

Joel Zwigart stellt sich vor, wie er seiner Frau den Mund zuhalten und ihr die wenigen Kleidungsstücke von ihrem zarten Leib reissen, ihren Körper über und über mit Küssen bedecken würde, so dass ihr Keifen in Lustgetöhne überschwappt und die Welt rund um sie beide herum versinkt. Doch irgendwie zweifelt er daran, dass sein Impuls genügend stark ist und er seine Erektion behält, bis das Programm durchgezogen ist. Die Stimmung von Eliane Kuhn Zwigart hebt sich während der vierzehn Tage nicht wesentlich, erreicht sogar ihren Tiefstpunkt, als Kevin erklärt, der Surfing Instruktor sei viel cooler als Mama und er wolle nicht mehr nach Hause fahren, er bleibe in der Colonia San Jordi, weil es hier jeden Tag Schokoladeneis gebe. Eliane Kuhn Zwigart erkennt diesen Vorfall eindeutig als Folge des Fehlens eines väterlichen Vorbildes und hängt sich sogleich trotz der Gegenwart von Joel Zwigart von ihrem Liegestuhl am Pool aus an ihr Handy, um mit ihrer Freundin Trudi Meier zu besprechen, welcher Kinderpsychiater in einem solchen Fall der geeignetste sei.

„Hast du nicht den Eindruck, dass du etwas überreagierst?"

„Joel, du bist so gemein. Du willst mich fertig machen. Glaubst du, mir fällt nicht auf, mit welchen Blicken du anderen Frauen nachschaust. Ich bin zu wenig hübsch, ich bin zu dick, ich bin zu bieder, ich habe zu kleine Brüste - ."

Joel Zwigart hat an diesem Tag noch nicht gewichst. Er ist einem Schäferstündchen keineswegs abgeneigt. Die Kinder vergnügen sich am und im Pool. Er erkennt, dass Eliane Kuhn Zwigart nicht dazu zu bewegen ist, rasch mit ihm aufs Zimmer zu verschwinden. Er wirft einen Blick auf seine Uhr, merkt sich die Zeit. Die Kinder kommen erst nach zweiundvierzigeinhalb Minuten zu den Liegestühlen angerannt, um Geld zu holen für Eis. Diese Zeit hätte längst gereicht, zumal Joel Zwigart insbesondere Quickies erregend findet.

„Wenn du wenigstens hübsche Bilder von den Kindern schiessen würdest. Dann könnten wir sie Mama zeigen. Und Mama würde sehen, wie schön wir es hatten."
„Ich dachte, dir gefällt es hier nicht."
„Du hast es darauf abgesehen, mich zu ärgern."

Joel Zwigart schiesst mit seiner neuen Kamera unzählige Bilder vom Wasser im Swimmingpool, von den Spiegelungen des Lichtes im Wasser, von den Strukturen dieser Spiegelungen, die das leichte Kräuseln der Wasseroberfläche übernehmen oder auch die feinen Wellenbewegungen. Er stellt sich an den Rand des Pools und fotografiert das Wasser des Pools mit seinem eigenen Schatten drauf. Er entdeckt Kevin, der abgeschottet beim Betonfuss des Sonnenschirmes mit einem Spiel beschäftigt ist. Er geht zu ihm hin, legt seinen Arm um ihn und fragt ihn, ob er ein Eis möchte.

„Papa, so ein absoluter, totaler Megamist! Du bringst mich draus. Hättest du mich nicht so blöd angequatscht, wäre diese Partie spielend aufgegangen. Du bist so gemein."

Kevin entwindet sich aus der Umarmung seines Vaters, versetzt ihm einen Schlag in die Seite und rennt weg.

Dann kam die Rückreise. Den Flughafen von Palma de Mallorca erreichen Zwigarts im letzten Moment. Sie schaffen es, den Mietwagen innert nützlicher Frist abzugeben. Jedes Familienmitglied schleppt sein Gepäckstück selber und Joel Zwigart trägt seinen Koffer und eine der beiden Koffern von Eliane Kuhn Zwigart. Sie erreichen die grosse Halle, in der die abfliegenden Passagiere nach rechts zur Rolltreppe abzweigen und die ankommenden Passagiere von links her kommen. Plötzlich bleibt Kevin wie gebannt stehen.
„ Schau, Mahawwah! Ich weiss es bestimmt. Sie ist Mahawwah. Schaut, dort ist Mahawwah!"

Mit offenem Mund bleibt er stehen, starrt die Frau an und zeigt auf sie. Der träge Fluss der Masse gerät ins Stocken. Menschen bleiben kleben, reissen Augen auf, die Zeit wird kurz angehalten und die Aufmerksamkeit von einer zufällig zusammengewürfelten Gruppe fremder Menschen fokussiert sich auf einen Punkt. Einige Menschen geraten beinahe ausser sich vor Erregung, anderen ist irgendetwas an der ganzen Sache peinlich und jemand hat sogar die Geistesgegenwart, seine Filmkamera zu zücken und den Superstar so in den Sucher zu zentrieren, dass er dann vor neidischen Freunden, Bekannten und Verwandten eifrig bekennen kann, da, da , da sind wir dabei gewesen!

Mahawwah wirft sich in eine läppische Pose, um ihrer Rolle als Superstar gerecht zu werden.

„Grüssgott, Frau Mahawwah", sagt Kevin todernst und mit der Freundlichkeit eines Jungen, der weiss, was sich gehört.

Joel Zwigart fällt auf, dass er kecke Kevin einerseits den Star im Auge behält, gleichzeitig aber zu ihm, seinem Vater, schielt, wohl um zu sehen, wie Mahawwah und sein Vater aufeinander reagieren. Joel Zwigart sieht, dass diese Mahawwah nicht echt ist. Die falsche Mahahwwah, kommt lachend auf Kevin zu. Beugt sich hinunter zu ihm. Küsst ihn auf beide Wangen und sieht dann hoch zu Joel Zwigart, der hinter Kevin steht. Sie zwinkert ihm lasziv zu. Joel Zwigart ahnt, dass Kevin ihm nicht mehr glaubt, dass er Mahahwwah kennt, und Eliane Kuhn Zwigart die Bestätigung hat, dass Mahawwah und er ihr Verhältnis vor ihr vertuschen. Der Moment dieses Geschehens ist einmal mehr so kurz, so beiläufig in grösseres Geschehen eingebettet und gleitet in eine weitere Dynamik über, so dass jeglicher Versuch von Erklärungen im Fortschritt des Geschehens untergeht. Joel Zwigart denkt, Scheisse, wenn wir noch lange trödeln, verpassen wir den Flieger. Nun ist Lucy weg. Genervt ruft er in die Menge hinein nach Lucy. Lucy langweilen familiäre Alltäglichkeiten und sie sind ihr peinlich.

„Lucy, nun lauf nicht weg, bleib endlich stehen und warte auf uns!"

Zu allem Überfluss kam bei der Ankunft in Langwardia noch die Geschichte mit dem Ring.

Joel Zwigart kennt Lisa Sert Weinmann alias Mahawwah tatsächlich von früher. Sie besucht das Gymnasium zwei Klassen unter ihm. Blitzgescheit, eine Bewegungsidiotin, an der alles etwas zu gross geraten ist. Wegen ihrer Intelligenz und ihrem Äusseren wird sie von allen gemieden. Niemand will mit diesem hässlichen Mädchen gesehen werden.

Joel Zwigart ist ein ausgesprochen hübscher Junge, dabei aber ein Weichling und daher ein Aussenseiter. Seine Lieblingsbeschäftigung, neben Lesen und Malen, ist Tagträumen. Er schwelgt in üppigsten Phantasien. Spricht ihn jemand an, wird er aus schönsten Geschichten gerissen und errötet gegen seinen Willen. Ihn quält die Vorstellung, dass seine so schrecklich unanständigen Phantasien, die ihm aber viel besser gefallen als Fussball und Physik, von Dritten, die ihm in die Augen schauen, als Spiegelungen abgelesen werden können. Er weiss, dass diese Vorstellung Quatsch ist. Dass die Augen keine Fantasien verraten. Seine Vernunft bringt seine Ängste nicht zum Verschwinden.

An einer Party stellen Joel Zwigart und Lisa Weinmann fest, dass sie die beide einzigen sind, die niemand mag. Sie stehen im Abseits, ausgeschlossen aus dem allgemeinen Geschmuse und Getanze. Joel Zwigart schüttet Wein in sich und bekleckert beim Nachfüllen seines Glases das Kleid von Lisa Weinmann, die sich einer Cremetorte widmet. Sie fragt ihn über seine Mathematik-, Physik- und Chemienoten aus. Er errötet. In Gedanken hatte er Lisa Weinmann, wie sie damals noch hiess, bereits ausgezogen und ihr als Rolle auferlegt, darauf zu bestehen, dass auch er sich nackt ausziehe. Lisa Weinmann setzt Joel Zwigart auseinander, dass für sie das Menschsein mit dem

Verständnis für Mathematik beginne. Wer sich nichts aus Mathematik mache, sei nicht bloss eine Flasche in Mathematik, aber vor allem auf der Stufe eines Primaten stehen geblieben. Joel Zwigart versucht, sich die Vulva der Lisa Weinmann vorzustellen. Spielt in Gedanken mit ihren Brüsten. Stellt mit einem Mal fest, dass er eine Erektion hat. Hofft inständig, dass nicht bereits seine Gedanken eine Ejakulation provozieren oder, wenn schon, dann zumindest ohne sichtbare Spuren. Sie schaut ihn an. Er errötet noch mehr. Sie tröstet ihn. Es gäbe auch Menschen, die glaubten, nichts von Mathematik zu verstehen, aber in Wahrheit einfach noch nicht den richtigen Zugang zur Mathematik gefunden hätten, weil vor allem die Mathematiklehrer Flaschen im Vermitteln der Mathematik seien. Jede Verkäuferin in einem Warenhaus hingegen könne ihre Zahlen und Rechenvorgänge klar ausdrücken. Inzwischen dreht er in Gedanken Lisa Weinmann auf den Bauch und nimmt sie von hinten. In Gedanken lassen sich diese Dinge, in denen er nicht die geringste praktische Übung hat, wunderbar durchspielen. Sie sieht ihn an. Er wird krebsrot. Er denkt, dass sich inzwischen auch Lisa Weinmann nichts mehr bei seinem ständigen Erröten denkt, weil sie sich daran gewöhnt habe muss. Deshalb schämt er sich nicht mehr, wie sonst, für sein Erröten. Sie erklärt nach einigem Zögern, unverzeihlich jedoch sei die Haltung der wahrlich sturen Böcke, die sich der Mathematik aus Dummheit verweigern, sich dagegen sperren, die Wichtigkeit der Mathematik zu erkennen, selbst wenn sie behutsam eingeführt werden.

Joel Zwigart fühlt sich in der Gesellschaft von Lisa Weinmann wohl. Er träumt. Sie redet. Sie fordert nichts von ihm, ausser dass er ihr zuhört. Lisa Weinmann wird Joel Zwigarts Besessenheit. Das Objekt seiner schmutzigsten und schönsten Begierden. Er hingegen ist aus ihrem Dasein entfernt worden, weil sie annimmt, dass er Mathematikbanause ist.

Jean Welter, Klassenkamerad von Joel Zwigart und notorisches Grossmaul, ist klein gewachsen, extrem jungenhaft und tritt mit Pomp auf, wie wenn er ein Hüne wäre. Er hat ein Fistelstimmchen, redet dennoch ungeniert drauflos, als ob er einen samtenen Bass hätte. Bei den Jungs gilt er viel, weil er auf dem Fussballfeld alle andern ständig foult und immer behauptet, im Recht zu sein. Er schmeisst mit Geld um sich und es geht das Gerücht, dass er bereits mit Mädchen schläft. Jean Welter lässt einmal etwas fallen, das Joel Zwigart aufhorchen lässt.

„Lisa Weinmann ist die einzige Frau mit Potential. Sie ist die einzige Frau, die von der Natur verwöhnt wurde. Solche Titten, solcher Arsch. Das ist bares Geld. Sie ist die Einzige die fickt. Die andern tun bloss, als ob sie Erfahrung hätten, fallen aber in Ohnmacht, wenn du sie aufforderst, deinen Schwanz aus dem Stall zu holen. Lisa Weinmann lässt sich in jeder Position nehmen, selbst von hinten - ."

Joel Zwigart errötet bis unter seine Haarwurzeln.

Jahre später steht in der Mensa mit einem Mal Lisa Weinmann hinter Joel Zwigart in einer Schlange für Essen an. Er erkennt sie sogleich und errötet. Sie sieht durch ihn hindurch.

„Wir kennen uns von früher", sagt er.

Kaum erinnert sie sich, entschuldigt sie sich lachend. Sie habe ein schlechtes Personen- und Namengedächtnis. Sie ist sehr freundlich. Er ist überglücklich. Zu seinem Erstaunen fragt sie ihn, ob er am Abend bereits etwas vorhabe. Er verneint. So machen sie zusammen eine Kneipentour und landen dann in ihrer WG. Beim gemeinsamen Frühstück spürte er, dass er für sie erledigt ist, obwohl es ihm sehr gefallen hat und er sie als Freundin möchte.

Wieder etwas später stösst er in einem Coop zwischen Kühltruhen mit Jogurt und Fertigpizzas mit ihr zusammen. Ihrem Blick entnimmt er sogleich, dass sie ihn nicht wiedererkennt.

„Ich bin der, den du nie wiedererkennst."

Weil alle ALTER KLEISTER lesen und die Mahawwah-Geschichten von Bobby Renner so sehr Kult sind, dass man nicht dazugehört, wenn man nicht auf dem neusten Stand der Mahawwah-Geschichten ist, lesen auch Eliane Kuhn Zwigart und Joel Zwigart ALTER KLEISTER wegen der Mahahwwah-Geschichten. Sie macht sich lustig über ihn, dass er, ausgerechnet er, mit seinem intellektuellen Dünkel solchen Quatsch lese. Zur Strafe verschweigt er ihr, dass er sehr bald in Mahahwwah seine sozusagen Verflossene, Lisa Weinmann, erkennt. Plötzlich knicken die Mahawwah-Geschichten ein, werden auf eine ordinäre Art obszön, verlieren ihren Reiz. In der NTZ, dem Langi und der TIZ achtet Joel Zwigart auf Erwähnungen von Lisa Weinmann, die inzwischen Lisa Weinmann Sert heisst, dann Dr. Lisa Weinmann Sert, bis sie Professor Lisa Weinmann Sert ist.

Nach der Rückkehr aus Mallorca spannte sich das Verhältnis von Eliane Kuhn Zwigart und Joel Zwigart noch mehr an. Zwei Tage nach der Rückkehr trifft Joel Zwigart in der Stadt zufällig Trudi Meier. Blitzschnell schaltet er, dass Trudi Meier als beste Freundin von Eliane Kuhn Zwigart sich am ehesten zur Vermittlung im Eheknatsch eignet. Insbesondere möchte er, nachdem seine Frau Trudi Meier wegen Kevin angerufen hatte, wissen, ob Trudi Meier ebenfalls findet, dass Kevin psychiatrische Hilfe benötige. Trudi Meier sieht demonstrativ an Joel Zwigart vorbei. Er stutzt. Er lässt nicht locker und quatscht sie locker an.

„Mit dir rede ich nicht mehr. Joel, für mich bist du gestorben. Ich habe zu Eli immer gesagt, Eli-Liebes, habe ich gesagt, es spielt doch keine Rolle, wenn du mit einem Schlappschwanz und kleinen Beamten verheiratet bist, solange er macht, was dir gefällt. Doch sobald er dich betrügt, muss Schluss und zwar endgültig Schluss sein. Ich meine, dass du, ausgerechnet du, ein Verhältnis hast und dann erst noch mit Mahawwah, ich meine, ein Mann, der ein Verhältnis mit so einer hat, ich meine, das ist doch wirklich unter aller Kritik. Mit einer so dummen Kuh. Diese Mahawwah ist dumm wie Kuhscheisse. Und dann stehst du nicht einmal dazu. Begegnet ihr euch in der Gegenwart der ärmsten Eliane, tut ihr so, als ob ihr euch nicht kennen würdet. Von dem Moment an hat Eli gewusst, Mahawwah ist deine Geliebte. Und ihr beide versucht, euer Verhältnis vor der ärmsten Eli zu vertuschen. Doch du täuschst dich in Eli. Sie ist nicht auf den Kopf gefallen. Eine Scheidung kommt für sie nicht in Frage. Der Kinder wegen. Das kann und darf sie den Kindern nicht antun. Doch kann Eli dir nicht mehr vertrauen, dass du mit diesem Flittchen geschützt verkehrst, deshalb fordert sie einen Aidstest. Falls du dazu nicht bereit bist, setzt sie sich nicht mehr an einen Tisch mit dir. Seid ihr Männer doch windige Typen! Um euch interessant zu machen, fickt ihr solche Frauen! I gitt und pfui!"

Trudi Meier stakst mit übergrädetem Rückgrat von dannen. Joel Zwigart sieht, dass er ein echtes Problem hat. In seiner Verzweiflung will er Selina Kuhn-Faster, die zufällig an diesem Abend zum Nachtessen bei ihnen zuhause ist, um Vermittlung bitten. Er will nach dem Essen seiner Schwiegermama einen Grappa anbieten, den sie bestimmt annehmen wird. In der Regel hat Eliane Kuhn Zwigart dann meist etwas Dringendes zu erledigen und lässt sie beide allein. Es gibt Spaghetti. Eliane Kuhn Zwigart isst bloss einen Salat. Joel Zwigart beobachtet, wie Eliane Kuhn Zwigart mit ihrer Gabel in den Teller von Kevin fährt und etwas Spaghetti nimmt. Wie auf Knopfdruck geht ein Huronengebrüll los. Kevin beschuldigt seine Mutter, in seinen Teller gespuckt zu haben.

„Unsinn, Kevin, ich habe bloss eine kleine Gabel Spaghetti zum Probieren aus deinem Teller genommen, doch nicht in deinen Teller gespuckt."

„Und Papi kennt Mahawwah", schreit Kevin mit funkelnden Augen in die Runde.

„Kevin, man redet nicht darüber, dass Papi Mahawwah bumst. Nicht vor allen Leuten. Schau doch wie viele Leute da sind. Und alle Leute schauen dich nun an", belehrt Lucy ihren kleinen Bruder.

Joel sieht, wie die Mienen seiner Frau und seiner lieben Schwiegermama erstarren.

„Was heisst plumpsen", fragt Kevin.

„Wenn Papi seinen Penis in die Vulva von Mami steckt."

„Aha. Oder in die Vulva der Mahawwah. Und das soll funktionieren, du meinst, mein Pfeiflein einfach so", fragt Kevin neugierig.

Selina Kuhn-Faster wendet sich an ihre Tochter.

„Ma pauvre fille, il faut absolument que nous nous parlions sur cette chose vraiment atroce. »

Lucy und Kevin löchern Joel Zwigart sogleich mit, „was hat Omi zu Mami gesagt?" Joel Zwigart setzt dazu an, mit ungewohnt fester Stimme endlich Klarheit in dieser misslichen Sache zu schaffen. Bevor er papp sagt, fällt seine Frau ihm hysterisch schreiend ins Wort.

„Joel, ich flehe dich an, werde nicht zynisch!"

„Was heisst kynisch", fragt Kevin und spuckt dabei versehentlich zermantschte Partikel von Spaghetti und Tomatensosse auf das weisse Tischtuch.

„Mein lieber Spatz, das Wort heisst zynisch", weist Eliane Kuhn Zwigart Kevin zurecht und weicht dem Grinsen von Joel Zwigart aus. „Z, nicht k."

„Sag ich doch, kynisch."

„Zynisch, Kiwi-Spatz, zynisch, mit z wie z. Papa wird es dir erklären."

„Los, Papa, erklär mir kynisch und wie es ist, wenn du dein Pfeiflein ..."

Eliane Kuhn Zwigart entdeckt den Tomatensossenfleck auf dem Tischtuch und kriegt einen Schreikrampf. Dieser Tomatensossenfleck sei nicht wegzukriegen. Das Tischtuch sei heute frisch gewaschen. Sie habe es endgültig satt. Seit Jahren versuche sie, den Kindern Tischmanieren beizubringen, doch er, Joel, falle ihr ständig in den Rücken. Er sei so unsensibel.

Lucy reisst Augen und Mund gross auf und fragt in einer Seelenruhe, „lasst ihr euch jetzt endlich scheiden?" Eliane Kuhn Zwigart rast weg vom Tisch und schliesst sich ins Schlafzimmer ein. Joel Zwigart sagt, „Scheisse", und Kevin geht weg vom Tisch, ins Wohnzimmer und dreht den Fernseher an.

„Papa, ich stelle eine klare Frage und niemand gibt mir eine Antwort", sagt Lucy erbost und lässt ihre Gabel in ihren Teller fallen. „In dieser Familie wird nie darüber gesprochen, was angesagt ist. Ja, ehrlich, es kommt noch so weit, dass du Mama umbringst und ich die letzte bin, die davon erfährt. Ich hätte die grösste Lust, aus dieser Scheissbürgerlichkeit abzuhauen."

Lucy steht auf und stolziert in ihr Zimmer. Joel Zwigart und Eliane Kuhn-Faster bleiben alleine am Esstisch zurück. Eliane Kuhn-Faster rückt ihren Stuhl nahe an Joel Zwigart ran. Sie tätschelt ihm vertraulich auf einen Unterarm. Sie lächelt ihn an, hebt in verschwörerischem Tonfall zu flüstern an.

„Über diese grässliche Szene reden wir später. Worum es mir geht, du kennst Mahawwah. Mahawwah ist das Sprachrohr des Volkes, wird mir gesagt. Nun finde ich, in unserem Wahlkampf hier ist es im Interesse des Landes, dass eine Stimme des Volkes sich erhebt und ein gutes Wort für Villanius einlegt, damit auch dem Volk die Augen aufgehen und es erkennt, es gibt die Möglichkeit den Paravanz abzuwählen. Könntest du mir nicht den Kontakt zu Mahawwah vermitteln. Im Dienste unseres Vaterlandes bin ich bereit, über meinen Schatten zu springen und auch mit Damen zu reden, die womöglich keine Damen sind."

Joel Zwigart hätte am liebsten zurückgefragt, „vermutest du, sie ist ein Transvestit?" Er denkt, wäre er Schriftsteller, müsste er eine Soap-Opera schreiben.

An diesem Samstag, den 20. Mai 1972, um zwanzig Uhr siebenundvierzig hat Joel Zwigart keinen Bock darauf, nachhause zu gehen. Er lenkt seinen Fiat Uno ziellos durch die Stadt. Er muss Zeit totschlagen. Zurück ins Büro zu gehen stinkt ihm. Es wäre, denkt er, eine günstige Gelegenheit, auf die Pauke zu hauen. Doch was versteht der Mensch, er, Joel Zwigart, unter diesem schrillen Begriff? In Bars rumhängen, sich volllaufen lassen. Ist überhaupt nicht sein Ding. Seit er Eliane Kuhn Zwigart kennt, mit ihr verheiratet ist, mit der Familie in diesem Aussenquartier wohnt, hat er nicht einmal mehr eine Stammkneipe, ausser den Vorbahnhof, doch der ist strikte für das Zusammensein mit seinem liebsten Freund Kess Frank reserviert. Dann wundert er sich noch, wie er, als er am Nachmittag rasch nach Hause gegangen war und niemanden zuhause angetroffen hatte, den Geldschein, einen erstaunlich grossen Geldschein, der auf der Konsole in der Eingangshalle gelegen hatte, eingepackt hatte. Dieser Geldschein muss verprasst werden, ein Wink des Schicksals. Kurzentschlossen parkt er den Wagen in der Altstadt und geht zur Sauna Caligula.

Er muss sich sputen. Er weiss nicht, bis wann die Sauna Caligula an Samstagen geöffnet ist. Er klingelt an der Eingangstüre. Der Besitzer der Sauna, Kuno Heitz, schaut ihn erstaunt an.

„Du, so spät, und erst noch an einem Samstagabend. Höchst ungewöhnlich. Mich geht es ja nichts an. Doch falls du dir vorgestellt hast, hier herrscht Hochbetrieb, täuschst du dich. Ich warte bloss ab, bis alle weg sind. Bloss noch der dort. Und ein Alter ist gerade im Dampfbad und … Ach ja, und ein Junger, ein geiles Stück. So ein Ding, ich übertreibe nicht. So ein Ding hat er zwischen den Beinen. Zeichnet sich unter dem Frottiertuch ab. –

Entschuldige, ich möchte meine Zeit nicht verplaudern. Ich sehe gerade fern. Das ist ja absolut schrecklich. In welchen Zeiten leben wir. Stell dir vor, Kuni und die Mahawwah sollen umgebracht werden, sagt er. Ich schwöre dir, das hat er soeben gesagt. Ich weiss nicht wer. So einer - . Du weisst schon, mit Schlips und so, ganz seriös. Dass Kuni so etwas erleben muss, wo sie eine so integre Frau ist - . Ja, jetzt ist es vorüber. Vielleicht wiederholen sie es. Ich rufe dich, falls er nochmals mit seinem Aufruf kommt. Ich meine, das ist ja so absolut schrecklich. Tele Langi wird den Aufruf bestimmt wiederholen. In ein paar Minuten. Ich werde dich rufen, sobald der Aufruf wiederholt wird. Sich vorzustellen, dass Kuni - . Nein, also! Da, fühle mein Herz. Es schlägt so wild. Ich bin richtiggehend aufgeregt. So bin ich. Es betrifft mich zwar nicht, doch ich fühle mit der ärmsten Kuni."

Joel Zwigart macht eine besorgte Miene, behält sein Wissen zurück und weiss nun mit Bestimmtheit, dass Dr. Hans-Eugen Turner seinen grossen Auftritt bei Tele Langi hat. Ihn, Joel Zwigart, hat es hierher geschwemmt, weil er hier herumhängen möchte, ziellos, seinem Wunsch herumzuhängen frönen möchte, ohne gleich den Grund für sein Tun erklären zu brauchen.

Unter der Dusche begegnet er einem Alten und einem blutjungen Blonden, sehr wahrscheinlich dem Jungen mit dem gemäss Kuno Hitz so langen Dödel. Prickelnd für Joel Zwigart ist die Vorstellung, dass der Junge ihm in den Schwitzraum folge. Er folgt nicht. Joel Zwigart legt sich flach hin, schwitzt. Versucht das Herumhüpfen seiner Gedanken zu stoppen. Versucht, sich auf sein Schwitzen zu konzentrieren. Vor allem, nicht an zuhause zu denken. Sich tatsächlich auf sein Körpergefühl und sein Schwitzen, nichts als sein Schwitzen zu konzentrieren. Von Zeit zu Zeit zur Sanduhr an der Wand schielend, ob er bereits seine zehn Minuten geschwitzt hat. Nach dem ersten Saunagang steuert er nicht auf den Liegeraum zu, sondern setzt sich in einen Fauteuil im Aufenthaltsraum. Vom Stapel der herumliegenden Zeitschriften meidet er die Homo- und Pornomagazine. Er ergreift die neuste Ausgabe von ALTER KLEISTER, die auch bereits ein paar Tage alt ist und zerfleddert ausschaut. Die wahre Verwöhnung. Er kann sich ALTEM KLEISTER widmen. Auf dem Sofa sitzt ein Alter. Womöglich ist er jünger als Joel Zwigart, doch für Joel Zwigart repräsentiert er den Typ des ewigen Alten, der auf der Lauer liegt, um seine Überlegungen an irgendeinen Menschen zu bringen. Joel Zwigart vertieft sich in ALTER KLEISTER, um auch nicht das geringste Signal einer Gesprächsbereitschaft auszusenden. Der Alte eröffnet die Unterhaltung dennoch unbeirrt.

„Seite 56/57. Es liegt mir fern, sie zu stören. Doch Seite 56/57 ist die Sensation. Ich lese ALTER KLEISTER zu Hause. Deshalb weiss ich bereits, was drin steht. Objektiv betrachtet ist diese Zeitschrift ordinär. Das ist ja auch der Grund, weshalb Kunigunde unbedingt nicht in ALTER KLEISTER erscheinen will. Ich verstehe sie voll und ganz und ich unterstütze sie in diesem Entscheid. Dass sie aber jetzt dennoch - . Ja, schauen sie bloss nach, Seite 56/57! Sie ist über sich hinaus gewachsen, um dieser stillosen Mahawwah eins auszuwischen und sie frech anzugrinsen, auszulachen – so provokant! Die Kuni hat es der Mahawwah ganz schön gezeigt! Zum Glück gibt es Julia Hinterdemmond. Da erfährt man Dinge, die man sonst nicht erfährt."

Dritter Teil

Ein aussergewöhnlicher Samstag

But accepting the full and awe-inspiring responsibility of representing the worldview of an aging man, I insist that – as an aging man indeed – I have come to treasure the rare moment of harmony that happen to me.

Hans Ulrich Gumbrecht, Production of presence: what meaning cannot convey, Stanford University Press 2004

Samstag, 20. Mai 1972, fünfzehn Uhr sechs

Am Samstag, den 20. Mai 1972, um fünfzehn Uhr sechs erkennt David Sert dass die Flucht aus dem Elternhaus eine Schnapsidee war. Der Geldautomat hat seine Kreditkarte aus unerfindlichen Gründen geschluckt. Jetzt steht er blank am Bellevue und weiss nicht mehr wohin. Und das nach nur zwei Tagen in der Freiheit. Er schämt sich, nachhause zurückzukehren. Er weiss, dass sein Verhalten kindisch war.

Erste Station seiner Flucht war Ulf Schepper gewesen, sein bester Freund. Dort konnte er unterkommen, weil Ulf Scheppers Eltern auf Geschäftsreise sind. Ulf Schepper hatte es total cool gefunden, wie David Sert Nägel mit Köpfen macht und von zuhause abhaut. David Sert hat die Bewunderung von Ulf Schepper, den er seinerseits bewundert, wohl getan.

„Wow, ist ja cool. Und was hast du vor", fragte Ulf Schepper.

„Ich fliege nach Los Angeles. Dort lasse ich die Sau ab."

„Reisst Weiber auf?! Du, ich fass es nicht! Stille Wasser gründen tief."

Ulf Schepper war schon immer ein wilder Kerl gewesen. Ein Frauenheld. Lebt für Fussball und wilde Sachen. Will Chirurg werden und wurde soeben von der medizinischen Fakultät der Uni Langwardia zum Medizinstudium zugelassen. David Sert hätte am liebsten Philosophie studiert, traut sich dieses Studium nicht zu und schrieb sich aus Verlegenheit auf der juristischen Fakultät ein. Der draufgängerische Ulf Schepper und der stille, unsportliche David Sert waren von Anfang an ein ungleiches Paar gewesen. Doch die Freundschaft hält.

„Und wie finanzierst du dir die Reise nach Los Angeles und den Aufenthalt dort", fragte Ulf Schepper. „Hier zumindest weiss ich, wie man an Geld rankommen kann. Entweder du gehst ins Café Gümpli, wo die alten Weiber aus Protzenklotz Kaffee trinken, das Geld ihrer Banker-Ehemänner unter die Leute bringen und jungen hübschen Männern, wie wir es sind, gerne mal dies und das finanzieren, wenn man sie vögelt. Oder du gehst in die Sauna Caligula, wichst einem alten Schwulen einen ab, bis es ihm kommt, und kassierst dafür einen Hunderter. Doch in Los Angeles – keinen blassen Schimmer! Oder stehst du bereits in Hollywood unter Vertrag! Hahaha. Am liebsten würde ich mit dir gehen und schauen, was sich dort machen lässt."

Am Samstag während des Frühstücks, das sie nachmittags um Zwei einnehmen, verkündete David Sert, nun müsse er los. Sein Flieger gehe am späten Nachmittag.

David Sert bluffte. Er kann sich nicht erklären, welcher Teufel ihn reitet. Er schlendert in der Altstadt herum, schaut sich die Auslage im Bücherantiquariat Pinkus an und entdeckte eine Ausgabe von Ernst Blochs ‚Das Prinzip Hoffnung'. Er betritt den Laden, sagt dem Buchantiquar, er interessiere sich für ‚Das Prinzip Hoffnung'. Dieser entschuldigt sich, dass diese Ausgabe etwas teuer sei, weil der erste Band eine persönliche, handschriftliche Widmung von Ernst Bloch enthalte. Die Bände könne er nicht einzeln verkaufen, denn nur gesamthaft stellten sie etwas Besonderes dar.

David Sert weiss, diese Ausgabe will er haben. Er fragt den Buchantiquar, wo sich der nächste Geldautomat befinde. Der Buchantiquar schlägt vor, die Bücher bis Mitte nächster Woche für ihn zu reservieren. David Sert wirft hin, „nicht nötig, ich komme gleich wieder".

Dann schluckt der verflixte Automat aus unerfindlichen Gründen die Kreditkarte. Zurück zu Ulf Schepper kann und will David Sert nicht. Er wird von einem unermesslichen Weltschmerz erfasst. Er verflucht sich und seine Verlierernatur. Wie kann ein Mensch bloss so blöd sein und total versagen, sobald es um die Wurst geht.

Ihm als halbwegs überzeugtem Vegetarier stösst die Redewendung mit der Wurst, die ihm spontan einfällt, sauer auf und weckt Begierden. Würste isst er gerne. Schweinsbratwurst vom Grill. Doch nicht einmal dafür reicht sein Geld. Wo er bereit ist, um nicht in Gewissenskonflikte zu geraten, eine Schweinsbratwurst vom Grill zur Not als vegetarisch zu erklären, und nur wenige Schritte vom Kreuz mit dem Kreuz-Grill entfernt ist, wo es die besten Grillwürste gibt. Er kratzt seine letzten Münzen aus dem Hosensack. O

Wunder. Das Kleingeld ergibt, genau gezählt, beinahe zehn Franken. Es reicht für eine Schweinsbratwurst vom Grill! Der Tag ist halbwegs gerettet.

Nun gilt es für David Sert bloss noch, mit seinem alten Groll gegen seine Eltern aufzuräumen und eine Strategie zu entwickeln, um nachhause zurückkehren zu können, ohne als Vollidiot dazustehen. David Sert redet sich gut zu. Er ist erwachsen. Höchste Zeit, sich wie ein ausgewachsener Mensch zu verhalten.

David Sert weiss nicht, ob er eine glückliche Jugend gehabt hat oder nicht. Lisa Weinmann Sert und Ronny Sert, seine Eltern, hatten ihn, nimmt er mal an, behütet. Glücklich oder nicht glücklich hat sich als Frage nie gestellt. Einmal hat Ronny Sert David Sert übers Knie gelegt und ihm den Hintern verdroschen. David Sert hatte genau gewusst, was er verbrochen hatte. Die Schläge hatten ihm nicht weh getan. Er hatte sich ins Fäustchen gelacht, als Ronny Sert sich kurz nach dem Verdreschen bei ihm entschuldigte.

Seit David Sert sich erinnern kann, sind seine Freunde immer hin und weg von seinen coolen Eltern und beneiden ihn um sie. Er wiederum empfindet Eltern immer als ein notwendiges Übel. Findet seine Mutter grundsätzlich okay. Seinen Vater jedoch als sturen Bock. Der es darauf angelegt hat, ihm jeden Spass zu verbieten. Gleichzeitig ist er auch wieder stolz auf seine Eltern. Sie haben wesentlich mehr Stil, als die Eltern mancher Freunde. Selbst wenn er mit Eltern von gewissen Freunden viel lustigere Dinge unternehmen kann, als mit seinen Eltern, hätte er um nichts in der Welt tauschen mögen, weil diese anderen Eltern zu sehr klammern und ihre Kinder strenger kontrollieren.

Der Stil von Lisa Weinmann Sert, den alle so bewundern, erinnert David Sert sich, nimmt bisweilen skurrile Formen an. Sie ist Professorin der philosophischen Fakultät II der Uni Langwardia, Abteilung theoretische Mathematik. Sie trägt eine Brille mit dicken Gläsern. David Sert ist immer stolz darauf gewesen, eine so gescheite und gleichzeitig so schöne Mutter zu haben. Seine Freunde behaupten, David Serts Mutter sei nicht schön, doch mega-cool. Überdies rutsche ihre Brille auf ihrer Nase ständig nach vorne, was komisch sei. Das trifft zu. Selbst wenn sie sich auf den Bettrand zum kleinen David Sert setzt und versucht, ihm ein Märchen zu erzählen, weil Mütter ihren Kindern Märchen erzählen sollen. Von Märchen versteht sie nichts und verheddert sich regelmässig in den Geschichten. Dann schwenkt sie in ihren Erzählungen jeweils ab und legt ihm mathematische Probleme dar, mit denen sie sich gerade befasst. Mit ihrer linken Hand schiebt sie ihre Brille hoch. Ihre Augen erscheinen durch die Brillengläser so wunderschön gross. Lisa Weinmann Sert kommt in Fahrt. Der kleine David Sert versteht nur Bahnhof, ist aber stolz darauf, dass seine Mutter ihn, den dummen Jungen, wie einen Erwachsenen behandelt. Trat zufällig Ronny Sert in die Idylle, stört er. Er sagt zwar kein Wort. Zückt aber seine Kamera und schiesst unzählige Bilder. Die er dann stolz in Gesellschaft herumzeigt. Die Welt der Zahlen, Gleichungen und Logarithmen ist das Geheimnis von David Sert und seiner Mutter. Da hat der Vater nichts verloren.

Zum ersten wirklichen Bruch zwischen ihm und seinem Vater war es, wie David Sert jetzt erinnert, gekommen, als dieser ihn schamlos belogen hatte. Vor –zig Jahren war Lisa Weinmann Sert nach einem Telefonanruf schrecklich aufgeregt gewesen. Hatte David Sert befohlen, sich augenblicklich die Windjacke überzuziehen. Sie würden in die Stadt fahren.

Papi sei verunfallt, liege im Spital. David Sert hatte die Aufregung von Mami soweit verstanden. Schliesslich ist Papi ihr Mann. David Sert jedoch erstaunt es nicht im Geringsten, dass Papi verunfallt ist.

Papi befiehlt David Sert, mit dem Fahrrad aus der Garagenausfahrt nie direkt auf die Strasse zu fahren. Die paar Meter zum Fussgängerstreifen zu gehen. Dort schön links und rechts zu schauen. Wenn kein Auto sich dem Fussgängerstreifen nähert, sein Fahrrad auf dem Fussgängerstreifen auf die andere Strassenseite zu schieben. Erst nach dem Ankommen auf der anderen Strassenseite das Fahrrad zu besteigen und loszufahren.

Aus seinem Zimmer hatte David Sert mehrmals beobachten können, wie Papi genau so mit seinem Fahrrad losfährt, wie er, Papi, es ihm, David Sert, verbietet. David Sert ist nicht blöd und malt sich aus, dass gewisse Fahrweisen gefährlich sind. Doch die drohende Gefahr beschert ihm diesen lustvollen Nervenkitzel. Als David Sert auf der hinteren Bank im Auto sitzt, das Mami in Richtung Spital lenkt, denkt er, recht geschieht ihm, er hat nichts anderes verdient. Jetzt hat es ihn endlich, endlich einmal selber erwischt. Hahaha!

Im Spital, beim Anblick von Papi kämpft Mami mit den Tränen, ringt mit den Armen und Papi sagt, pass auf, mein Sohn, dass du immer vorsichtig mit deinem Fahrrad herumfährst, sonst landest auch du im Spital und das ist, ich gestehe es dir, nur beschränkt cool. David Sert hätte gerne gewusst, wie bei einem gewöhnlichen Fahrradunfall derart viele blaue Flecken, Risse in der Haut, verkrustete Wunden entstehen. Er erklärt es sich damit, dass Papi wohl in die Höhe katapultiert, durch die Luft geschleudert worden war und sich beim Aufprall am Boden erst noch mehrmals überschlagen hatte.

Als David Sert ein paar Tage später Omi besucht, schimpft sie über Papi. Er höre nie auf sie. Nun habe er die Bescherung! David Sert überlegt, dass es für Omi ärgerlich ist, wenn selbst der grosse Papi so unvorsichtig Fahrrad fährt.

„Ja, Omi. Mir ist es eine Lehre. Von nun an werde ich vorsichtiger Fahrrad fahren. Ich will keinen Fahrradunfall bauen wie Papi."

„Fahrradunfall?! Haben deine Eltern dir nicht gesagt, dass Ronny von rechtsradikalen Schlägertrupps zusammengeschlagen wurde. Ich hatte ihn immer davor gewarnt, sich zu sehr für Migranten ohne Aufenthaltsbewilligung zu engagieren."

Danach behaupteten seine Eltern, sie hätten nicht gelogen, beim Vorfall sei auch Papis Fahrrad zu Schaden gekommen und überdies hätten sie ihn bloss schonen wollen. Vom Schrecklichen, das auf der Welt geschehe, erfahre er genügend zeitig.

David Sert hatte sich nach dieser Lügerei von Papi ernsthaft überlegt, ob er nicht im Schlupfhaus, das, wie jedes Kind weiss, misshandelten Kindern Obdach bietet, Zuflucht suchen soll. Er hatte Papi derart über, dass er sich dringend einen anderen Papi wünscht. Ulf Schepper rät dringend vom Schlupfhaus ab. Im Heim seien Kontrollen rund um die Uhr, wie er von einer Bekannten, die dort gewesen sei, erfahren habe.

„Wenn beide Eltern, wie bei dir, berufstätig sind, hast du zu Hause unendlich mehr Freiheit als im Heim. Und ehrlich, ich finde deinen Papi cool So einen Papi wie du möchte auch ich haben."

Auch weil er nicht wollte, dass Mami mit ihm am Ende schimpft, lässt David Sert die Sache damals auf sich beruhen. Doch sein Groll gegen Ronny Sert hatte Nahrung bekommen.

Vor fünf Jahren dann geschah das Unsägliche, das dem Fass den Boden ausschlug. Es hatte harmlos angefangen mit einer Grillparty im Garten. Zur Vorspeise gibt es einen griechischen Salat, danach Salm aus der Alu-Folie mit Rauke-Risotto, später Käse und zum Abschluss Vanille-Eis. Die Erwachsenen, seine Mutter, sein Vater, Bobby Renner und Jean Welter amüsieren sich sehr. Der Vater bietet David Sert an, falls es ihm zu blöd sei, bei den Erwachsenen zu bleiben, dürfe er ohne weiteres abhauen. David Sert zieht es vor, bei den Erwachsenen zu bleiben. Einerseits bewundert er insbesondere Bobby Renner, der sein Götti (Patenonkel) ist, und andererseits ist er schrecklich neugierig und will möglichst viel von dem mitbekommen, was die Erwachsenen sich zu erzählen haben. Schliesslich ist er kein Kind mehr. Er hasst zwar seinen Vater, lässt sich jedoch vor anderen nichts anmerken. Als er Bobby Renner einmal im Vertrauen sagt, er hasse Papi, ist dieser erstaunt und erwidert, davon habe er nichts geahnt. Das wiederum erstaunt David Sert nicht. Sein Vater ist ein Blender und tut nur so, als ob er ein lieber

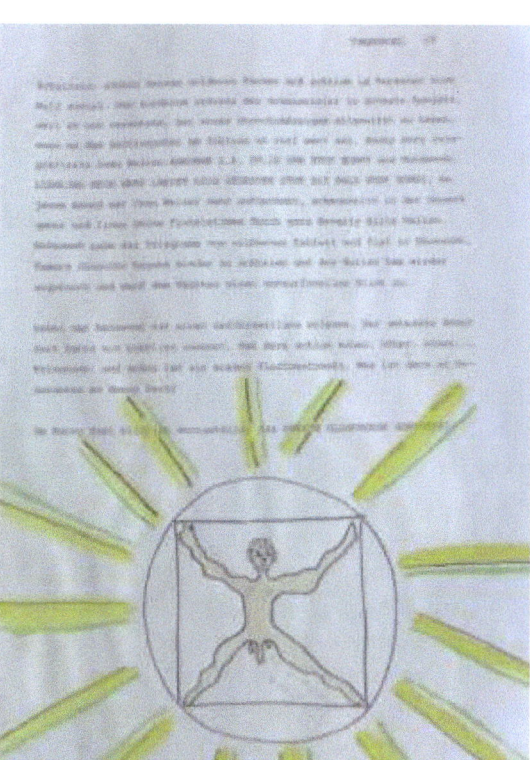

Mensch ist. Alle fallen auf ihn rein. Es ist, denkt David Sert, zum Verzweifeln. Nicht einmal seine Mutter, die den Vater wirklich kennen sollte, scheint bemerken zu wollen, welchen Schuhvoll sie bei ihrer Heirat mit diesem Halbschuh rausgezogen hatte.

Nach dem Essen fragt der Strahlemann Ronny Sert in die Runde, wer noch einen Grappa wünsche. Er bittet dann seinen Sohn, den Grappa und ausreichend Gläser aus dem Schrank im Esszimmer zu holen.

„Entschuldige, mein Sprössling, eine Bitte. Im Keller steht eine besondere Flasche Grappa, Berta. Macht es dir was aus, sie auch noch raufzuholen?"

Als David Sert sich mit dem Gewünschten aus dem Keller und dem Esszimmer dem Sitzplatz wieder nähert, sind die Erwachsenen in einen heftigen Wortwechsel verstrickt. David Sert bleibt einen Moment in sicherer Distanz stehen. Die Erwachsenen bemerken nicht, dass er wieder da ist. Aus dem Stimmengewirr ist klar Jean Welters Piepsstimme herauszuhören. Jean Welter schreit, dass er sich keine Vorschriften machen lasse. Dass niemand ihm Mahawwah verbieten könne. David Sert blitzt durch den Kopf, ich fass es nicht! Da glaubt man, sie sind erwachsene, vernünftige Leute. Und womit beschäftigen sie sich, kaum entfernt man sich von ihnen?! Mit dieser alten Schachtel Mahawwah, die total peinlich ist!

Jedes Kind in Transköl kennt die Geschichte von Mahawwah. Wäre es nach seinen Eltern gegangen, hätte David Sert Mahawwah nicht kennen dürfen. ALTER KLEISTER, in dem die Mahawwah-Geschichte läuft, mögen gewisse Leute lesen, hört David Sert seine Mutter abschätzig fallen lassen.

„Wir lesen lieber gute Bücher, nicht wahr, mein David-Spatz?! Und dass unser lieber Bobby bei ALTER KLEISTER arbeitet, nun, nobody is perfect! Irgendwie muss er seine Brötchen und das Benzin für seinen Porsche verdienen."

Bei Freunden zuhause hatte David Sert dann und wann ALTER KLEISTER herumliegen sehen, auch selber darin herumgeblättert, das Blättchen jedoch doof gefunden. Die Mahawwah-Geschichte noch doofer. Alle Jungs, und selbst die Mädchen, finden ALTER KLEISTER doof. Etwas für alte Leute. Und diese sagen dann, ihr hättet ALTER KLEISTER und die Mahawwah-Geschichte früher kennen sollen, ja, damals war sie ein Riesenknüller gewesen. Wenn Eltern von Schulfreunden oder andere Erwachsene so reden, werfen David Sert und seine Freunde sich Blicke zu und verdrehen die Augen.

Die Tatsache, dass ausgerechnet seine Eltern und ihre Freunde sich, kaum entfernt er sich für ein paar Minuten, sich über Mahawwah streiten, erscheint David Sert wie ein Witz, wie Realsatire. Doch was er dann hört, und erst noch aus dem Mund von seinem Vater, trifft ihn wie ein Holzhammerschlag auf den Kopf.

„Notfalls muss Lisa sich vorbehalten, gerichtlich gegen dich vorzugehen", schreit Ronny Sert Jean Welter an.

David Sert hat seinen Vater noch nie so wütend gesehen. Sein Vater ist aus der Fassung geraten. David Sert kann nicht verstehen, was dieser Satz zu bedeuten hat. Er stürzt sich in die Runde, bewaffnet mit zwei Flaschen Grappa und ein paar Gläsern. Alle kreischen, o, wie schön! Sie tun, als ob nichts gewesen ist. Jetzt explodiert David.

„Weshalb soll Mami gegen Jean gerichtlich vorgehen?! Kann es mir jemand erklären? Bitte!"

„Mein Sprössling, du scheinst etwas falsch verstanden zu haben. Ihr wisst, David kann manchmal ganz schön ausrasten. Komm, komm, mein Sohn. Jetzt tue ich etwas, was ein vernünftiger Vater nicht tun sollte. Möchtest du einen Grappa? Zum ersten Mal ganz offiziell. Ich habe längst bemerkt, dass du und deine Freunde euch heimlich hinter meine Schnäpse macht."

Damit nimmt die Situation genau die Wendung, die David Sert um alles in der Welt vermeiden möchte. Sein Vater geht einmal mehr über etwas hinweg und schweigt über etwas, das auch ihn, David Sert, etwas angeht. Immerhin ist er schon über Vierzehn.

Aus seinen Eltern ist nichts rauszuquetschen. Sie blocken ab und schalten auf stur. Nichts zu machen. David Sert tobt und wütet. Seinen Eltern fällt dazu nichts Gescheiteres ein, als die Bemerkung, „schau, schau, schau, unser Sohn kommt in die Pubertät." Die Jahre rasen vorüber, doch die Frage bleibt unbeantwortet und nagend.

Jean Welter, der von seinem Vater angesprochen war und mit Bestimmtheit weiss, worum es geht, mag David Sert nicht um Auskunft angehen. Jean Welter ist ein Aufschneider. Nett, doch ein Aufschneider. Würde David Sert ihn anrufen, würde Jean Welter mit seiner Piepsstimme loslegen, dass er zur Zeit gerade auf Aruba unter einer Palme am Strand liege, aber gerne bereit sei, ihm seine Dassault

Falcon 2000 rüberzuschicken, damit er ebenfalls nach Aruba komme und sie ein gemütliches Gespräch haben könnten.

Bobby Renner ist reeller.

„Ja, ja, David. Alles, was ich dir bieten kann, ist ein Blick ins Archiv von ALTER KLEISTER. Womöglich hilft das dir auf die Sprünge. Du musst wissen, die Mahawwah-Geschichte war mein Knüller von vor -zig Jahren. Bis vor kurzem haben meine Mahawwah-Geschichten die Leserschaft in den Bann gezogen. Die Geschichte ist erstunken und erlogen. Mahawwah gibt es nicht. Sie ist eine Kunstfigur, doch die Leute glaubten an sie – Realsatire in Reinkultur."

„Und was hat Mahawwah mit meinen Eltern zu tun?"

„Wie gesagt, ich kann dir das Archiv von ALTER KLEISTER anbieten. Finde es selber raus."

David Sert ärgert sich, dass selbst der sonst vernünftige Bobby Renner bockt. Er wird so tun, als ob er sich für das Archiv von ALTER KLEISTER interessiere. Dabei Bobby Renner in ein Gespräch verwickeln und ihm die Würmer aus der Nase ziehen. Doch aus dem intimen Gespräch auf der Redaktion von ALTER KLEISTER wird nichts. Bobby Renner stellt David Sert Tamarinda Waschkler vor.

„David schreibt seine Matura-Arbeit über Qualitätsjournalismus und hakt ausgerechnet bei meiner Mahawwah-Geschichte ein, um der Sache auf den Grund zu gehen. Kluges Bürschchen, eine so freche Idee. Das gefällt mir. Zeige ihm alles, auch da, wo ich ausgestiegen bin und von wo an es mit dem Qualitätsjournalismus abwärts ging."

„Besuchst du das Gymnasium Hartenfels? Kennst du meinen Bolko? Bolko Waschkler. Englischlehrer und in der Nationalmannschaft der Fechter."

Bolko Waschkler ist der jüngste Lehrer am Gymnasium Hartenfels. Ein lässiger Typ. Nicht viel älter als die Schüler. Das mit der angeblichen Matura-Arbeit über Qualitätsjournalismus fällt David Sert höchst willkommen in den Schoss. Seit Tagen zerbricht er sich den Kopf über ein mögliches Thema für seine Matura-Arbeit. Nun hat ihm Bobby Renner, ohne es zu wissen, ein Thema zugespielt. David Sert wäre Bobby Renner am liebsten um den Hals gefallen.

Tamarinda Waschkler zeigt David Sert im Archiv die Gestelle mit den Jahrgängen 1963 bis 1971 von ALTER KLEISTER. Die Mahawwah-Berichte nach 1968/Nr. 5 seien zwar weiterhin mit Bobby Renner gezeichnet, stammten jedoch nicht mehr von ihm. Sie rate ihm die ersten fünf Berichte von Bobby Renner aus dem Jahr 1963 zu lesen. Darin werde, zwischen den Zeilen, das Programm der Geschichten erklärt. Zum Vergleich seien von 1967 die Nummer 1 bis 5 interessant, dann reiche es 1971 Nr. 5 und 6 und eine ganz aktuelle Nummer zu lesen. So sei er bestens informiert und könne sich ein eigenes Bild von Qualitätsjournalismus machen.

David Sert erlebt den Schock. Seine Mami, seine Mutter. Lisa Weinmann Sert führte ein Doppelleben als Frau Professor Lisa Weinmann Sert und als die Kunstfigur Mahawwah. Der Schock seines Lebens. Er stellt sich vor, wie alle seine Freunde, seine Bekannten, seine Lehrer und Lehrerinnen wiehern vor Lachen, mit Fingern auf ihn zeigen und ihn fertig machen. Er für etwas herhalten muss, wofür er nichts kann. Das sein Idiot von Vater ihm eingebrockt hat.

„David, David", lacht Bobby Renner, „die Menschheit will belogen werden. Niemand interessiert sich im Ernst dafür, wer oder was hinter der einst so tollen, nun total verluderten Kunstfigur steckt. Zudem ist deine Mami nicht mehr dabei. Sie ist ausgestiegen. Seither geht's mit Mahawwah total bergab."

„Mein Vater, dieser Idiot, hat mir diese Geschichte verheimlicht."

„Weshalb hätte er dir davon erzählen sollen?! Es hätte dich bloss geniert, eine so peinliche Mama zu haben. Für uns ist Mahawwah ein Kunstwerk. Gewesen."

Monatelang arbeitet David Sert wie ein Verrückter an seiner Matura-Arbeit über Qualitätsjournalismus in der Regenbogenpresse. Das Thema fasziniert ihn und er taucht kopfvoran hinein. Die Mahawwah-Geschichte gibt echt viel her. Der Vergleich von den früheren und den neueren Artikeln, die Resonanz in den übrigen Medien. Sogar Biografien über Mahawwah, diese Kunstfigur, wurden geschrieben. Drei an der Zahl. ‚Mitternacht und Vollmond' von John Fletcher, erschienen bei Harcourt Brace und Jovanovic in Langwardia, ‚Mahawwah – eine Ikone als Legende' von Rainer Bussmann im Hanser Verlag Langwardia und ‚Weiblichkeit pur – ein glamouröses Portrait' von Hanspeter Radon, Bärenreiter Verlag Langwardia. Trotz seines Eifers findet David Sert nicht heraus, dass John Fletcher, Rainer Bussmann und Hanspeter Radon Pseudonyme sind, hinter denen sich Jean Welter mit Heller Sankt-Philipp als Berater in Sachen Vermarktung verbergen.

Seinen Eltern verheimlicht David Sert das Thema seiner Matura-Arbeit. Ulf Schepper schüttelt seinen Kopf und kann nicht verstehen, dass ein vernünftiger Mensch sich mit einer so alten Schachtel wie Mahawwah ernsthaft beschäftige. Seine Eltern sind mächtig stolz darauf, dass David Sert die beste Matura-Arbeit der Klasse schreibt, sind aber mit ihrer Professur beziehungsweise ihrer Anwaltskanzlei – „typisch meine Eltern", seufzt David Sert – so sehr beschäftigt, dass sie es unterlassen, nach dem Thema zu fragen. David Sert hat damit den Beweis, dass er seinem Vater total egal und seine Mutter mit der Professur überfordert ist. Der Zorn auf Ronny Sert, seinen Vater, und die Enttäuschung über Lisa Weinmann Sert, seine Mutter, sind so gross, dass er kurz nach der Matura seine Flucht beschliesst und abhaut.

Am Samstag, den 20. Mai 1972, um fünfzehn Uhr sechs steht David Sert im Gedränge auf dem Bellevue und denkt scharf darüber nach, wie er seinen Eltern, seinen Freunden, vor allem Ulf Schepper, und allen anderen seine Flucht, beziehungsweise die Rückkehr erklärt, ohne einen Idioten aus sich zu machen. Er wird die Strasse überqueren, zum Sternen gehen, beim Sternen-Grill erst mal eine Schweinsbratwurst vom Grill kaufen. Die Mahawwah-Geschichte, die ganze Welt, die Eltern, Ulf Schepper und alle können ihn am Arsch lecken!

In Gedanken versunken, doch automatisch am Fussgängerstreifen bei der roten Ampel für die Fussgänger stillgestanden und automatisch sich wieder in Bewegung setzend, als die Ampel auf Grün schaltet, schlängelt er sich automatisch zwischen den Leuten hindurch, der andern Strassenseite zustrebend, wo nach wenigen Schritten der Sternen winkt. Er stösst mit jemandem zusammen. Er wacht aus seinen Gedanken auf. Er starrt in ein Gesicht, das ihn verzaubert. Dieses Gesicht ist so wunderschön. Das Lächeln. Die Verlegenheit. Das Funkeln der Augen so strahlend. David Serts Gesicht läuft rot an. Sein Herz pocht. Er schüttelt lächelnd seinen Kopf. Glaubt zu träumen. Weiss, dass dieser Traum Wirklichkeit ist. Er ringt nach Worten. Die junge Frau strahlt ihn an und lacht. Ein Hupkonzert. David Sert und die junge Frau stehen als Einzige mitten auf der Strasse, als für die Autos die freie Fahrt wieder beginnt. David Sert packt die junge Frau am Arm und zieht sie zurück zum Gehsteig, wo er zuvor gewartet hatte.

„Mist, entfährt es David Sert, ich habe etwas Dringendes zu erledigen. Heute Abend um Zehn im JAIL, okay? Okay! Kennst du das JAIL? Wie heisst du? Du bist wunderschön."

„Ich heisse Jackie. Und du?"

„David. Im JAIL?"

„Okay."

David Sert stolpert beinahe vom Gehsteig auf die Strasse, beim erneuten Versuch die Strasse in Richtung Sternen zu überqueren. Sein Blick klebt zurückgewendet an der in die Menschenmenge verschwindenden Jackie fest. Mist, fährt es ihm plötzlich durch den Kopf, wenn ich ins JAIL soll, benötige ich Knete!

L'important dans la mémoire, le souvenir ou l'oubli, ce n'est donc pas tant la vérité que le jeu de symboles et leur circulation, les écarts, les mensonges, les difficultés d'articulation, les menus actes manqués et les lapsus, bref, la résistance à l'aveu.

Achille Mbembe, Critique de la raison nègre, Edition La Découverte 2013, E-Book Position 3152

Dritter Exkurs

Die wahre Geschichte der Mahawwah

Die eigentliche Bombe aber platzte, als sie im vorgerückten Abend leicht
angestochen dem Kultusminister den Bischof als ihren Bräutigam vorstellte.
Der Bischof wurde zornig, weil ihm das falsche Publizität brachte und
seine Beförderung zum Kardinal gefährdete. Mahawwah zog sich darauf
schmollend und meditierend - siehe oben - in das Taj Mahal zurück.

Hier das ERSTE GLAMOUROSE KONTERFEI (Mahawwah vor ihrem
Hässlich[zeib]feip)

Es war einmal im besten aller Länder ein pummeliges Mädchen, das dicke Brillengläser trägt. Das Land heisst Transköl, das Mädchen Lisa.

Die anderen Mädchen und die Jungs lachen Lisa aus und lassen sie links liegen. Weil Lisa unbeliebt ist, nimmt sie an, sie sei dumm. Ihr Papa sagt, Jüngferchen, kein Problem, Hauptsache, du machst eine gute Partie, dann hast du ausgesorgt. Weil Lisa dumm ist, strengt sie sich in der Schule gehörig an. Deshalb ist sie zusätzlich noch als Streberin verschrien.

Jean ist, objektiv betrachtet, eine Witzfigur, hat sich aber tatsächlich zum Alphatier seines Jahrgangs durchgemausert. Er ist überdurchschnittlich kleingewachsen und tut, als ob er ein Hüne ist. Seine Stimme ist piepsig und krächzt. Er hat die grösste Klappe von allen Jungs.

Lisa ist inzwischen neunzehn und weiss, sie wird Mathematik studieren. Sie ist Eigenbrötlerin und mit sich und der Umwelt zufrieden. Als Jean sie anspricht, erschrickt sie.
„Mensch, deine Titten und dein Arsch!"

Lisa knallt Jean eine und will sich abwenden.
„Lisa, es ist keine billige Anmache. Nicht dass du glaubst, ich wolle dich vögeln. Ich meine es ernst. Solche Titten und solch ein Arsch sind ein Vermögen wert"

Lisa rechnet Jean vor, dass sie keine Freundin habe, keinen Freund, und dass die Wahrscheinlichkeit, bei ihrem Aussehen je einen Mann zu finden, gleich null sei. Von da an sind Jean und Lisa gute Freunde. Jean erzählt in der Schule herum, dass Lisa das einzige Mädchen sei, mit dem

Vögeln Spass mache und das sich in allen Positionen nehmen lasse. Lisa freut sich über Jeans Lüge. Nun endlich wird auch sie beneidet, nicht nur dafür, dass sie in Mathematik die Beste ist.

Auf dem Weg vom mathematischen Seminar in eine Vorlesung, kommt ihr ein Trottel in die Quere. Der Trottel ist Ronny, der unterwegs ist von einer Vorlesung ins juristische Seminar. Lisa hebt ihren Blick und will den Trottel ordentlich beschimpfen. Der Anblick des Trottels macht sie platt. Die Worte bleiben in ihrer Kehle stecken. Der Trottel ist der niedlichste und hübscheste Mann, den sie je gesehen hat. Sein strahlender Blick, die Ausstrahlung seiner gesamten Figur haut sie im übertragenen Sinn aus den Socken. Lisa steht mit offenem Mund da und staunt.

„Hast du was dagegen, mit mir Sex zu haben", fragt der Strahlemann. „Ich habe noch nie mit einer Frau geschlafen, die so dicke Brillengläser trägt."

Lisa stellt Ronny Jean vor. Jean piepst krächzend, gratuliere, du hast dir die erotischste Frau der Welt ausgewählt.

„Das finde ich auch", lacht Ronny und beginnt gleich wieder mit Lisa zu knutschen, die abwehrt, weil sie den Austausch von Intimitäten vor Jean unanständig findet.

Lisa wird schwanger. Der kleine David kommt zur Welt. Können weder Lisa noch Ronny Vorlesungen schwänzen, liefern sie den Kleinen bei Bobby ab, der als Redaktor bei DAS NEUSTE. WOCHENMAGAZIN eine ruhige Kugel schiebt und ein Einzelbüro hat. Bobby ist für diesen Liebesdienst ohne weiteres zu haben. Sobald der Kleine heimlich reingeschmuggelt ist, besuchen ihn alle tollen

Frauen der Redaktion. Er stellt dann richtig, dass der kleine David sein Patensohn sei. Dann kann er locker mit den tollen Frauen anbändeln und hat so seinen Horizont dank dem kleinen David wesentlich erweitert.

Inzwischen sind Lisa, Jean und Bobby über Dreissig und klönen oft gemeinsam über alte Zeiten. Ronny ist nie dabei. Er hütet David und brütet über Akten, die er sich als Rechtsanwalt aus dem Büro nachhause nimmt. Er ist spezialisiert auf Ausländerrecht und vertritt vor allem Migranten und verdient kaum was. Lisa, Jean und Bobby sind untröstlich. Sie haben die Schallgrenze Dreissig überschritten und es zu nichts gebracht. Lisa ist Assistenzprofessorin für Mathematik, ohne Aussichten auf eine ordentliche Professur und mit kleinem Einkommen. Bobby zittert um seinen Job, weil die Auflagezahlen seiner Zeitschrift ständig sinken. Jean ist ein Grossmaul und ein Träumer. Sie alle haben die Hipster Bewegung nicht mitgemacht und werden bereits von der neuen Hippiebewegung der nachfolgenden Generation überholt. Ihre Untröstlichkeit äussert sich in Langweile und in der Frage, ob das alles sei, gepaart mit dem schlechten Gewissen, dass sie trotz objektivem Wohlleben nicht zufrieden sind.

Am Dienstag, den 8. Januar 1963, besuchen Lisa, Jean und Bobby im Kino Radium „Lifeboat" von Alfred Hitchcock mit Tallulah Bankhead und anschliessend „I'm no Angel" von Wesley Ruggles mit Cary Grant und Mae West. Üblicherweise werden im heruntergekommenen Kino Radium mit der unbequemen Bestuhlung Sex-Filme gezeigt. An Dienstagen jedoch zeigt das Filmpodium im Radium Reprisen. Sind die Freunde im Stadtzentrum, ist ihr

Stammlokal, das Kontiki, angesagt. So auch nach den Filmvorführungen.

Lisa möchte mit Jean und Bobby noch etwas über die Filme quatschen und schlägt daher vor, das Kontiki nicht sogleich anzusteuern. In der Kontiki-Bar würden sie unweigerlich ihre gesamte Bande treffen und könnten sich nicht in Ruhe unterhalten. Sie beschliessen, bis zur Amadeus Paravanz-Allee zu gehen und zurück zum Kontiki.

Seit dem 16. November 1962 ist die neue Weihnachtsbeleuchtung in der Prachtsstrasse von Langwardia, der Amadeus Paravanz-Allee, nach dem Eindunkeln in Funktion. Ein Glanz von Millionen kleiner Lämpchen, die wie ein Baldachin über der Strasse ausgebreitet sind. Die berühmte Einkaufsmeile ist trotz geschlossener Einkaufsgeschäfte voller Schaulustiger, die sich dem Spektakel der Lichter verzückt hingeben und staunen. Lisa und Jean streiten voller Inbrunst über Details in den Filmen, während Bobby fortwährend seine Leica zückt und Fotos schiesst.

Über eine Szene aus Lifeboat geraten Lisa und Jean sich in die Haare. Sie besteht darauf, dass die Szene nicht so abgelaufen sei, wie er nun behaupte. Sie als Frau der Mathematik, einer exakten Wissenschaft, verfüge über ein photographisch genaues Gedächtnis. Sie nervt sich über ihn, über diesen kleingewachsenen Mann mit Kompensationssyndrom, der stur auf seiner falschen Erinnerung beharrt, schnauzt aber Bobby an, er mache sie nervös mit seiner ständigen Knipserei.

Lisa fordert Jean auf, „halte mal!", und drückt ihm ihre Handtasche in die Arme. Mitten in der Menschenmenge auf der Amadeus Paravanz-Allee, unter den Millionen Lämpchen in der kühlen Novembernacht entledigt Lisa sich nicht nur ihrer Brille, aber auch des Haarbandes, das ihre Haare züchtig zusammenhält. Sie reisst mit Gewalt am Rundausschnitt ihres Pullovers herum, bis sich ein prächtiges Dekolleté ergibt. Leute bleiben stehen und gucken. Sie schlüpft aus ihren Mantelärmeln, so dass der Mantel lässig von ihren Schultern hängt. Sie wirft ihren Kopf in den Nacken. Mit einem Mal ist sie der fulminante Star, der alle Blicke auf sich zieht. Ihre Präsenz ist phänomenal. Die Leute starren. Lisa ist zur Inkarnation von Tallulah Bankhead geworden. Scheinbar unbeweglich, zum Denkmal erstarrt, aus dessen Augen Funken sprühen, und die Hand, der Zeigefinger ihrer rechten Hand, der sich streckt und auf Jean zeigt. Sie kräuselt ihre Lippen, bewegt die Mundwinkel. Seduction, thy name is woman! Gebannt, mucksmäuschenstill, ob dieser kleine Mann endlich schwach wird und was er tut, ob er ihr zu Füssen fällt. Sie räuspert sich kurz, grinst, wendet sich ab. Die Leute, die dicht gedrängt im Kreise stehen, applaudieren frenetisch, pfeifen, johlen. Bobby schiesst 1001 Bild.

Eine alte Dame in einem Astrachanmantel mit schalartigem Kragen tritt aus dem Kreis der Zuschauer hervor, mit ausgestrecktem rechtem Arm, mit ausgestrecktem rechtem Zeigefinger und geht auf Lisa zu.

„Fie find doch Tallulah, sagt sie und fällt Lisa um den Hals. Ich habe pfwar meine Brille pfu Haufe vergeffen, aber fie erkenne ich überall. Empfuldigen fie, ich habe meine Blille pfuhause vpfegeffen."

Der alten Dame fehlt neben der Brille auch das Gebiss. Sie stellt sich als die Witwe von Rechtsanwalt Dr.iur. Hubwart Plotzius vor. Ihr Mann, Gott habe ihn selig, sei der Rechtsanwalt von ihr, Tallulah, gewesen, ob sie sich nicht erinnere? Sie hätten in den Dreissigerjahren oft im Algonquin und später im Sardi's zusammen gefeiert. Das Publikum applaudiert wie von Sinnen.

Bobby hat die Bombenidee. Nostalgie ist Trumpf. Die Bilder vom Ereignis auf der Amadeus Paravanz-Allee sind genau das, was es braucht, um einen knallig aufgemachten Bericht über Tallulah Bankhead auf zwölf Doppelseiten exklusiv zu bringen.

„Obacht, warnt Ronny, wenn die richtige Tallulah davon erfährt, gibt es juristischen Stunk."

„Wer bin ich denn", wirft Lisa schnippisch hin, „dass ich mich als eine Tallulah verklickern lasse!"

Bobby ärgert sich, dass seine Idee mit dem Sensationsartikel „Tallulah auf der Amadeus Paravanz-Allee" bei seinen Freunden nicht ankommt. Ronny hat dringend einen Fall zu erledigen und zieht sich zum Arbeiten zurück. Bobby schmollt. Jean lauert auf eine Gelegenheit, um seine grosse Klappe zu öffnen. Lisa lehnt zurück, zieht an einer Haschischzigarette und philosophiert.

„Die Welt ist ungerecht. Wenn ich auf Tallulah mache, kreischen alle vor Wonne. Bin ich ich, nimmt niemand mich wahr. Auch ich möchte einmal berühmt sein, einen verrückten Namen tragen. Mahawwah, zum Beispiel. So ein Star, an dem alles glitzert und glänzt und der sich unter den schönsten Männern dieser Welt die allerschönsten herauspicken kann. Ein Star, der jeden Tag Sonntag hat, der jeden Tag in einem Palast wohnt, der jeden Tag unzählige

Diener und Sklaven hat, die ihm alle Wünsche von den Augen ablesen. So ein Star, der ständig lächelnd und winkend, mit Händen bedeckt von so langen Handschuhen aus feinstem Kalbsleder, mit Klunkern an jedem Finger, Gangways rauf und runter geht - . Und wenn ich in L.A. aus einer Comet der BOAC steige, die Gangway betrete, jubeln Hunderte, nein, Tausende von begeisterten Menschen mir zu und –zig Fotografen zücken ihre Kameras und ich stehe im Blitzlichtgewitter. Ich bin berühmt. Alle sind wild auf mich. Ich will nicht berühmt sein. Ich bin zufrieden mit dem, was ich habe, aber …"

„Genial! Schätzchen, du bist genial", fällt Jean ihr ins Wort.

„'Mahawwah auf der Amadeus Paravanz-Allee'! Wir konstruieren unseren Superstar. Die Bombenidee", überschlägt Bobby sich vor Begeisterung.

Bevor Bobby seinen Knüller ‚Mahawwah auf der Amadeus Paravanz-Allee' an der Redaktionssitzung für die Ausgabe Nr. 6 vom 6. Februar 1963 von DAS NEUSTE seinen Kollegen präsentiert, zeigt er das Manuskript und die tollen Fotos seiner Mitarbeiterin Tamarinda. Sie überfliegt den Bericht kurz. Sie murmelt, „vierundzwanzig Seiten, du spinnst!" Sie betrachtet die Bilder mit heruntergezogenen Mundwinkeln. Dann zeigt sie mit dem Daumen nach unten und schüttelt ihren Kopf.

„Sexistischer Quatsch!"

„Checkst du nicht! Gerade wenn und weil die Form trivial ist, kann ich in den Inhalt Subversiven reinmischen!"

„Ach, Bobby, du bist ein Träumer. Unser Blättchen ist am Serbeln. Wird über kurz oder lang eingehen. Alter Kleister, wie die Leute DAS NEUSTE, nennen, ist vorbei. Ich finde es echt zum Kotzen, dass du zum Spass ein Frauenbild transportierst, das abscheulich ist. Ich bin enttäuscht von dir."

In dem Moment platzt der Herausgeber von DAS NEUSTE, Sergej, ins Büro von Tamarinda. Tamarinda und Bobby verstummen. Sergejs Blick fällt auf die Fotos, die auf Tamarindas Schreibtisch verstreut liegen. Er bekommt Glubschaugen und das Wasser läuft ihm im Mund zusammen.

„Leckt's mir! Diese Titten, dieser Arsch! Da hat es ja unzählige solcher Bilder. Eine Wucht! Wer ist dieses Mäuschen? Bobby, du bist eine Wucht!"

Mit der Ausgabe Nr. 6 vom 6. Februar 1963 ändert DAS NEUSTE. WOCHENMAGAZIN seinen Namen, auf Anregung von Bobby, dem Volksmund folgend, offiziell in ALTER KLEISTER. Der Bericht ‚Mahawwah auf der Amadeus Paravanz-Allee' (zwölf Doppelseiten, vierundzwanzig Seiten insgesamt, mit total siebenundvierzig Bildern, das aufreizendste Bild von Mahawwah sogar über eine Doppelseite!) von Bobby, insbesondere die tollen Bilder, verbreiten sich wie ein Lauffeuer durch Langwardia und ganz Transköl. Am 7. Februar 1963 gelangt die Zeitschrift in den Verkauf. Am 10. Februar 1963 ist, was seit dem Erscheinen der Zeitschrift noch nie geschehen ist, die Auflage ausverkauft. Aus allen Ecken und Enden des Landes erschallt der Ruf nach der aktuellen Ausgabe von ALTER KLEISTER, wobei die Leute sich krumm lachen, wenn sie diesen Namen aussprechen. Die Druckerei ist bereit, am Wochenende 9./10. Februar 1963 eine Sonderschicht einzufügen, um die Wünsche von Krethi und Plethi zu befriedigen. Zweitauflage von ALTER KLEISTER – sensationell!

Bobby bringt Lisa und Ronny eine druckfrische Ausgabe von ALTER KLEISTER vom 6. Februar 1963, bevor sie im Verkauf ist. Bobby und Lisa lachen sich beinahe krank. Ronny fehlt der Humor für solche Dinge. Er findet solchen Quatsch obszön, wenn man weiss, dass in Vietnam ein Krieg tobt. Lisa wird plötzlich nachdenklich und hat Angst, dass ihre Kolleginnen und Kollegen von der Uni, ihre Familie, ihre Freundinnen und Freunde dahinter kommen. Sie würde sich schrecklich schämen, falls es auskommt. Jean tropft in die Runde rein. David streckt seinen Kopf in die Küche und fragt, weshalb sie so lachten und ob sie so laut sein müssten. Ronny schiebt ihn aus der Küche zurück in sein Schlafzimmer. Er erklärt ihm, dass Erwachsene bisweilen bescheuert seien und liest ihm zum Einschlafen das neuste Abenteuer von Hulk aus einem Comic-Heftchen vor. Als Ronny wieder in die Küche zurückkommt, ist Jean verschwunden. Lisa und Bobby nuckeln an der J&B-Flasche, in der bloss noch ein kümmerlicher Rest ist. Ronny fühlt sich in deren Runde als Ausserirdischer. Er geht ins Schlafzimmer, wo sein Arbeitstisch steht und arbeitet weiter an einem Fall, seufzend, dass auch dieser Klient seine Rechnung nie wird bezahlen können und er sich schämt, ihn zu betreiben. Obwohl sein Klient mit grösster Wahrscheinlichkeit nicht das Unschuldslamm ist, das zu sein er behauptet. Ronny vermutet, dass er durch Schwarzarbeit etliches dazu verdient. Ein paar Tage später erwähnt Lisa beiläufig, dass sie am Dienstag frei nehme, aber mit Jean und Bobby unterwegs sei.

„Es macht dir doch nichts aus, Ronny, David am Dienstag von der Schule abzuholen."

Zu seinem Entsetzen erfährt Ronny bei dieser Gelegenheit, dass die Mahawwah-Geschichte eine

Fortsetzung findet. Lisa verspricht Ronny hoch und heilig, nur noch dieses eine Mal. Und dann sei Schluss!

Jean ist aktiv. Er überfällt seine Oma, Hortense Übergut, in ihrem Rosengarten. Er schwärmt ihr vor von seiner Vision von einer tollen Frau namens Mahawwah, die auf dem Flughafen von Los Angeles einem Comet der BOAC entschwebt und die Gangway runtertänzelt, innehält, mit einer Hand huldvoll winkt, dieser Hand, die in violetten Handschuhen steckt.

„Wie kommst du bloss auf eine Comet Maschine. Sind überhaupt noch welche in Betrieb? Pupsi, heute gibt's diese neuen Dinger, diese Boeing 707."

„Es geht um die Gangway."

Hortense Übergut ist dreiundneunzig Jahre alt. Sie ist eine lebenslustige, vermögende Dame und ein Flugzeug-Freak. Nach und nach begreift sie, dass es um Nostalgie geht, kein Comet 1 mehr im Liniendienst im Einsatz ist, aber ein Comet 1 mit originaler BOAC-Bemalung für teures Geld zu chartern ist. Hortense Übergut ist für jeden Spass zu haben. Sie überreicht ihrem Lieblingsenkel, den sie als einziger Mensch auf der Welt noch mit Pupsi anreden darf, einen Scheck in beträchtlicher Höhe. Jean bietet Hortense Übergut zum Dank eine Haschischzigarette an.

Die alte Dame nimmt den ersten Zug, inhaliert tief. Dann sprudelt sie los. Sie erzählt ihm fröhlich und höchst animiert zotige Geschichten aus ihrer Jugend. Darauf verstummt sie. Ist wieder wie zuvor, distinguiert und diskret.

„Glaub mir, Pupsi, Haschisch hat auf mich keine Wirkung. Ich spürte nicht die geringste Veränderung. Ich

bleibe bei meinen Laurens orange und wenn ich sie vom Nordpol holen muss!"

Jean organisiert mit Bobby als Gehilfe den ultimativen Event. Lisa wird bewusst eingekleidet und inthronisiert als Mahawwah. Mit weissem Zobelmantel und breitkrempigstem Hut. In einem zu diesem Zweck gemieteten Cadillac Fleetwood auf einen im Abseits gelegenen Platz des Flugfeldes des internationalen Flughafens von Langwardia gefahren, der für Los Angeles International Airport herhalten muss und wo der für teures Geld gecharterte Comet 1 mit originaler BOAC-Bemalung steht, samt der unverzichtbaren Gangway. Statisten als Fähnchen schwingendes Publikum und Reporter sind da. Lisa als Superstar Mahawwah lässt ihrer Phantasie freien Lauf, schwelgt in luftigsten Höhen und verleiht dem Moment und ihrer aufgetakelten Erscheinung ein Feuerwerk von Glamour, das alle Anwesenden staunen macht und eine phänomenale Ausbeute an hübschen Bildern ermöglicht, die Bobby in eine erstunkene und erlogene Geschichte einbettet, wobei er geschickt alle Strippen der scheinbaren Trivialkultur zieht, die in Wahrheit eine saftige Satire auf die Welt der Mächtigen und Schönen ist. Bilder und süffigste Geschichten auf wiederum zwölf Doppelseiten. Der Titel des fulminanten Exklusivberichts: ‚Mahawwah und ihr Finanzjongleur erobern L.A.'. Bobby fragt Jean, ob ausser Spesen nichts gewesen sei? Ob für sie die Rechnung aufgehe?

„Was für eine Frage", piepst Jean und zwinkert Lisa zu. „Krethi und Plethi stürzt sich wegen unserer sensationellen Stories auf ALTER KLEISTER. Nun geht es darum – lasst mich ruhig machen – Mahawwah als Produkt zu platzieren. Wir verkaufen Exklusivrechte für Fan-Artikel,

Modelinien et cetera. Wäre gelacht, wenn wir es nicht schafften!"

„Ronny hat es überhaupt nicht gern, dass ich bei diesem Zeugs weiter mitmache."

„Keine Sorge. Mahawwah ist inzwischen der ultimative Star. Du bist, entschuldige meine Offenheit, ein Blaustrumpf mit dicken Brillengläsern und einer unmöglichen Frisur. Die Frau Professor. Kein Schwein wird auf die Idee kommen, dass du und Mahawwah eine Person sind. Sobald wir reich sind und du mit Ronny und eurem Wurf aus dem düsteren Verliess im Erdgeschoss in eine Attikawohnung ziehen könnt, wird auch er checken, worum es geht und seine linken Sprüche anderswo rauslassen."

Als Lisa nach dem inszenierten und tüchtig fotografierten Event, abgeschminkt, nicht mehr als Mahawwah, aber als Lisa, nachhause kommt, spürt sie, wie traurig Ronny ist, dass sie sich auf diese Sache eingelassen hat. Sie pfeift auf eine tolle Attika-Wohnung. Sie will, dass Ronny ihr Strahlemann bleibt und nicht als Sauertopf neben ihr langsam aber sicher eingeht. Bobby und Jean schauen am späten Abend nach getaner Arbeit kurz rein. Lisa eröffnet ihnen, dass Mahawwah endgültig gestorben ist.

Bobby ist platt. Mit dieser Mitteilung erwische sie ihn auf dem linken Fuss. Er habe sich bereits eine so schöne Folge von Mahawwah-Geschichten ausgedacht. ‚Mahawwah und die Bombenleger', ‚Mahawwah im Elysée (von Mickey World)', ‚Mahawwah und ihre grosse Liebe', ‚Mahawwah erlebt den Schock ihres Lebens', ‚Mahawwah im siebenten Himmel', ‚Mahawwah spielt mit dem Gedanken, ins Kloster zu gehen' und so fort. Ronny reicht Bobby eine Flasche J&B. Bobby dreht den Verschluss weg, setzt die Flasche an und nimmt einen tüchtigen Schluck. Er reicht die Flasche weiter an Jean, der ablehnt. Bobby murmelt, „Guter Tropfen, guter Tropfen". Jean schaut Bobby lange tief in die Augen und schweigt, bis er zu einer flammenden Verteidigungs- und Lobrede der fantastischen Träume ansetzt. Dabei schmückt er sich einleitend mit fremden Federn. Inhaltlich ist ihm das nicht zu verübeln. Formal hingegen schon, weil er es unterlässt, darauf hinzuweisen, dass es sich bei seinen einleitenden Worten um ein Zitat handelt. Absurd daran ist höchstens der Umstand, dass der Autor von Texturen seine Krimi-Satire siebzehn Jahre früher geschrieben hat, als das nun folgende Zitat in DIE ZEIT vom 20. August 2015 in einem Essai von Slavoj Zizek zu lesen sein wird. Jean also hebt an zu reden.

> *„Unter den Bedingungen der Normalität geht das Leben einfach weiter, seinem Beharrungsvermögen entsprechend. Wir sind in unsere alltäglichen Sorgen und Rituale vertieft. Und dann geschieht etwas, ein ereignishaftes Erwachen, die säkulare Version eines Wunders (etwa eine emanzipatorische gesellschaftliche Explosion oder eine traumatische Liebesbegegnung). Wenn wir diesem Ereignis treu bleiben, ändert sich unser ganzes Leben: Wir verpflichten uns der ‚Liebesarbeit‘ und streben danach, das Ereignis in unsere Wirklichkeit eingehen zu lassen. Irgendwann erschöpft sich die ereignishafte Sequenz dann, und wir kehren zum ‚normalen Fluss der Dinge‘ zurück."*

Bobby streckt Ronny die Flasche J&B hin. Ronny nimmt ebenfalls einen Schluck und noch einen, reicht dann die Flasche an Lisa weiter. Jean ist in seinem Element, quasselt und brennt für seine Sache. Entflammt Feuer in den andern. Er malt in ergreifenden Worten die Notwendigkeit in die Luft, dem Ereignis Mahahwwah unbedingt treu zu bleiben

„Wir haben unseren Spass gehabt. Wie, glaubt ihr, werden wir die offenen Rechnungen bezahlen, bevor wir nicht ans grosse Geld rankommen. Ihr könnt nicht im Ernst annehmen, dass der Comet 1 mit originaler BOAC-Bemalung nichts gekostet hat. Dass die 732 kreischenden Fans nicht zumindest das Fahrgeld und eine kleine Konsumation erhalten haben. Es ist möglich, Mahawwah und die Assistenzprofessur von Lisa nebeneinander zu bewirtschaften. Und, Ronny, Mahawwah ist keine Nutte. Sie ist der Traum aller Männer. Normale Männer wollen ihre Traumfrau und bestimmt keine Nutte! Unser Ziel ist es, die Leute mit scheinbar Trivialem aufzurütteln und sie nebenher so zu bewegen, dass sie endlich gegen die unhaltbaren Zustände aufbegehren. – Ach, rutscht mir doch den Buckel runter. Macht, was ihr wollt! Ich werde schon irgendwie klar kommen. Schliesslich habe ich euch alles eingebrockt und es sind meine Schulden. Mein Problem, dass ich für unseren gemeinsamen Spass die Unterschrift meiner lieben, dreiundneunzigjährigen Omi unter einer Bürgschaft gefälscht habe. Meinen finanziellen Verpflichtungen, es ist zum Schreien, nun nicht nachkommen kann. Das grosse Geld wird erst später fliessen. Meine arme Omi muss jetzt zu ihrem Häuschen raus, für das sie sich ein Leben lang abgekrüppelt hat."

Strategisch geschickt, stösst Jean ein paar Schluchzer aus. Lisa und Bobby beknien ihn und flehen ihn an, nicht schlapp zu machen. Nicht aufzugeben. Selbst Ronny stehen die Tränen zu vorderst. Zum Schluss ist allen alles klar und Lisa, Ronny und Bobby sind besoffen. Jean triumphiert heimlich. Mahawwah ist für die nächste Zeit gerettet. Ronny stellt seine Leica auf das Fensterbrett der Küche und knipst sich unzählige Male mit dem Selbstauslöser.

„Schwarz-weiss", wie er sagt, „damit die Traurigkeit meiner Seele sichtbar und auf Immer und Ewig festgehalten wird."

Die seriösen Medien ignorieren das Mahawwah-Ereignis demonstrativ. Kommen erst nach und nach aus dem Busch. Als Tatsache ist, dass DAS NEUSTE, pardon: ALTER KLEISTER – hahaha! – von einer Ausgabe eine Zweitauflage drucken lässt. Als Mahawwah nicht nur bei Krethi und Plethi, aber auch in den besseren Kreisen zum Gesprächsthema wird. Als die dramatisch gestiegene Auflagenzahl von ALTER KLEISTER sogar amtlich beglaubigt wird. Als Jean es über Heller Sankt Philipp und Prof. Dr. Dr. h.c. Dr. h.c. Lubi Trettner schafft, in eine öffentliche Ansprache des Präsidenten Amadeus Paravanz die Bemerkungen hineinzuschmuggeln, dass der moralische Zerfall als Zeiterscheinung bedauerlich sei. Aktuellstes Symptom davon sei das Geschrei um diese Mahawwah. ALTER KLEISTER müsse unbedingt boykottiert werden. Als dadurch auch die hintersten und letzten Menschen in Transköl auf das Phänomen Mahawwah gestossen werden. Ein Streit tobte darüber los, ob es korrekt sei, dass der Präsident zu einem Boykott aufrufe. Diese Begleitmusik hält die Mahawwah-Maschinerie während fünf Jahren munter am Laufen.

Lisa hat sich mit ihrem Doppelleben abgefunden. Sie spielt ihre Rolle als Mahawwah perfekt. Ohne dass David oder ihre Kolleginnen und Kollegen, Freundinnen und

Freunde, Bekannten, Familienangehörigen etwas davon mitbekommen. Die Kasse klingelt. Lisa, Jean und Bobby teilen gerecht durch drei. Selbst Ronny ist ruhiggestellt. Er erweist sich einerseits als ein sich treuherzig zum Kommunismus bekennender Aktivist, andrerseits aber auch als Genussmensch, der die mit Mahawwah-Geld finanzierte, hübsche Dachwohnung samt Zinnnenterrasse mit Blick über Langwardia ohne Hemmungen belebt, und als Partner einer Kanzlei linker Anwälte auf Ausländerrecht spezialisiert und mit Arbeit heillos überlastet ist.

Nach fünf Jahren überstürzen sich die Ereignisse. Lisa wird ordentliche Professorin und will endgültig und nachdrücklich aus dem Mahawwah-Geschäft aussteigen. Bobby bemerkt, dass die Auflagezahlen von ALTER KLEISTER sinken und seine Mahawwah-Geschichten den Geschmack des Neuen verloren haben. Jean stellt fest, dass das Mahawwah-Geschäft mit Lizenzen und Fan-Artikeln mehr Aufwand als Ertrag bringt. Sergej Napf, der Herausgeber von ALTER KLEISTER, hat weitere Zeitungen und Zeitschriften aufgekauft, hält sie zusammen im Rahmen der neu gegründeten ConturnAG, von der ALTER KLEISTER ein Teil wird. Sergej Napf katapultiert sich in seinem Iso Grifo ins Jenseits.

Bobby kündigt an, die Mahawwah-Geschichte werde beerdigt. Der Conturn AG sei klugerweise Antrag zu stellen, ALTER KLEISTER sang- und klanglos eingehen zu lassen. Der Boulevard-Journalismus sei passé. Ihm sei nicht nachzutrauern.

Balz Fidel Napf, der Sohn und Nachfolger von Sergej Napf, ist neuer Herausgeber von ALTER KLEISTER. Er bringt frischen Wind in die Redaktion. Eine Expertengruppe in Sachen Qualitätsmanagement kommt in einer aufwändigen und teuren Expertise zum Schluss, dass die Redaktion von ALTER KLEISTER eine Auffrischung durch eine junge technokratische Crew von Hochschulabsolventen brauche. Deren Ziel müsse sein, der Mahawwah-Geschichte neuen Wind einzublasen. Balz Fidel Napf ernennt Dickie Tann zum neuen Chefredaktor.

Bobby wird das Ressort ‚Gesellschaft und Events' entzogen. Er bekommt neu das Ressort ‚Ständige Rubriken, inklusive Leserbriefe' zugeteilt, das Abstellgeleise der Redaktion.

Für die junge technokratische Crew ist es kein Problem, dass Lisa sich nicht weiter als Mahawwah zur Verfügung stellt. Sie können damit umgehen und finden, wie sie erklären, guten Ersatz.

Bobby denkt, leckt's mich, und lässt den Dingen ihren Lauf. Er ist glücklich, mit dem Ressort ‚Ständige Rubriken, inklusive Leserbriefe' eine ruhige Kugel zu schieben. Er ist gespannt darauf, wie die junge technokratische Crew unter der Leitung von Dickie Tann seine Mahawwah-Geschichte – unter seinem Namen, nota bene – neu aufgleisen wird. Die neuen Mahawwahs, Import aus anderen Ländern, sind ordinär mit ihrem Exhibitionismus und ihren künstlich aufgeblasenen Busen und Ärschen. Die Verkaufszahlen von ALTER KLEISTER sinken in den Keller. Bobby schmuggelt in seinem Ressort eine ständige Kolumne rein, ‚Julia Hinterdemmond klatscht & tratscht über Promis'. Hier geniesst er Narrenfreiheit und lauert darauf, bis er der neuen Redaktion von ALTER

KLEISTER eins auswischen kann. Für Lisa, Jean und Bobby ist Mahawwah gestorben. Bloss Jean kann es noch immer nicht lassen und schiesst unter verschiedenen Namen ein paar Biographien über Mahawwah auf den Markt, die zu seinem eigenen Erstaunen Bestseller werden. Lisa und Bobby amüsieren sich köstlich über diese plötzlich auf den Markt kommenden Mahawwah-Biographien, die hübsch geschrieben sind. Sie fragen Jean, ob er hinter diesen Büchern stecke. Jean schüttelt seinen Kopf. Lisa und Bobby wundern sich. Und wenn sie nicht gestorben sind, so leben sie noch heute.

Juliane glaubte auch zu erkennen, dass sich der Mund der Frau krampfhaft bewegte. Wahrscheinlich suchte sie mit letzter Anstrengung nach irgendwelchen Zauberworten, die alles ungeschehen machen oder einfach in einen bösen Traum verwandeln würden, aus dem es ein Erwachen gab.

Elisabeth Escher, Hannas schlafende Hunde,
Edition Tandem Salzburg/Wien 2010, S. 27

Samstag, 21. Mai 1972, achtzehn Uhr dreizehn

Die Ereignisse verdrehen Jackie Paravanz den Kopf. Zuerst rempelt ein gewöhnlicher Junge aus dem Volk sie auf der Strasse an. Erkennt sie nicht. Weiss nicht, wer sie ist und was sich ihr gegenüber gehört. Sodann durchblitzt sie die Verblüffung, wow, ist der Junge hübsch! Sie denkt spontan, schade, dass sie an diesem Morgen, an dem sie zum ersten Mal in ihrem Leben richtigen Sex hatte, diesen mit Sebi Plotowski gehabt hatte und nicht mit diesem hübschen unbekannten Jungen. Sie muss den Jungen wiedersehen! „Jail", „Zehn Uhr". Sie muss herausfinden, was und wo das Jail ist und sie muss um Zehn dort sein.

Bisher ist sie blind durchs Leben gegangen. Sie pfeift darauf, was Loni Hack, Dr. Secundus Rectzüngler, chère Maman, cher Grandpapa und cher Papa über sie denken. Mit Wonne stürzt sie sich hinein in ihr fremdes Leben. Der Präsidentenpalast kann ihr gestohlen bleiben.

Wie dumm war sie gewesen. Hängte in Pracht und Pomp herum, beäugt von allen Seiten. Aus Gesprächen von Erwachsenen schnappt sie dies und das auf. Bekommt aber nie wirklich mit, worum es im Leben geht. Fragt nach und wird wie ein Kind behandelt. Ihr einziger Lebenszweck ist, Liebkind zu sein!

Sie hört, Erda und Fricka. Horcht auf. Fragt, wer sind Erda und Fricka? Alle starren sie blöd an und schütteln ihre Köpfe. Sie weiss, diese Frage hätte sie nicht stellen dürfen. Fragt daher gezielt nach. Chère Maman säuselt, du musst auf deinen Ton achten, liebes Kind, mit deinem Tonfall brüskierst du die Leute. Dann lieben sie dich nicht mehr. Cher Grandpapa hängt, kaum ist die Frage gestellt, den senilen Trottel raus, der er nicht ist. Loni Hack verdreht bloss ihre Augen und stürzt ein Glas Pink Champagne ihre Kehle runter.

In dieses Bild passt auch, dass man ihr, der Tochter des Präsidenten, die Existenz von Loni Hack schlicht vorenthalten hatte. Auf ihren Erkundigungstouren durch die Obergeschosse des Präsidentenpalastes ist sie zufällig in eine Dachkammer geplatzt, in der Loni Hack, eine adrette Greisin, lebt. Mit Loni Hack kann sie herrlich blödeln. Loni Hack lebt in einer anderen Welt, umgeben von so vielen spannenden Dingen. Bei der Frage, wer sie sei, woher sie komme, winkt sie ab, nippt an ihrem Champagnerglas. Sie prostet Jackie Paravanz zu. Nach ihren Besuchen bei Loni Hack ist Jackie Paravanz etwas beschwipst und muss sich hüten, zu sagen, woher sie kommt. Dass sie Loni Hack, die plötzlich aus ihrem

Leben verschwunden war, wiederentdeckt hat und nun wieder mit ihr verkehrt. Dies zu verschweigen fällt ihr nicht sonderlich schwer, weil nie jemand sie fragt, was sie mache, wo sie gewesen sei. Sie ist den anderen, das spürt sie, egal. Hat bloss Liebkind und hübsch zu sein.

In der Unordnung von Loni Hacks Dachkammer fällt ihr Blick plötzlich auf ein Buch, das verstaubt herumliegt, dessen Titel sie aber irritiert. ‚Lady Chatterley's Lover'. Sie steckt sich das Buch unbemerkt ein. Was keine Kunst ist, da Loni Hack bereits sehr fröhlich ist vom Pink Champagne. Nun hat sie das Buch gelesen und brennt danach, eigene Erfahrungen zu machen.

Wildhüter gibt es im Präsidentenpalast nicht. Die angestellten Gärtner sind ihr schlicht zu alt. Demnach bietet sich als einzig mögliche Figur, die noch nicht scheintot ist, Dr. Secundus Rectzüngler, ihr Hauslehrer, an. Er ist verklemmt und überhaupt nicht ihr Typ. Daher reizt es sie bloss aus analytischen Gründen zu sehen, was ihm zwischen den Beinen hängt und wie sein nackter Hintern ausschaut.

Normalerweise werden die todlangweiligen Schulstunden nicht gestört. So steht der praktischen Anwendung des theoretischen Wissens bezüglich des technischen und scheinbar lustvollen Vorgangs der Fortpflanzung, die dabei tunlichst vermieden werden soll, nichts im Weg.

Dr. Secundus Rectzüngler ist objektiv ein gepflegter junger Mann mit einem ebenmässigen Gebiss und einem stereotypen Lächeln. Prof. Dr. Dr. h.c. Dr. h.c. Lubi Trettner hat ihn im Auftrag von cher Papa als ihren

Hauslehrer eingestellt. Cher Papa und chère Maman fehlt die Zeit, sich mit solchen Lappalien herumzuschlagen. Dr. Secundus Rectzüngler hasst Jackie Paravanz, findet sie eine vorwitzige Göre, versucht aber, sich bei ihr einzuschleimen. Einziger Grund, sich der Tortur des Unterrichtens dieser verzogenen Göre zu unterziehen, ist die immerhin bestehende Möglichkeit anlässlich eines Ganges durch die endlosen Korridore des Präsidentenpalastes zufällig einmal der First Lady oder sogar seiner Exzellenz, dem Präsidenten, höchstpersönlich zu begegnen und sich dann als fähiger Soldat im Dienste der richtigen Politik anpreisen zu können. Jackie Paravanz macht sich über diese Zusammenhänge keine Illusionen. Mit kühlem Kopf nimmt sie ihr Projekt in Angriff.

Diesmal nimmt sie gar nicht erst Platz an ihrem Schreibtisch. Sie setzt sich gegenüber von Dr. Secundus Rectzüngler mit übergeschlagenen Beinen auf einen Tisch, bedacht darauf, dass der Saum ihres Rockes nach oben rutscht. Sie beäugt Dr. Secundus Rectzüngler mit laszivem Schlafzimmerblick. Fährt mit ihrer Zunge über ihre Oberlippe hin und her. Krallt beide Enden ihrer Bluse im Halsbereich mit beiden Händen, im Begriffe, die Enden auseinanderzureissen und ihre kleinen, eigentlich zu kleinen, Brüste, hervorspringen zu lassen. Sie amüsiert sich schrecklich, wie es Dr. Secundus Rectzüngler die Sprache verschlägt, er verlegen wird, mit hochrotem Kopf in ein Buch starrt.

Ein beherztes Klopfen an eine der Zimmertüren.

Dr. Secundus Rectzüngler erwacht aus seiner Erstarrung. Zieht am Knoten seines Schlipses herum. Stabilisiert seinen Blick wieder beim Ausdruck ‚gütige

Herablassung'. Sieht in Richtung der Türe, an die es geklopft hat. Ruft mit fester Stimme, herein!

Jackie Paravanz schnauft demonstrativ schnaubend. Dr. Secundus Rectzüngler grinst ein dreckiges Pepsodentlächeln in ihre Richtung.

Ein Diener meldet Doktor Hellbart Hinnweg und Sebi Plotowski. Dr. Secundus Rectzüngler lässt mit nasaler Stimme fallen, er lasse bitten.

„Fräulein Paravanz, Prof. Dr. Dr. h.c. Dr. h.c. Lubi Trettner hat mir nach Absprache mit seiner Exzellenz, dem Präsidenten, ihrem gütigen Herrn Vater, erlaubt, meinen Studienkollegen Doktor Hellbart Hinnweg herzubitten, weil er für den Fall, dass ich einmal beim Unterricht verhindert wäre, bereit ist, mich würdig zu vertreten. Sebi Plotowski ist ein Studienkollege von uns. Jetzt ist er ‚Künstler‘, Schriftsteller. Er begleitet offensichtlich Dr. Hellbart Hinnweg. – Fräulein Paravanz, würden sie sich bitte anständig hinsetzen. – Plotowski, du entschuldigst, dass ich mich Hinnweg widme. Falls du dich ruhig verhältst, störst du nicht.“

Mit diesen Worten wendet Dr. Secundus Rectzüngler sich Doktor Hellbart Hinnweg zu.

Jackie Paravanz setzt sich nicht in ihre Schulbank. Sie mustert die jungen Herren. Zufällig trifft ihr Blick auf den Blick von Sebi Plotowski. Spontan nimmt sie ihre verführerische Pose wieder ein. Sebi Plotowski quellen die Augen aus dem Kopf. Sie grinst. Er grinst. Das Duell mit gescheiten Floskeln, das Dr. Secundus Rectzüngler und

Doktor Hellbart Hinnweg sich liefern, verdämmert, obwohl laut und theatralisch, in den Hintergrund.

Wie zwei junge, verspielte Geparden fallen Jackie Paravanz und Sebi Plotowski übereinander her. Kuddelmuddeln unversehens mit samtigen kleinen Pranken am Gegenüber herum. Entblössen sich und handeln. Im Nu liegt Sebi Plotowski auf Jackie Paravanz, dringt in sie ein, die beiden stöhnen.

Das animalische Gestöhn durchbricht das theatralische Gefloskel von Doktor Hellbart Hinnweg und Dr. Secundus Rectzüngler. Ihre Blicke schnellen zum Menschenknäuel am Boden. Doktor Hellbart Hinnwart grunzt, „au weia!" Dr. Secundus Rectzüngler stösst einen Schrei aus, als ob er gerade abgestochen würde. Er hält sich mit beiden Händen seinen Mund zu. Er schiesst von Türe zu Türe, um kopf- und geistlos imaginierte Schlüssel zu suchen und den Ort des Grauens dicht zu verriegeln.

Jackie Paravanz und Sebi Plotowski grinsen verlegen. Sie stösst ihn weg, steht auf, schüttelt sich ein wenig und bringt ihre Kleider in Ordnung. Auch Sebi Plotowski steht auf, strahlend wie ein Maikäfer, zieht ruhig seine Unterhose, seine Hose hoch und knöpft den Hosenstall zu.

„Wenn jemand mitbekommt, was ihr soeben Abscheuliches getrieben habt, und wenn ich deshalb gefeuert werde, dann dann dann …", krächzt Dr. Secundus Rectzüngler mit hochrotem Kopf.

Jackie Paravanz wirft hin, er brauche kein solches Theater zu machen, es sei nichts geschehen.

„Nichts geschehen, jault Sebi Plotowski im Brustton des Entsetzens scherzend auf. Ich, ich habe dich gefickt und du wagst zu behaupten, es ist nichts geschehen!"

„Ich habe nichts gesehen! Ich weiss von nichts! Also, mit solchem Schweinekram befasse ich mich nicht. Ihr seid so niederträchtig, so - ", raunt Dr. Secundus Rectzüngler mit dumpf verzweifelter Stimme der Wand des Schulzimmers zu.

In dem Moment klopft es wiederum an eine der Türen. Die Türe öffnet sich. Cher Papa, gefolgt von Prof. Dr. Dr. h.c. Dr. h.c. Lubi Trettner, Vinzenzus Vagantus und dem Japaner Tadeshi Murasaki, der eine Leica mit sich trägt und wie wild knipst, betreten das Schulzimmer und lassen ihre Blicke über die, inzwischen sich wieder unverfänglich präsentierende Szenerie gleiten.

„Meine Tochter, meine einzige und über alles geliebte Tochter, mein Augapfel, mein Jacquelinchen geniesst Privatunterricht, weil die Gefährdung ihres Leibes und ihres Lebens in einer öffentlichen Institution zu gross ist. Zu diesem Zweck haben wir einen Hauslehrer, einen sehr, sehr fähigen, einen sehr, sehr - . Ach, nein, da sind ja drei Herren. Aber klar, wie konnte ich es bloss vergessen. Wir haben drei Herren als Dozenten für meine heiss geliebte Tochter engagiert, Professor Jeandupeux, Professor McWigwam und Professor Leonoli. Wir sind ja so glücklich, dass wir mit diesen drei Herren ein derart perfekt funktionierendes Team finden konnten und mein Augenstern, mein allersüssestes Jacquelinchen, eine rundum optimale Erziehung geniesst – und auch ihre Klassiker kennen lernt!"

Den letzten Nachsatz will der Präsident als Witz verstanden wissen. Er selber lacht am meisten darüber. Prof.

Dr. Dr. h.c. Dr. h.c. Lubi Trettner, Vinzenzus Vagantus und der Japaner Tadeshi Murasaki stimmen vergnügt in das Lachen ein. Der Japaner Tadeshi Murasaki mit etwas zu schrill geratenen Hihihihis. Dr. Secundus Rectzüngler rappelt sich auf und lacht unterwürfig mit. Doktor Hellbart Hinnweg gibt aus Anstand ein paar stotternde Lacher zum Besten und schaut abwechselnd bewundernd vom Präsidenten zu Dr. Secundus Rectzüngler und zurück. Sebi Plotowski steht mit geschwellter Brust da und zwinkert Jackie Paravanz verschwörerisch zu. Sie streckt ihm ihre Zunge raus. Sie ist ernüchtert, dass ausser dem technischen Vorgang Rein und Raus und etwas körperlichen Schmerzen nichts gewesen ist. In Romanen läuft alles immer so hübsch sentimental ab.

Bevor der Präsident zu Ende geredet hat, küsst er seine Tochter spontan auf ihre Stirne, wiederholt den spontanen Kuss genügend oft, während er munter weiterredet, und in so verschiedenen Stellungen, bis die Lichtverhältnisse im Raum mit den zwei Fensterfronten optimal sind und der Japaner Tadeshi Murasaki hübsche Bilder in seiner Leica hat. Der Präsident schüttelt den drei ‚Herren Professoren' mit ernstem Gesichtsausdruck und gleichzeitig in die Leica des Japaners Tadeshi Murasaki lächelnd die Hände und bedankt sich bei jedem einzelnen für dessen Einsatz. Der Präsident dankt dem Japaner Tadeshi Murasaki für dessen Interesse an dieser bescheidenen, privaten Bildungsanstalt und gibt seiner Hoffnung Ausdruck, dass er, zurück in seiner Heimat, mit gutem Schwung in seinem Bericht über seine Feldarbeit in Sachen Bildung im wunderschönen Transköl arbeiten könne und zu interessanten Ergebnissen gelange. Während der letzten Worte gibt der Präsident vor, dass er und sein Tross sich in Richtung Türe bewegen. Kaum ist das letzte Wort aus dem

Mund gequollen und noch nicht verhallt, schliesst die Türe sich hinter den verschwundenen Besuchern.

Dr. Secundus Rectzüngler und Doktor Hellbart Hinnweg stehen verdattert da. Sebi Plotowski kriegt einen Lachkrampf. Findet als Erster seine Sprache wieder. Sprüht zwischen Lachern seine Gedankenfontäne in glitzernden Satztropfen aus.

„Es ist ihm. Sehr hoch anzurechnen. Dass er nicht. Noch einen Werbeslogan. Für seine Wiederwahl losgelassen. Hat. Ist er sich. So sicher. Dass er. Die Wahl gewinnt? Villanius ist cool. Der noch grössere Arsch. Als dein Vater. Und, Rectzüngi. Der Präsident. Hut ab. Ist ein sehr diskreter Mensch. Hat sich nichts anmerken lassen. Dass ihr so gute Kollegen seid. Wie du uns immer gesagt hast. Tadeshi Murasaki, lustig. Echt. Einen Dreh zu japanisch. Ist der verkleidete rasende Reporter. Bobby Renner. Von ALTER KLEISTER."

Jackie Paravanz, die sich – wenn sie schlecht drauf ist – Sandy nennt, erkennt, dass ein Mädel für Jungs Luft ist, wenn Jungs Jungengespräche führen.

Das Leben ist ungerecht. Sie wird nirgends ernst genommen. Sie ist in einem System gefangen. Alles dreht sich um die Wiederwahl von cher Papa. Alle haben sich dem Machterhalt unterzuordnen. Und Sex ist nichts weiter als ein stupides Rein und Raus. In Gedanken verloren kratzt sie sich am unaussprechlichsten Teil ihres Körpers. Wird sich dessen bewusst. Lässt ihre Hand diskret weggleiten. Tut so, als ob nichts gewesen ist. Fühlt sich schrecklich blöd bei diesem Spielchen. Stellt fest, dass niemand auf sie achtet.

Der frühere Kampf meist plausiblen entartet hierin simplizierst dargestellt, aber das gewöhnliche Weglassen kaum entgegenbracht.

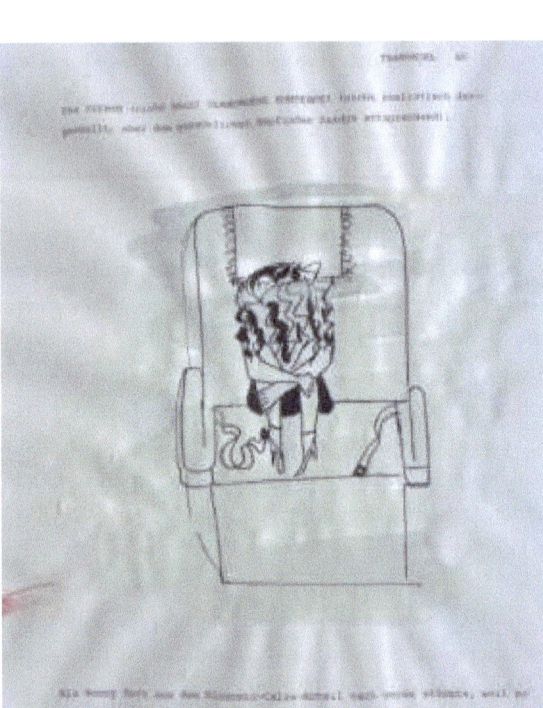

Als Georg doch aus dem Männer-Chaos Anteil nach unten stürmte, weil es die Gesellschaft der Kontrolleure nicht mehr ertragen konnte, nah er das Jubel, Trubel und die Mehrzahl zur vehemente Taten und verlasse sich, blieb in der Mitte der Welle unser junges Amateurleumund eingesehrt. Er war während oder bei diesen glänzenden Manöverfei eingebrannt war.

Plötzlich fällt ihr etwas ein. Sie wittert eine Chance. Falls Sebi Plotowskis Behauptung stimmt und der angebliche Tadeshi Murasaki tatsächlich Bobby Renner ist, kann sie sich endlich einmal als Stütze des Familiensystems erweisen, die Bombe platzen lassen, bevor ALTER KLEISTER cher Papa verbotenerweise in die Pfanne haut. Sie ist beseelt von dieser Idee. Sie entscheidet spontan, den Vorschlag von chère Maman, Isidor von Müntwerk zu heiraten, zu akzeptieren und es ihr sogleich mitzuteilen, um dann die Bombe, dass Bobby Renner sich unter falschem Namen in den Präsidentenpalast eingeschlichen habe, platzen zu lassen. Dann muss chère Maman, dann müssen cher Grandpapa, cher Papa, Prof. Dr. Dr. h.c. Dr. h.c. Lubi Trettner, Vinzenzus Vagantus und Heller Sankt Philipp endlich erkennen, dass sie nützlich und auch wer ist.

Jackie Paravanz rennt aus ihrem Schulzimmer los. Durch endlose Korridore, Treppen rauf, Treppen runter.

Isidor von Müntwerk ist der jüngste Spross der einzigen Familie der Nation, die sich bis auf vorchristliche Zeiten mit durchgehendem Stammbaum nachweisen lässt. Er ist Biologe mit Spezialgebiet Würmer und die Villa Esplendida, die ihm aus dem Liegenschaftsbesitz der Familie zu seiner Volljährigkeit vom Familienrat als Wohnsitz zur Verfügung gestellt worden war, beherbergt unzählige Terrarien, die auf unzähligen antiken Kommoden, Konsolen, Tischen und Stühlen herumstehen.

Isidor von Müntwerk nennt die Mitglieder der meisten regierenden, exilierten, schon längst entmachteten Fürstenfamilien Cousins und Cousines und nannte einmal in

Gesellschaft, verschmitzt und provozierend lächelnd, Karl Marx „mon cher cousin Karl", worauf seine Grosstante, die aus familiären Mäandern heraus drei Jahre jünger ist als er, vor der illustren Gesellschaft befand, ihrem jungen Grossneffen gehöre ob einer solchen Zumutung eine geklebt, und zu einem Schlag ausholte. Isidor von Müntwerk lächelte genüsslich.

„Halt, chère grande-tante, hol bitte mit deiner Rechten nicht zu früh aus! Cousine Jenny von Westphalen, die Karl Marx 1843 ehelichte - ."

Isidor von Müntwerk begründet eloquent, für die Anwesenden logisch und nachvollziehbar, wie durch verschiedene Allianzen und Mesalliancen Karl Marx durchaus mit Recht von den von Müntwerks als Cousin beansprucht wird. Isidor von Müntwerks Mutter ist eine geborene Bünzli, die als einzige Erbin des weltweit grössten Industriekonglomerates die finanziellen Engpässe der von Müntwerks zu beseitigen half. Sie ermöglichte es der Familie mit ihrem eingebrachten Gut, einige ehemals Müntwerk'sche Besitzungen zurückzukaufen. Die alten Häuser mit historischer Akribie zu restaurieren. Die Originalmöblierungen an Auktionen auf der ganzen Welt in den Familienbesitz zurück zu ersteigern. Danach die in altem Pomp erstrahlenden, repräsentativen Bauten dem Staat Transköl zu schenken. Unter der Auflage, Wohnungen in den Häusern für die von Müntwerks zur Verfügung zu stellen und die Prunkräume als Museen für das Volk zu öffnen. Diese Frau, eine Frau von Müntwerk, geborene Bünzli, und Mutter von Isidor von Müntwerk, wagt zu meckern.

„Putzilein, dieser Karl Marx war doch ein Kommunist! Solche Leute können wir in unserer Familie nicht dulden. Wo kämen wir da hin! Denk an unsere

Fabriken. Diese Kommunisten sind schlimmer als Viren und Bakterien zusammen und potenziert wirksam! Und unterstehe dich gefälligst, diesen Ruprecht Villanius zu wählen, falls er sich tatsächlich als Gegenkandidat aufstellen lassen sollte. Sonst sind wir geschiedene Leute. Meinem Sohn, müssen sie wissen, ist alles zuzutrauen. Villanius, eine Schande für Transköl. Dass wir so etwas erleben müssen!"

Isidor von Müntwerk ist kein ausgesprochener Knaller, doch Jackie Paravanz wird ihn um den Finger wickeln können. Zudem ist er schon steinalt. Bestimmt gegen Dreissig. Doch falls sie es mit dieser Einwilligung in die Heirat und der Entlarvung von Tadeshi Murasaki endlich schafft, die Anerkennung ihrer Eltern zu finden, ist sie glücklich. Sie packt ihre Umhängetasche. Strebt, treppauf treppab, dem Büro von chère Maman entgegen.

Jackie Paravanz langt im Vorzimmer des Büros von chère Maman an. Mirella Traschner eröffnet ihr, die First Lady sei besetzt und dürfe nicht gestört werden. Jackie Paravanz lächelt hold. Säuselt süss, „sehr dringend". Steuert zielbewusst die Türe des Büros von chère Maman an. Mirella Traschner schmeisst sich ihr den Weg. Jackie Paravanz schiebt sie zur Seite. Jackie Paravanz steht im Büro von chère Maman. Die Blicke von cher Grandpapa, Dr. Marie-Thérèse Haschmich, Patty La Trombone, Heller Sankt Philipp und chère Maman sind stechend giftig auf sie gerichtet. Von hinter Jackie Paravanzens Hüfte hervor winselt die vor Scham gebeugte Mirella Traschner unter Tränen, Zittern und Beben Entschuldigungen. Jackie Paravanz ist sich ihrer Mission bewusst und hebt mit fester Stimme zu reden an.

„Chère Maman, die ausserordentliche Situation erfordert …"

Kaum sind die ersten Worte draussen, fängt Jackie Paravanz die unterkühlte Stimmung, die ihr entgegenschlägt auf. Sie weiss, sie stört. Sie verstummt. Heller Sankt Philipp hätte sich ihr nicht zu nähern, seinen Arm um ihre Schultern zu legen und sie mit sanftem Druck aus chère Mamans Büro zu schieben brauchen. Sie war bereits entschlossen, das Feld freiwillig zu räumen. Um Mirella Traschner, mit der sie auskommen muss, wieder versöhnlich zu stimmen, vertraut sie ihr ihre Geheimnisse betreffend ihre Bereitschaft zu heiraten und betreffend die Entlarvung von Bobby Renner an.

„Ich wollte chère Maman die freudige Mitteilung machen, dass ich bereit bin, Isidor von Müntwerk zu heiraten."

„So, so, gnädiges Fräulein Jacqueline. Das ist süss. Vor einer Woche bereits haben der Staatspräsident und die First Lady, zusammen mit Prof. Dr. Dr. h.c. Dr. h.c. Lubi Trettner, Vinzenzus Vagantus und Heller Sankt Philipp zur Hebung der Popularität der Familie Paravanz entschieden, dass morgen anlässlich der Gala-Aufführung in der Oper der Präsident in seiner Rede die freudige Mitteilung machen wird, dass seine einzige Tochter, sein Augapfel, sich mit Isidor von Müntwerk verloben und die glanzvolle, als Volksfest inszenierte Hochzeit am 5. September 1972 gefeiert werden wird. Die Sache eilt. Das Spektakel muss vor dem Wahlwochenende vom 16. / 17. September 1972 durchgezogen werden, weil sonst die Wirkung gleich null ist. Für eine frühere Hochzeit sind alle Termine bereits besetzt. Nachdem Ruprecht Villanius seine Gegenkandidatur als Staatspräsident offiziell angemeldet hat, sind diese dringenden Massnahmen erforderlich. Das Manuskript der Rede liegt einige Tage schon bei mir herum. Falls sie, gnädiges Fräulein Jacqueline, interessiert sind, können sie eine Kopie davon haben, damit sie sich den Termin merken können."

Jackie Paravanz fällt auf den Ruprecht Villanius-Schmäh nicht rein. Damit das Ausland die Wiederwahl von cher Papa nicht als abgekartetes Spiel abtun kann, muss ein Gegenkandidat her. Fritz Würsch als zweitreichster Mann Transköls hat alles Interesse daran, dass sein Freund Amadeus Paravanz-Altenmeyer an der Macht bleibt. Heller Sankt-Philipp fädelt mit Unterstützung von Prof. Dr. Dr. h.c. Dr. h.c. Lubi Trettner, cher Grandpapa und Vinzenzus Vagantus ein, dass Ruprecht Villanius sich gegen ein horrendes Honorar vertraglich verpflichtet, die Rolle des Gegenkandidaten glaubhaft zu spielen. Als politisches Credo, das anarchistisch und umstürzlerisch klingen muss, weil er als Bürgerschreck auftreten muss, wurden Ruprecht Villenius die Thesen eines vielschreibenden, ausländischen Philosophen in den Mund gelegt, die besagen, dass der kapitalistische Realismus eine Tatsache ist, aber durchaus Alternativen zulässt, sofern man bereit ist, nicht nur an den tatsächlich bestehenden Mängeln herumzubasteln. Gefragt sind entweder eine Beschleunigung des Kapitalismus, bis er endgültig zusammenbricht, oder die Entwicklung eines total neuen Konzepts (*Anachronismus, da der Autor dieser Figur Ideen eines Helden des 21. Jahrhunderts in den Mund legt à la Mark Fisher, Capitalist Realism. Is there no Alternative?, O Books 2009, während die hier erzählte Geschichte 1972 spielt! Anm. des Herausgebers*). Namhafte Persönlichkeiten aus Politik, Militär, Wirtschaft und Wissenschaft empörten sich öffentlich über die Verlautbarungen von Ruprecht Villanius, der in Transköl den Umsturz plane und das erst noch mit Ideen, die er aus dem Ausland übernommen habe. Das Volk wittert den

Unterhaltungswert der Farce und hat riesen Spass an diesem Theater. Experten meinen, es bestehe keine Gefahr, dass Ruprecht Villanius gewählt werde, weil Leute, die lachen, nicht zur Wahlurne gehen. In den Medien verkünden sie mit besorgten Mienen, dass ein Regierungswechsel drohe. Das Volk liest vergnügt die Zeitungen und sitzt ebenso lachend vor den Fernsehgeräten oder Computern bei diesen Experteneinschätzungen. Und über ihre Heirat wurde entschieden, bevor sie überhaupt ja gesagt hat. Jackie Paravanz hängt es aus. Sie ist aus tiefster Empörung zornig.

„Leckt's mich," kräht Jackie Paravanz.

Jackie Paravanz folgt einer Eingebung und rennt kopflos davon. Was abläuft, angefangen beim Ficken mit Sebi Plotowski, über ihre Position im Präsidentenpalast und in ihrer Familie, bis hin zum Leben, das ausschliesslich durch Machterhalt geprägt ist und zu diesem verlogenen Scheiss-Theater führt, ist Scheisse, Scheisse, Scheisse!

Jackie Paravanz hat die Nase voll. Sie flieht. Hals über Kopf. Blindlings. Nur weg von hier! Seltsamerweise kommt sie, dies fällt ihr erst im Nachhinein ein, an der Dienerschaft, den Aufpassern, den Wachen, den Bodyguards unbehelligt vorbei. Sie ist draussen und frei.

Sie Jackie Paravanz steigt in die nächste Strassenbahn, von der sie annimmt, dass sie zum Elefant, dem grossen Platz in Langwardia, fährt. In der Strassenbahn beobachtet sie, wie ein nachlässig gekleideter Mann zu allen Leuten geht, eine Person nach der andern anquatscht, ihnen eine Karte zeigt, worauf die Leute ihm ihrerseits etwas zeigen. Als der Mann vor ihr steht und nicht unfreundlich, aber doch etwas trocken sagt, „Fahrausweiskontrolle", ist

Jackie Paravanz zuerst schockiert, dass ein gewöhnlicher Mensch es wagt, sie so anzusprechen. Doch dann fällt ihr ein, dass dieser arme Mann nicht wissen kann, dass sie Jackie Paravanz ist, weil sie Sonnenbrille und Kopftuch trägt. Der Mann wiederholt, diesmal leicht ungeduldig, „ihren Fahrschein, bitte!"

„Was ist das? Ich habe nichts. Ich schwöre, ich habe keinen Fahrschein. Ich bin neugierig zu erfahren, worum es sich bei einem Fahrschein handelt. Bitte, bitte, erklären sie es mir!"

„Junge Frau, keine dummen Sprüche. Ihren Fahrschein", wiederholt der Mann mit inzwischen einem seltsamen Grinsen in seinen Gesichtszügen.

Jackie Paravanz setzt ihm auseinander, wie durchaus hübsch diese Strassenbahnen sind, von denen sie, nun zum ersten Mal in ihrem Leben, Gebrauch macht. Diese Strassenbahnerfahrung sei für sie überwältigend. Sie geniesse die Fahrt sehr und freue sich, zum Elefanten zu fahren. Ob diese Strassenbahn tatsächlich zum Elefanten fahre. Der Mann nickt. Ein Rätsel für sie sei, weshalb die Menschen in dieser Strassenbahn nicht heiterer gestimmt sind. Sie können sorgenfrei in einem so niedlichen Wagen durch die Strassen von Langwardia kutschieren. Kein Vergleich zu der muffigen Enge in einer Staatskarosse. Diesen unmöglichen Limousinen. Die je nach Fahrweise des Fahrers und Verkehrsaufkommen unterwegs ständig rucken und zucken. Der Mann winkt genervt ab, verdreht seine Augen und geht wortlos weiter. Jackie Paravanz denkt, ein seltsamer Mensch.

Ueli Hungerbühler, der Sohn von Hulda und Sepp Hungerbühler, ist kein Unmensch. Seine Funktion jedoch als Kontrolleur SSL, der Städtischen Strassenbahnen

Langwardias, stellt sein Menschsein oft auf harte Proben. Es gilt in kürzester Zeit Entscheide zu fällen. Mit diesem jungen Mädchen, das so verrückt daherredet, hat er echt Erbarmen. So jung, so hübsch und so verrückt. Womöglich Drogen. Arme Eltern. Er entscheidet sich, in Verletzung von Dienstvorschriften, Sechse gerade sein zu lassen.

Jackie Paravanz ist im gewöhnlichen Leben ohne Glamour, ohne Luxus, ohne Prunk angekommen. Beim Elefanten verlässt sie die Strassenbahn, und mischt sich ins Gewühl der gewöhnlichen Menschen, stösst absichtlich hier und dort an, um zu spüren, dass sie nun endlich bei den Leuten ist und im gewöhnlichen Leben dahin getrieben wird, wo gewöhnliche Leute hintreiben. Sie checkt sehr wohl, dass etliche Menschen sie seltsam ankucken. Wohl denken, das arme Ding ist durchgeknallt, besoffen. Ihr ist egal, was die Menschen von ihr denken. Sie lacht jeder und jedem, die oder der ihren Blick einfängt, ins Gesicht. Die meisten Menschen sind erstaunt, erwidern dennoch verschämt belustigt ihr Lachen. Sie verstaut Sonnenbrille und Kopftuch in ihrer Umhängetasche.

Da knallt sie, an diesem Samstag, 20. Mai 1972, um achtzehn Uhr dreizehn, voll Breitseite gegen einen Menschen, spürt für den Bruchteil einer Sekunde die Wärme des Körpers, der für sie noch keine Form angenommen hat. Spürt, wie der Mensch, der zu diesem Körper gehört, sie mit Armen kurz, sehr, sehr kurz, für den kleinsten Bruchteil einer Sekunde umfängt, wohl, blitzt ihr durch den Kopf, um sein eigenes, vielleicht auch ihr Stürzen zu verhindern. Dann stehen sie sich gegenüber und starren sich an, mitten auf der Strasse. Die Fussgängerampel wechselt von Grün auf Rot.

Autos hupen. Sie starrt. Sie durchfährt wie ein Blitz die Offenbarung, der Traummann!

„(stotterstotterstotter)"

Er zieht sie weg, schlängelnd zwischen beschleunigenden, aufröhrenden Autos hindurch aufs sichere Gelände des Gehsteigs, wo sie verlegen grinsend einander gegenüberstehen. Für Jackie Paravanz ist dies die wonnevollste Ewigkeit, die nie enden dürfte. Er ringt nach Worten. Sie hofft, dass er nicht wegrennt.

«Du, du, du. Ich muss. Tschüss. Ich bin David."
„Ich Jackie."

Er dreht ab, schaut zurück über eine Schulter und ruft ihr etwas zu.

„Um Zehn im JAIL. Okay? Ich muss jetzt weiter. Weisst, wo das JAIL ist?"
„Klar!"

„Jail", „Zehn Uhr". Jackie Paravanz muss herausfinden, was und wo das Jail ist. Sie will und muss um Zehn dort sein. Damit ist sie in ihrer tollen Wirklichkeit angekommen. Ein Kribbeln im ganzen Körper. Augen zukneifen und sie mit einem lauten Wow! wieder aufreissen!

Wenn man es genau überlegt, bildet der Mensch ein kleines Universum für sich, d.h. was im Universum der Donner ist, ist beim Menschen der Furz. Der Knall, der entsteht, wenn Yin und Yang, weil das nun einmal in der Natur der Sache liegt, sich entladend aufeinanderprallen, entspricht beim Menschen dem Knall des Furzes.

> *Hiraga Gennai (ca. 1728 bis 1780), Zwei Diskurse über den Furz. Gelehrte Betrachtungen über ein anrüchiges Thema, OAG 2010, S. 29*

Vierter Exkurs

Die wahre Geschichte der Kunigunde Paravanz-Altenmeier

"Lächele sie, das steht ihnen besser!" Unwillkürlich lächelst du und schaust hin in die Richtung, aus der die Stimme kommt und siehst in ein Gesicht, das – du spürst es – ein

(das perfekte Gegenteil deines Konterfei ist)

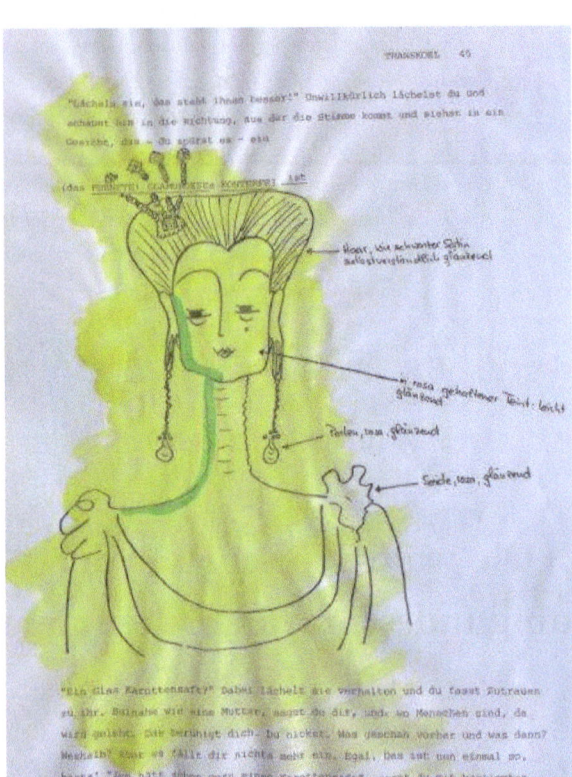

Haar, wie schwarzer Satin selbstverständlich glänzend!

rosa gehaltener Teint: leicht glänzend

Perlen, rosa, glänzend

Seide, rosa, glänzend

"Ein Glas Karottensaft?" Dabei lächelt sie verhalten und du fasst Zutrauen zu ihr. Beinahe wie eine Mutter, sagst du dir, und wo Menschen sind, da wird gelebt. Das beruhigt dich. Du nickst. Was geschah vorher und was dann? Weshalb? Egal es fällt dir nichts mehr ein. Egal. Das ist nun einmal so, basta! "Ich hätte schon gern einen Karottensaft", sagst du mit bestimmter und ruhiger Stimme.

Es war einmal in einem wunderschönen Land eine Königin, die nicht wahrhaben wollte, dass sie eine Königin ist, und Schmetterlinge erforscht. Das Land heisst Transköl, die Königin Kunigunde Paravanz-Altenmeyer.

Wie der Name besagt, ist Kunigunde Paravanz-Altenmeyer eine geborene Altenmeyer. Die Altenmeyers waren das mächtigste Fürstengeschlecht Transköls. Im Laufe der bürgerlichen Revolutionen verzichteten die Altenmeyers auf ihre Titel, ihr Fürstenrecht und ihre Privilegien. So retteten sie ihre Köpfe und ihr Vermögen, welch letzteres sie geschickt in Sklavenhandel und Finanz- und andere Geschäfte einfliessen liessen und so das grösste Wirtschaftsimperium in Transköl errichteten, das in allen Bereichen, in denen sich Geld verdienen lässt, tätig ist.

Konsul Ludwig Wilhelm Friedrich Benevolenz Maria Altenmeyer-Trossmüller, genannt der Konsul, geboren 1877, sah das Altenmeyer'sche Imperium gefährdet, nachdem die Linken in der Regierung die Macht zu übernehmen drohten. Sein Traum ist, dass endlich ein Sohn geboren wird, der dereinst einmal die Regierung stürzen, die Macht übernehmen und sich liberal gebärden wird. Die Berater des Konsuls schütteln ihre Köpfe und weisen den Konsul sachte darauf hin, dass die Verwirklichung seiner Träume schwierig sei. Die Berater fühlen sich auf sicherem Posten, solange der Konsul keinen Sohn hat und sein süssestes Kuni-Prinzesschen sich nie für Politik interessiert.

Des Konsuls süssestes Kuni-Prinzesschen interessierte sich von frühester Kindheit an für Schmetterlinge und sonst nichts. An Schuldingen ist sie nur soweit interessiert, als sie ihre Leidenschaft für

Schmetterlinge betreffen. Der Konsul findet das Interesse seines süssesten Kuni-Prinzesschens süss und weist die Gouvernante und Privatlehrerin seiner Tochter an, dafür zu sorgen, dass dem Kind dennoch eine passable Schulbildung vermittelt werde.

Loni Hack, promovierte Altphilologin, seufzt und tut ihr Bestes. Sie kann Kunigunde ohne weiteres davon überzeugen, dass sie wissen müsse, wie viele Schmetterlinge sie gesammelt habe, und bringt sie so dazu, Rechnen und Mathematik zu lernen. Dann erklärt sie dem Kind mit Unschuldsmiene, dass sie seine Fragen bezüglich Schmetterlinge nicht beantworten könne. Die Antworten aber in gescheiten Büchern nachzulesen sind. Das Kind will sofort lesen lernen. Später seufzt sie dem Kind vor, wie schade es sei, dass es nicht Englisch und Französisch lesen könne, denn auf Englisch und Französisch seien die besten wissenschaftlichen Bücher geschrieben worden. Damit ist die Bildung des süssesten Kuni-Prinzesschens gerettet. Der Konsul verwirft seine Arme. „Bloss nicht zu viel Bildung. Fürs Heiraten und Kinderkriegen reicht es, wenn sie eins und eins zusammenzählen kann."

Als Kunigunde Zwölf ist, werden ihre Zwillingsschwestern Erda und Fricka geboren. Kunigunde ist überzeugt, dass ihre Mutter im dicken Bauch einen Haufen Schmetterlinge hat, Sie ist entsetzt, als plötzlich zwei kleine Menschen-Würmlein da sind. Sie will sich beim besten Willen nicht vorstellen, was sie ausgerechnet mit Schwestern anfangen soll. Sie befiehlt Loni Hack und auch ihren Eltern, die beiden kleinen Würmer dorthin zurückzubringen, wo sie hergekommen sind. Der Konsul ist betrübt über die Verletzung, die man seinem süssesten Kuni-Prinzesschen mit der Geburt von Erda und Fricka zugefügt hat. Er hätte sich aus dynastischen Gründen sowieso einen Sohn gewünscht. Er ist einerseits enttäuscht, dass anstatt eines Sohnes zwei Mädchen geboren wurden, andrerseits aber auch erleichtert, dass der Status seines süssesten Kuni-Prinzesschens nicht gefährdet ist. Er ist vernarrt in sie. Überdies ist nach der Geburt der Zwillinge klar, dass Creszentia Paulina Altenmeyer-Trossmüller keine Kinder mehr kriegen kann. Also bestimmt der Konsul, „mein süssestes Kuni-Prinzesschen muss Königin von Transköl werden und das Land regieren". Seine Berater weisen ihn sachte darauf hin, dass die Errichtung einer Erbmonarchie in Transköl kaum möglich ist. Zu seinem grössten Kummer muss er selber erkennen, dass sein süssestes Kuni-Prinzesschen nicht das Zeugs zum Regieren hat. Folglich entscheidet er, dass für sein süssestes Kuni-Prinzesschen im richtigen Zeitpunkt ein Mann beschafft werden müsse, der zum Präsidenten gemacht wird. Dann sei sein süssestes Kuni-Prinzesschen First Lady Transköls. Dann seien die Linken gebannt und seine liberalen Wirtschaftsziele wieder im Einklang mit der Politik.

Am Freitag, den 13. November 1936 – Erda und Fricka feiern in diesem Jahr ihren vierten Geburtstag – stürmen Erda und Fricka mit wehenden Fahnen und lautem Gebrüll in Kunigundes Reich. Sie wollen ihre grosse Schwester mit dem Fang eines Schmetterlings, den sie mit eigenen Händen gefangen hatten, überraschen.

Kunigunde ist am Mikroskop beschäftigt und findet es schauderös, dass Loni Hack die widerlichen Kleinen in ihr Reich tollen lässt. Zudem sind diese beiden Gören zu dumm, um zu merken, dass sie mit ihren Patschhänden den gefangenen Schmetterling zu einem Mus zerquetscht haben.

Zu allem Überfluss klettert eine der beiden – Kunigunde kann und will sie nicht auseinanderhalten – auf Kunigundes Arbeitsfläche, trampelt krächzend und singend auf ihren Präparaten herum, verliert das Gleichgewicht und fällt rücklings in die aufgezogene Schublade von Kunigundes Schrank mit den Präparaten.

Kunigunde, kaum sieht sie die Bescherung, lodert lichterloh, schreit wie von Sinnen, packt ein Messer und sticht auf das kleine Wurm ein, das in der Schublade liegt und plärrt. Trifft scharf daneben und teilt ein Schmetterlingspräparat entzwei. Gerade als Kunigunde ausholt, um das plärrende Kind endlich abzustechen, tritt Loni Hack dazwischen und verhindert das Schlimmste.

Die Konsul teilt die Abneigung seines süssesten Kuni-Prinzesschen, das ein ausgewachsener Backfisch ist, für die Zwillinge und sinnt nach Möglichkeiten, sich ihrer auf unauffällige Weise zu entledigen, damit nicht sein süssestes Kuni-Prinzesschen eines Tages tatsächlich Gefahr laufe, eines oder beide tot zu machen und dadurch in eine Bredouille zu geraten.

Ein ständiger Mitarbeiter des Konsuls, Hansdampf Rüppel, der für gröbere Sachen zuständig ist und den der Konsul, gegen fürstliche Entschädigung, offiziell als Angestellten gemäss Vertrag verleugnen darf, antwortet auf die Darlegung des Problems durch den Konsul mit einer Geste, die besagt, Kopf ab! Der Konsul schüttelt seinen Kopf.

„Es drückt mir beinahe das Herz ab, mich von meinen Zwillingstöchtern trennen zu müssen", führt der Konsul mit der Miene eines leidgeplagten Vaters der Form halber an, „deshalb muss ich darauf bestehen, dass die lieben

Kleinen in beste Hände kommen, ohne dass die guten Menschen, die sie aufziehen werden, erfahren, woher sie stammen."

Hansdampf Rüppel lässt Loni Hack durch einen Kumpel mit Pink Champagne verführen. Als sie sich ihrer Pflichten wieder bewusst wird, sind die Zwillinge weg. Die Zwillinge bleiben verschwunden. Loni Hack ist am Boden zerschmettert.

Loni Hack hatte bessere Zeiten gekannt. Einst hatten der Konsul und der alte Hackenfeldt um die schöne Eleonore von Tekkel gebuhlt. Schliesslich gewann der alte hoffnungslose Spieler, Prasser und Schwerenöter Hackenfeldt. Er ehelicht das noble Fräulein von Tekkel und führte sie heim. Eleonore von Hackenfeldt, geborene Freiin von Tekkel, wird in den siebenten Himmel katapultiert. Der alte Hackenfeldt fällt vom Pferd, bricht sich das Genick. Die Ländereien sind verschuldet. Der Konsul erbarmt sich in christlicher Manier der jungen Witwe und stellte sie als Erzieherin seines süssesten Kuni-Prinzesschens ein, überantwortet ihr auch die leidlichen Zwillingstöchter Erda und Fricka. Eleonore von Hackenfeldt nennt sich, da sie ab dato in Diensten der Konsuls steht und wie gewöhnliche Leute Lohn bezieht, Loni Hack. Bis dahin glaubte sie, im Leben unendlich Glück gehabt zu haben.

Nach dem Verschwinden der Zwillinge macht ihr niemand Vorwürfe. Für sie ist das Verschwinden der Zwillinge doppelt schlimm. Die Chemie zwischen ihr und Kunigunde hatte nie gestimmt. Dann ist sie Zeugin, wie die Zwillinge von ihren Eltern vernachlässigt werden. Entsprechend eng wird ihr Verhältnis zu Erda und Fricka.

Nach dem Verschwinden wird Loni Hack in eine Dachkammer des Präsidentenpalastes verbannt und mit Pink Champagne versorgt. Der Konsul misstraut der gescheiten Frau. Will auf Nummer sicher gehen. Solange sie ständig mit Pink Champagne versorgt ist und in ihrer Dachkammer bleibt, ist sie aus dem Verkehr gezogen und kann keine dummen Gerüchte streuen.

Hansdampf Rüppel schwört dem Konsul, dass die Gouvernante von der Entführung der Mädchen nichts mitbekommen hat. Der Konsul winkt ab. Hauptsache, die Zwillinge seien gut versorgt. Er will nicht hören, wie sie versorgt sind. In der Nacht vom 13. auf den 14. November 1936 werden auf den Stufen des Eingangs zum Kloster der barmherzigen Schwestern in Veilchenschön, einem Bauerndorf siebenundzwanzig Kilometer von Langwardia entfernt, zwei kleine Mädchen ausgesetzt. Hansdampf Rüppel weiss somit als einziger, wer die beiden kleinen Mädchen sind. Seine Beziehungen zur Schwester Oberin, die er mit reinem Alkohol versorgt, damit im Kloster der landesweit beliebte Birnenschnaps hergestellt werden kann, garantieren, ihm von Zeit zu Zeit Informationen über das Ergehen der beiden Findlinge zu liefern.

Erda und Fricka sind im Kloster noch fröhlicher als im Präsidentenpalast und vergessen bald alles aus ihrem früheren Leben. Bis Erda in einer Zeitschrift ein Foto von Kunigunde entdeckt und ihre Schwester in ihre Entdeckung einweiht. Die Schwester, unter deren Obhut sie stehen, fragt die beiden, was sie zu flüstern hätten? Die beiden winken ab und verwickeln die Schwester in Kinderspiele. Erda behändigt geschickt und heimlich das Bild der Kunigunde. So bleibt die Erinnerung an ihre Schwester, die sie nicht vermissen, lebendig. Sie wissen, welcher Herkunft sie durch Glück entronnen sind. Sie geniessen das Leben bei den barmherzigen Schwestern, pubertieren heftig und wollen, ihren sicheren Rahmen sprengen. Brechen aus. Erda als unsicheres Ding. Fricka als selbstbewusste Schwätzerin.

Der Konsul ist erleichtert, dass seine beiden Zwillingstöchter, wie Hansdampf Rüppel versichert, in guten Händen sind. Er ist überzeugt, dass dies die beste Lösung ist. Als der Konsulin das Verschwinden der Zwillinge gemeldet wird, entfährt ihr ein Schrei.

„Mein Gott, mein Gott, ich hatte ganz vergessen, dass ich noch Zwillinge habe! Bringt sie her, sie passen bestens zu meinem blauen Kleid."

„Frau Konsulin, die Zwillinge haben sie nicht mehr."

„Ich meine, so ist das Leben. Kaum geboren, schon gestorben. Sagen sie, eine Tochter habe ich noch, oder? Als trauernde Mutter trägt man schwarz und hat immer ein Gebetbuch bei sich, oder?"

Niemand wagt, Kunigunde das Verschwinden der Zwillinge mitzuteilen. Sie fragt nie nach ihnen. Man geht davon aus, dass sie das Verschwinden ihrer Schwestern verkraftet.

Ab sofort sind die Zwillinge in der Familie Konsul Altenmeyer tabu. Der Schöpfung einer Legende zulieb wird Freitag, der 13. November 1936, ‚Der schwärzeste Tag im Leben der Familie Konsul Altenmeyer' getauft. Fragen nach dem Inhalt der Schwärze werden je nach Person mit unterschiedlichen Gesten und Worten abgewehrt. Die Frau Konsulin stösst einen Seufzer aus, fährt mit dem Handrücken ihrer Rechten über ihre Stirne und bekommt diesen flirrenden Blick – und schweigt. Kunigunde überhört die Frage und schlägt ein anderes Thema an. Loni Hack verdreht ihre Augen und stürzt ein Glas Pink Champagne ihre Kehle runter – und schweigt. Der Konsul gibt vor, die Frage nicht verstanden zu haben, bittet tausendmal, die Frage zu wiederholen, und versteht sie noch immer nicht.

„Seniler Trottel", rutscht bei solcher Gelegenheit der Enkeltochter des Konsuls, Jackie Paravanz, kaum vernehmbar heraus.

„Ich ein seniler Trottel, " grinst der Konsul Jackie Paravanz an. „Ha! Da freust du dich zu früh, gnädiges Fräulein. Mit mir hast du zu rechnen, bis ich mindestens hundert Jahre alt bin. Noch kein Altenmeyer hat es bisher geschafft, hundert Jahre alt zu werden. Ich werde als der erste Altenmeyer in die Annalen der Geschichte eingehen, der hundert Jahre alt geworden ist – und dies bei geistiger Frische! Ludwig Altenmeyer, der Berater der Aristokratie vor der französischen Revolution ist 1847 im Alter von 95, Friedrich Altenmeyer 1870 im Alter von 98, Friedrich Ludwig Altenmeyer 1901 mit bloss 91 gestorben und so weiter. Friedrich Altenmeyer habe ich beinahe schon geschlagen. Dann ist es geschafft! Konsul Ludwig Benevolenz Maria Altenmeyer wird seinen hundertsten Geburtstag feiern!"

Kunigunde studiert Zoologie mit Schwerpunkt Entomologie und Lepidopterologie. Fragt jemand nach, was das sei, wirft sie schnippisch hin, dumme Leute seien ihr ein Gräuel und wendet sich ab. Der Konsul hat zwiefach Sorgen. Die Sozialisten an der Macht und sein süssestes Kuni-Prinzesschen, das sich mit diesen Voraussetzungen schwerlich einen Mann angeln wird, der Staatspräsident von Transköl werden wird. Sein süssestes Kuni-Prinzesschen ist ein vornehmes Mädchen. Menschliches und vor allem allzu Menschliches bleiben ihr fremd. Womöglich glaubt sie im Ernst, wenn man später einmal Lust auf Kinder hat, lässt man den Storch herbeipfeifen und steckt ihm einen Zettel mit der Bestellung in den Schnabel. Der Konsul muss handeln. Er beauftragt seinen Neffen Detlef Altenmeyer mit der Suche nach einem passenden Mann für sein süssestes Kuni-Prinzesschen.

„Entschuldige, Onkel Konsul. Süss ist die Kuni gerade nicht. Eine sehr schwierige Aufgabe. In der Regel paaren die jungen Menschen sich von selber."

„Und der Gesuchte muss das Zeugs zum Staatspräsidenten haben!"

„Entschuldige, Onkel Konsul, du spinnst!"

Für Detlef Altenmeyer ist die Sache klar. Die Altenmeyers haben den Zenit ihres familiären Potenzials überschritten. Übrig bleibt die Dekadenz. Sie pflegt er mit Hingabe. Sein grösster Spass ist, an konspirativen Versammlungen der Marxistisch-Leninistischen Liga den kraftvollen und feurigen Reden der hübschen Jungs dieser Organisation zuzuhören und in Vorfreude auf den Überfall dieser hübschen Menschen auf die dekadenten Altenmeyers und Co. zu schwelgen. Er verguckt sich in Amadeus Paravanz, den verhätschelten, jüngsten Spross – neben sieben älteren Schwestern – aus bäuerischen Verhältnissen. Amadeus Paravanz treibt seine Eltern mit seiner Ungeschicklichkeit in die Verzweiflung. Er ist zu nichts zu gebrauchen. Dabei redete er unablässig. Schweren Herzens schickten die Eltern Paravanz ihren Sohn in die Stadt zum Studieren. Zu etwas Gescheiterem, Mitarbeit auf dem Hof oder so, ist er schlicht nicht zu gebrauchen. Er kann nicht einmal einen Besen in die Hand nehmen und den Vorplatz ordentlich wischen. Nicht etwa aus Widerwillen. O nein! Er gibt sich Mühe, schwitzt wie eine Sau – und schafft es nicht.

Amadeus Paravanz studiert Mathematik. Schafft in Rekordzeit das Staatsexamen, habilitiert und wird mit siebenundzwanzig Jahren der jüngste ordentliche Professor der Universität Langwardia. Dabei ist er in der Marxistisch-Leninistischen Liga, wo die jungen Leute konspirativ mitwirken, sich duzen, gegenseitig nur die Vornamen kennen und in der Regel keiner vom andern weiss, wer er tatsächlich ist, der feurigste Redner. Er redet alle anderen zu Boden. Männiglich amüsiert sich, wenn er seine Wortschwalle gegen Andersdenkende loslässt, denen inhaltlich niemand zu folgen vermag, weil die Sätze zu verschachtelt sind.

Detlef Altenmeyer ist in leidenschaftlicher Sehnsucht nach Amadeus Paravanz entbrannt. Er lässt kein Mittel unversucht, um die Aufmerksamkeit von Amadeus Paravanz zu erhaschen. Doch Amadeus Paravanz hält unablässig grosse Reden, redet gescheit daher – für Detlef Altenmeyer absolut unverständlich und im Grunde auch nicht sonderlich neu, weil er auch ohne ideologische Ausschmückung, aus eigener Erfahrung von der Dekadenz der ehemals Mächtigen überzeugt ist. Als er bereits jegliche Hoffnungen begräbt, den geilen Amadeus Paravanz je auf sich aufmerksam zu machen, und gerade dabei ist, eine kleine Gruppe von Konspirativen mit Kostproben aus dem Leben seiner spleenigen Cousine zu unterhalten, hört er plötzlich die ihn elektrisierende Stimme von Amadeus Paravanz.

„Eine Frau, die Lepidopterologie studiert, muss ich kennen lernen! Arrangiere ein Treffen! L E P I D O P T E R O L O G I E, " buchstabiert Amadeus Paravanz Detlef

Altenmeyer das schwierige Wort vor, das letzterer nicht ganz korrekt wiedergegeben hat, und schaut ihm dabei tief in die Augen.

Detlef Altenmeyer erschaudert. Zum allerersten Mal nimmt der herrliche, der himmlische, der so hübsche Amadeus Paravanz ihn, den unscheinbaren, den dekadenten, den von allem belächelten Versager Detlef Altenmeyer zur Kenntnis. Spricht ihn an. Sieht ihm tief in die Augen. Steht in voller Grösse vor ihm! Detlef Altenmeyer springt wie von der Tarantel gestochen auf, stellte sich in Habachtstellung mit vor Erregung gerötetem Gesicht vor Amadeus Paravanz auf. Aus ihm schiessen die denkbaren Worte, „Ja, ich will!"

Beim Treffen im Odeon ist Detlef Altenmeyer angewidert von der Aufdringlichkeit, mit der Amadeus Paravanz seine Cousine Kunigunde beschwatzt, und von der offensichtlichen Freude, die sie an ihm hat. Detlef Altenmeyer entschuldigt sich. Er müsse seine Hände waschen. Als er zurückkommt, sind die beiden weg.

Cousine Kunigunde ruft Detlef Altenmeyer an, was bis dato noch nie geschehen war. Sie ist tratschig, wie er sie nicht kennt.

„Detlefchen, ich danke dir. Hast du mir meinen Wunsch von den Augen abgelesen? Der Konsul will doch unbedingt, dass ich ihm einen Sohn gebäre. Woher den dafür notwendigen Mann nehmen und nicht stehlen?! Detlefchen, dass du mir diesen Freak zugeführt hast – so toll! Während er mich begattet hat, habe ich ihn höflich gebeten, zu schweigen. Ich habe ihn dringendst aufgefordert zu schweigen. Ich habe ihn angeschrien, schweig endlich! Dieser Mann ist ein Phänomen! Rein und raus, rein und raus – und immer geredet dabei! Und ich habe kein Wort davon verstanden! Und er hört nicht auf mich! Begreifst du diese Ungehörigkeit, mich kleinzukriegen, mich, eine Altenmeyer. Hat seine Mama ihn keinen Anstand gelehrt! Meine Befehle nicht zu befolgen – dieser Mann ist ein Phänomen! Er wird geheiratet. Drücke mir die Daumen, dass ich schwanger bin und dem Konsul den gewünschten Enkel gebäre! Der Konsul macht Amadeus Paravanz zum Präsidenten. Ist es nicht herrlich!"

„Nein, nein, Kusinchen, mach dir da nichts vor", wendet Detlef Altenmeyer schüchtern ein, „er ist lediglich Professor für theoretische Mathematik, das Aushängeschild der Universität. Niemand ausser ihm hat es bisher geschafft, die Leute so in Grund und Boden zu reden. Untersteh dich die Zukunft unserer Universität, das heisst der philosophischen Fakultät II, kaputt zu machen. Zudem ist er Kommunist. Er ist Mitglied der Marxistisch-Leninistischen Liga. Er will dich und deinesgleichen guillotinieren!"

Am 6. Juli 1953 wird Amadeus Paravanz gemäss Strategie Prof. Dr. Dr. h.c. Dr. h.c. Lubi Trettner und Heller Sankt Philipp auf Befehl des Konsuls Mitglied der Freisinnigdemokratischen Partei Transköls. Am 7. Juli 1953 hängt Amadeus Paravanz gemäss Strategie Prof. Dr. Dr. h.c. Dr. h.c. Lubi Trettner und Heller Sankt Philipp auf Befehl des Konsuls seine Professur an den Nagel. Am 11. September 1953 wird zivil geheiratet. Am 12. September 1953 wird die prachtvolle kirchliche Trauung gefeiert. Die Ankündigungen ziehen so viele Schaulustige an, dass Langwardia an diesem Tag heillos verstopft ist. Alle Medien berichteten über die Hochzeit des Jahres, dieser reinen Liebesheirat. Maliganta Strutezky von der NTZ (Neue Transkölanischen Zeitung) veröffentlicht unter ihrem Namen den Kitsch-Artikel über die grenzenlose Liebe zwischen Kunigunde und Amadeus und fünf private Fotografien. Beides war ihr im Auftrag vom Konsul und von Prof. Dr. Dr. h.c. Dr. h.c. Lubi Trettner von Heller Sankt Philipp geschrieben und zugestellt worden. Am Wochenende des 25. / 26. September 1953 wird Amadeus Paravanz-Altenmeyer bei einer Stimmbeteiligung von 63% mit 72% der Stimmen zum Präsidenten von Transköl gewählt. Mit seinen siebenunddreissig Jahren ist er der jüngste Staatspräsident Transköls seit es dieses Amt gibt. Am 16. Januar 1954 wird dem glücklichen Paar das Töchterchen Jacqueline geboren. Das Glück ist perfekt – so zumindest schreibt Maliganta Strutezky von der NTZ.

Prof. Dr. Dr. h.c. Dr. h.c. Lubi Trettner versucht, den Konsul zu besänftigen. Selbst bei einer liberalen Politik sei es an der Zeit, den Frauen den Weg in die Politik zu ebnen. Bis Jacqueline erwachsen sei, müsse es möglich sein, eine Präsidentin am Ruder Transköls zu haben.

„Bist du auch sicher, dass es keine linken Ideen sind?! Frauen an der Macht", brösselt der Konsul hervor und schüttelt seinen Kopf.

Und wenn sie nicht gestorben sind, so leben sie noch heute.

*Die Idee, dass alles – die ganze Welt – nur ein Spiel,
nur ein Theater wäre, trägt darum, wie Huizinga
feststellt, nicht zu einer Theorie des Spiels bei. Eine
solche Idee ist übrigens bei asketischen christlichen
Metaphysikern mindestens ebenso beliebt, wie bei
ihren Komplizen, den sich hedonistisch gebenden
postmodernen Asozialen. Beiden Typen gemeinsam
ist letztlich die Unfähigkeit zur Lust an der Fiktion
– die eine Lust am Unterscheiden von Spiel und
Wissen, von Fiktion und Nichtfiktion ist.*

> *Robert Pfaller, Die Illusionen der Anderen.
> Über das Lustprinzip in der Kultur, E-Book,
> Pos. 1712*

Samstag, 20. Mai 1972, zwanzig Uhr siebenunddreissig

Am Samstagabend treffen im Liegeraum der Sauna Caligula zwei einsame, männliche Seelen aufeinander.

David Sert ist am Verzweifeln. Bestimmt ist es schon gegen Neun. Und er hat noch keinem alten Schwulen einen abgewichst und dafür einen Hunderter bekommen. So einfach wie Ulf Schepper es dargestellt hatte, ist es nicht. So, wie er die Situation einschätzt, ist ausser diesem Alten im Liegeraum keiner mehr rum, den er noch nicht angekickt hat. Diesen Alten hatte er bisher gemieden. Dieser Alte hatte sich zuvor, wie David Sert mitbekommen hatte, mit einem anderen Alten, einem Uralten, über Mahawwah unterhalten.

211

An Mahawwah will David Sert unbedingt nicht erinnert werden. Jetzt oder nie, sagt er sich und fasst sich ein Herz.

Joel Zwigart liegt ausgestreckt auf der Liegefläche im Liegeraum der Sauna Caligula und webt an einem Tagtraum. Er stellt sich vor, wie Eliane Kuhn Zwigart und Selina Kuhn-Faster zuhause in seiner Abwesenheit über ihn lästern. Dass er in Wahrheit nicht abwesend ist, aber hinter einer halb geöffneten Türe steht, alles mitbekommt. Plötzlich hervorsticht und ein Riesengelächter loslässt und einen lauten, stinkenden Furz.

Tagträume sind Tagträume. Die Wirklichkeit sieht anders aus:

Selina Kun-Faster verlässt ihre Tochter und die Enkelkinder bereits um Sieben. Lucy und Kevin verziehen sich je in ihr Reich und verrammeln ihre Buden. Elvira Kuhn Zwigart kann ungestört in Musse endlich einmal Kleider anprobieren, die sie lange nicht mehr getragen hat. Sie steht in ihrem Ankleidezimmer vor dem lebenshohen Spiegel. Begutachtet das schlichte kleine Schwarze. Das in diesem Fall dunkelgrau ist. Das Kleid sitzt perfekt. Sie fühlt sich gut darin. Obwohl, das dunkle Grau vermittelt einen Hauch von Trauer. Ein Farbtupfer muss her. Etwas Freches. Ihr fällt das peinliche Geschenk ein, das Joel Zwigart ihr neulich gemacht und nicht einmal den Mut gehabt hatte, es ihr persönlich zu überreichen, aber ihre Mutter dafür eingespannt hatte. Glaubt er im Ernst, dass sie sich kaufen lässt! Einerlei, der zu pompöse und zu sehr glitzernde Ring mit dem Rubin-Cabochon und dem Strahlenkranz von Brillant-Baguetten, in Eliane Kuhn Zwigarts Augen ein obszönes Stück, hat genau die Frechheit und das Knallige, das dieses Kleid braucht. Sie holt den kostbaren Ring aus dem Tresor. Sie stellt sich vor den Spiegel. Ihre Linke flach auf ihr rechtes Brustbein ausgestreckt, so dass der Ring bei der geringsten Bewegung und bei richtigem Lichteinfall glitzert und funkelt. Dieser Ring nimmt dem Kleid das Traurige, gibt ihm Lebendigkeit. Der Ring sitzt locker. Sie wird ihn beim Juwelier enger machen lassen. Elegant wie eine Dame von Welt und beschwingt macht sie sich an die leidliche Hausarbeit. Sie schnürt in der Küche den Abfallsack zu, trägt ihn nach draussen, schlendert gemächlich zum Abfallcontainer, um den Abfallsack in hohem Bogen reinzuwerfen. Soviel zur Wirklichkeit, die leicht anders ist, als der Tagtraum von Joel Zwigart.

Eine Stimme reisst den nackt auf der Liegefläche im Liegeraum der Sauna Caligula liegenden Joel Zwigart aus seinem Tagtraum. Joel Zwigart fokussiert den Sprechenden. Denkt spontan, o Gott, der Junge, von dem Kuno Hitz gesprochen hatte. Bestimmt ein Stricher. Mit Strichern will Joel Zwigart unbedingt nichts zu tun haben. Dennoch hört er sich, von plötzlicher Neugierde gestochen, an, was der Junge zu sagen hat. Zuerst wundert er sich. Dann überfällt ihn ein Lachkrampf.

„Entschuldige", presst Joel Zwigart zwischen Lachern hervor, „wohl zum ersten Mal. Mögliche Freier aufreissen. Entschuldige."

„Fick dich selber!"

Joel Zwigart erschrickt ob der Heftigkeit, mit der der Junge ihm diese Worte mit verächtlicher Miene entgegenwirft. Anstatt dass der Junge sich abwendet, bleibt er wie angewurzelt stehen, Breitfront in Richtung Joel Zwigart. Die Schultern des Jungen fallen. Sein Kinn taucht in Richtung Brust. Joel Zwigart sieht bloss noch den

Wuschelkopf und achtet auf die Schultern, ob sie von sanftem Heulen zu vibrieren beginnen. Am liebsten wäre Joel Zwigart aufgesprungen, hätte seinen Arm um die Schultern des Jungen gelegt und gesagt, halb so tragisch.

Die Fortsetzung der Begegnung als Dramolett, wie es sich mit Bestimmtheit hätte abspielen können:

„Sorry, Junge, bei mir bist du an den Falschen geraten. Stricher sind überhaupt nicht mein Ding."

„Weshalb kommst du dann her?"

„Weshalb komme ich her? Gute Frage. Du kommst her, weil du Geld brauchst, kurz und bündig. Ich komme her – um ALTER KLEISTER zu lesen. Das ist es. Schon gut, schon gut, ich weiss, ALTER KLEISTER ist Mist. Doch Mist, ja, das ist leider, leider die reine Wahrheit, Mist benötigt alles, das leben, gedeihen und blühen soll! Der Langi, die NTZ und wie die Blätter alle heissen, sind todlangweilig, reissen einen nicht vom Hocker. Hast du diese Geschichte von Turi Häppermost mitgekriegt? Eben, gehört hast du davon, doch bist du zu nobel, um dich auf diese Geschichte einzulassen und daran Spass zu haben. Turi Häppermost rief zum Sturz von Paravanz und seiner Clique auf, droht dem Paravanz mit dem Tod. Turi Häppermost ist schrecklich enttäuscht, dass er nicht ernst genommen und gleich verhaftet wird. Also stürmt Turi Häppermost mit einer Hellebarde bewaffnet durch die Amadeus Paravanz-Allee in Richtung Präsidentenpalast und schreit, jetzt geht es dem Paravänzchen an den Kragen. Zufälligerweise ist Bobby Renner von ALTER KLEISTER am Platz und schiesst ein paar Bilder. Die Wachen vor dem Präsidentenpalast lassen Turi Häppermost nicht rein. Turi Häppermost vollführt mit seiner Hellebarde eine dumme Bewegung und holt sich einen Hexenschuss, kann sich nicht mehr bewegen und schleppt sich gebeugt von dannen. Ohne

ALTER KLEISTER wüsste man nichts von dieser Geschichte. Bobby Renner hat in der Kolumne ‚Julia Hinterdemmond klatscht & tratscht über Promis' auf der Doppelseite 56/57 über Turi Häppermost berichtet. Ganz Transköl lacht nun über Turi Häppermost. Man spottet darüber, was ein Turi Häppermost vorkehrt, um für einen Augenblick ein Promi zu sein. Diskutiert wird vor allem über den Ohrschmuck von Turi Häppermost. Dieser Ring von der Grösse eines Kinderwagenrades, der in seinem Ohrläppchen baumelt. Ob das der neue Trend sei? Ob man sich so etwas beschaffen müsse? Doch selbst darum geht es nicht. Es geht vor allem darum, dass kein Artikel aus dem Langi, der NTZ und wie die Blätter alle heissen diese Verbreitung erfahren hat! Oder nenne mir ein Ereignis aus der seriösen Presse, das die Gemüter Transköls so in Wallung gebracht hat wie Turi Häppermost! Doch das Krasseste ist, dass selbst jetzt, wo eine Wahl bevorsteht, der Protest von Turi Häppermost nicht als Protest gegen die Wiederwahl des Präsidenten wahrgenommen wird. Kein Schwein interessiert sich mehr für Politik! Auf die Börsenkurse, ja, auf sie stürzen sie sich und fluchen jämmerlich, wenn die Experten mit ernster Miene diesen oder jenen Scheiss erzählen. Und sie stürzen sich auf Bobby Renners ‚Julia Hinterdemmond klatscht & tratscht über Promis'. Er versteht es, die Flucht aus der Langweile mit Durchschnittlichem zu bedienen, dem er Zündstoff beimischt, auf den die Leute selbstvergessen pissen, so dass es nie zur Explosion kommt."

Joel Zwigart bemerkt, wie der Junge ihm aufmerksam an den Lippen hängt, doch irgendwie nervös wirkt.

„Bist du in Eile? Wozu benötigst du das Geld?"

„Ach, nichts. Ich muss gehen, stimmt. Also, tschüss."

Noch immer bleibt der Junge stehen, nervös von einem Fuss auf den andern tretend.

David Sert überschwappt eine Welle von Weltschmerz. Er kriegt nichts auf die Reihe. Er versagt immer. Anstatt andächtig zuzuhören, sollte er handeln. Im JAIL kann er sich ohne Geld nicht zeigen. Wie steht er vor dem wunderschönen Mädchen da?! Es ist zum Verzweifeln. Die ganze Welt hat sich gegen ihn verschworen.

„Wozu brauchst du das Geld?"

„Ich, ich, ich, ich … Ich wünsche mir nichts sehnlicher als ‚Das Prinzip Hoffnung' von Ernst Bloch zu kaufen. Sie müssen wissen, ich studiere Philosophie. Das Buch ist verdammt teuer."

„Etliche Bände."

„Drei! Das ist es ja eben. Wie soll ein Student sich so etwas leisten können."

„Komm, wir verlassen die Sauna. Gehen in einer Kneipe eins heben. Und ich schenke dir den Hunderter, einfach so. Für ‚Das Prinzip Hoffnung'."

„Es ist so, ich bin schrecklich in Eile."

„Dachte ich es mir. Schau, gehen wir mal davon aus, dass ich zu tiefst beeindruckt bin, dass ein junger Menschen Ernst Bloch kennt. Dass ich dir deine verzweifelte Suche nach Geld abnehme. Um ein wunderschönes Mädchen auszuführen? Du bist total blank. Wenn du nicht sofort einen Hunderter auftreibst, geht dir das wunderschöne Mädchen durch die Latten. Komm!"

Joel Zwigart geht voraus zur Garderobe. Er öffnet seinen Kleiderschrank. Fischt aus seiner Jackentasche den Hunderter, der ihn beim Weggehen zuhause von der Konsole in der Eingangshalle her angelacht und den er eingesteckt hatte. Er gibt ihn David Sert. David Sert strahlt.

„Wissen sie, ich bin nicht schwul, es war nur gerade so eine Idee…"

„Alles klar. Take the money and run!"

Joel Zwigart schubst den wie auf Nadeln vor seiner Nase herumtanzenden David Sert weg. Er solle endlich verschwinden. Sonst verpasse er das wunderschöne Mädchen.

„Vergiss nicht, dich anzuziehen!"

David Sert zieht sich hastig an. Wirft einen Blick in Richtung Joel Zwigart. Er rast überglücklich davon.

Das Netz ist Teil von uns geworden. Es ist in unseren Köpfen. Wir sind in dieses Netz eingespannt und verwoben, weil wir, die User, den Content erbringen, der das Netz am Leben erhält. Das Netz ist kein Code, der als Film vor unseren Augen abläuft, sondern der Lebenscode, der uns umgibt und den wir durch den Vollzug unseres Lebens ständig verändern. Wir arbeiten rastlos als sozial vernetzte Zellen. Das soziale Netz der Interaktion ist nicht etwas, dem wir gegenüberstehen, sondern es ist ein sich allein durch unsere Aktivität ausdehnender Raum. Mythisch gesprochen heisst das: Wir befinden uns im Bauch des Leviathan.

Alexander Pschera, 800 Millionen. Apologie der sozialen Medien, Matthes & Seitz Berlin 2011, Seite 23

Samstag, 20. Mai 1972, einundzwanzig Uhr siebenundzwanzig

David Sert tritt um einundzwanzig Uhr siebenundzwanzig an der Strassenbahnhaltestelle Platz der Einheit ungeduldig von einem Fuss auf den anderen. Falls nicht endlich eine Fünf kommt, wird er zu spät ins JAIL kommen. Ob das wunderhübsche Mädchen die Verabredung einhält? Er verzwatzelt beinahe. Den vielen Leuten nach zu urteilen, die hier herumstehen, ist bereits einige Zeit keine Fünf mehr gefahren. Bloss kein Streckenunterbruch, keine

Streckenblockierung! Bestimmt irgendeine Demo und die Strassenbahn kann nicht fahren. Typisch. Alles wendet sich gegen ihn!

Aus der Ferne taucht eine Strassenbahn auf. David Sert erkennt das rote Nummernschild. Rote Schilder hat die Fünf. Aufatmen. Grün die Neunzehn. Glück gehabt! Er wird es schaffen! Rechtzeitig im JAIL sein! Wenn bloss das wunderschöne Mädchen auftaucht! Er schnappt aus dem allgemeinen Geräuschpegel eine ihm vertraute Stimme auf. Die Stimme seines Vaters! David Sert glaubt zu träumen. Er hört klar, „Viertel vor Zwei, mitten in der Nacht, heute, an der Klarfeldstrasse 17". Ronny Sert hat klar und deutlich gesagt, „Viertel vor Zwei, mitten in der Nacht, heute, an der Klarfeldstrasse 17". David Serts Kopf schnellt in die Richtung, aus der er die Stimme Ronny Serts wahrgenommen hat. David Sert erkennt von hinten die Silhouetten seines Vaters und seiner Mutter, die in ein Gespräch vertieft sind, an ihm vorübergegangen sind, ohne ihn zu erkennen. Im Getümmel der Leute bereits verschwunden sind. Viertel vor Eins, Klarfeldstrasse 17. David Sert merkt sich Zeit und Ort. Klingt verdammt seltsam. Er muss hingehen. Er muss wissen, worum es geht, in welche Geheimnisse, unsauberen Geschichten seine Alten schon wieder verwickelt sind. Mit metallenem Geräusch hält der Fünfer an. David Sert springt hinein.

David Sert rennt in Richtung JAIL. Von weitem bereits erkennt die vor ihm gehende Gestalt als das wunderschöne Mädchen. Er kommt unmittelbar hinter ihr an. Atemlos. Er muss zuerst zur Ruhe kommen. Sie bemerkt ihn noch nicht. Sein Herz klopft vor Freude. Er ist aufgeregt. Er verdrückt sich in eine dunkle Ecke. Beobachtet, wie das wunderschöne Mädchen das JAIL betritt. Er liegt im Dunkeln auf der Lauer, schaut verzückt hin.

Um einundzwanzig Uhr zweiundfünfzig betritt Jackie Paravanz das JAIL. Sie lässt ihren Blick über die Örtlichkeit gleiten. Den wunderhübschen Jungen entdeckt sie nirgends. Sie schafft es nie, mit einer Verspätung von präzise drei Minuten einzutreffen. Sie hasst es, einen ihr unbekannten Ort alleine zu betreten und niemanden zu haben, der sie erwartet. Sie befürchtet, dass alle Leute ihr ansehen, dass sie hier neu ist und sich nicht auskennt. Es ist schrecklich, nicht dazu zu gehören. Sie steht im Lichtgeflimmer, im Technogedröhne. Versucht, möglichst lässig dazustehen. Versucht, sich nicht zu ärgern, falls der Typ sie sitzen lässt. Falls sie ihn nicht wiedererkennen, er sich als nicht so wunderhübsch herausstellen sollte? Jackie Paravanz hat Übung darin, ihre Unsicherheit zu überspielen. Schliesslich ist ihre Flucht gelungen. Schliesslich ist sie im JAIL!

Im JAIL zu sein, bedeutet Freiheit. Sie hätte sich nie träumen lassen, an einem Ort zu sein, wo gewöhnliche Leute sind. Es sind nur wenige Leute hier. Womöglich ist es zu zeitig für dieses Lokal. Ihr ist alles neu. Das Abgefuckte. Das dröhnende Wummen der Musik. Die Dunkelheit. Das Lichtgeflimmer. Sie würde sich klar wohler fühlen, wenn der wunderschöne Junge sich endlich blicken liesse. Von irgendwoher bläst ein kalter Wind. Irgendein Idiot fummelt, auf einem Stuhl stehend, an den Klappen der Belüftung herum. Achtet nicht darauf, ob ein eisiger Luftzug sie, Jackie Paravanz, einfriert und wegbläst. Jackie Paravanz hält einen Jungen mit einem Abfallsack auf, der Flaschen, Dosen und leere Pappbecher wegräumt. Sie bittet ihn, darum besorgt zu sein, dass die Belüftung nicht so kalt eingestellt ist und nicht so bläst.

„Komm hier rüber, sagt der Junge mit dem Abfallsack im Weggehen in Richtung Bartheke. Hier bläst die Air-Con nicht. Köpfchen, Köpfchen! Nicht immer gleich motzen."

„Ich hätte mich erkälten können."

„Ein paar Schritte bloss und ..."

„Falls ich tatsächlich eine Lungenentzündung ..."

„Dumme Zicke! Bist schlecht drauf heute?"

Der Junge mit dem Abfallsack lässt Jackie Paravanz stehen und sammelt weiter Flaschen, Dosen und Pappbecher ein, bis ihm plötzlich ist, als ob er das Girl mit dem Erkältungstick von irgendwoher kenne. Rote Locken, grosse Augen. Ihm geht ein Licht auf. Er lässt den Abfallsack fallen und rennt zum anderen Ende der Bartheke hin, wo er einen Kumpel, der den riesigen Kühlschrank neu auffüllt in die Seite haut und aufgeregt auf ihn einzureden beginnt, bis dieser Kumpel sich gleichzeitig mit dem Jungen umdreht und beide Jungs mit vor Staunen offenen Mäulern zu Jackie Paravanz hinstarren.

Jackie Paravanz findet Jungs, die Mädels und Leute überhaupt anstarren, gewöhnlich. Sie wendet sich ab. Sucht in ihrer Handtasche nach einer Zigarette. Steckt sich die Zigarette zwischen ihre Lippen. Findet, verflixt, ihr Feuerzeug nicht. Sie wühlt in ihrer Handtasche. Jemand fuchtelt vor ihrem Gesicht rum. Eine kleine Flamme. Ein Feuerzeug. Während sie ihre Zigarette über die Flamme hält und daran zieht, erkennt sie den wunderschönen Jungen.

„Habe ich dich erschreckt?"

Diese Augen! Dieser Mund! Kühlen Kopf bewahren, Mädel, hämmert Jackie Paravanz im Rhythmus ihrer Herzschläge in ihren Schädel rein.

„Du hast mich warten lassen!"

„Ist noch nicht ganz Zehn."

„Ich musste warten."

Diese kurze Konversation dauert Ewigkeiten. Im Moment, als die Zigarette Feuer fängt und Jackie Paravanz David Sert ohne Absicht, doch amüsiert über das, was sie tut, Rauch ins Gesicht bläst, hebt die Lautstärke des Songs „Hey Babe" ab, dass der Raum erzittert und Jackie Paravanz und David Sert mehrmals zu ihren kurzen Sätzen ansetzen müssen und sich dabei ihre Lungen aus ihren Leibern schreien.

Der Junge, der zuvor mit dem Abfallsack rumtat, steht grinsend vor Jackie Paravanz und David Sert und bewegt seine Lippen. David Sert setzt seinen Mund an dessen linkes Ohr und pustet ihm was rein, worauf der Junge nickt und David Sert seine hohle Rechte hinstreckt. David Sert greift in eine seiner Hosentaschen, zieht den grossen Geldschein, den er in der Sauna Caligula erhalten hatte, raus und gibt ihn dem Jungen.

Der Junge mit dem Abfallsack, den er inzwischen nicht mehr mit sich trägt, entnimmt dem Kühlschrank hinter der Bartheke zwei Flaschen Rose Dream und legt den grossen Geldschein in die Kasse. Er stutzt, als er dem Geldschein einen letzten Blick schenkt. Bevor dieser Geldschein in der zugleitenden Schublade verschwindet. Er reisst die Kassenschublade wieder auf. Nimmt den Geldschein raus. Er täuscht sich nicht. Am Rand des Geldscheins sind ein Datum

(21. Mai), eine Uhrzeit (ein Uhr fünfundvierzig) und eine Adresse (Klarfeldstrasse 17) hingekritzelt, in der zackigen Rauf-Runter-Handschrift seines Vaters. Der Junge ruft seinen Vater, den Ganoven, an und fragt, wieviel er springen lasse, falls er ihm, den Inhalt der Notiz am Rand des grossen, abhandengekommenen Geldscheines beschaffen könne. Er könne zur Zeit noch nichts versprechen, doch sei es durchaus möglich dass …

Vierter Teil

Ausblick

Für den Ausblick sind vorhanden: **erzählte Tatsachen**, die mit Bestimmtheit tatsächlich so geschehen sein könnten, und **erahnte Zukunft**, die mit aller Wahrscheinlichkeit nach so kommen könnte, und **eine Skizze**, mit leichter Hand und frechem Geist hingeworfen, für geneigte Leserinnen und Leser, die für sich ganz alleine herausfinden müssen, wie **erzählte Tatsachen**, **erahnte Zukunft** und **eine Skizze** zusammengeschraubt sind und welches Ende sich daraus ergibt.

Die bequeme Leserin, der bequeme Leser will alles fixfertig vorgesetzt bekommen. Fordern die Wahrheit von Experten, in diesem Fall dem Autor, der ihn Sachen Wahrsagerei blutiger Laie ist. Das Leben ist nun mal komplex. Ist es die Schuld des Autors, dass das einfache Tötungsdelikt mit einer Leiche und einem noch nicht gefassten Täter von einem Wurst von Geschichten und Geschichtchen überwuchert wurde, die das Leben bietet und der Autor der Gerechtigkeit halber den Leserinnen und den Lesern nicht vorenthalten darf?

Der Autor ist Chronist. Er ist stur. Er bleibt dran. Er schaut genau hin. Wird zeitweilig abgelenkt bei der Vorstellung, wer seine Leserinnen, seine Leser sind. Kritzelt in einem blauen Moment auf ein Papier eine Auswahl von Kopfformen, Augen, Mündern …

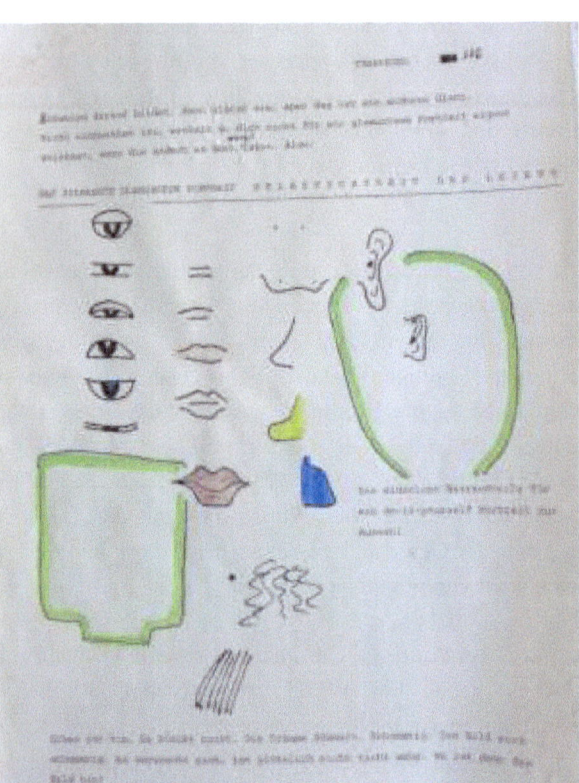

Die Frage ist nicht, was die Technologie mit uns anstellt – sondern was wir mit Technologie anstellen wollen. Einer der wichtigsten Aspekte scheint mit die Neuerfindung des Bildungssystems zu sein. Es muss darauf ausgelegt werden, Kreativität und Sozialkompetenz zu fördern.

Erik Brynjolfsson im Interview «Die Mittelklasse wird ausgehöhlt", von Angela Barandun und Markus Diem Meier, Tages-Anzeiger, Samstag, 7. März 2015, Seite 43

Tatsache 1

Auftragsmörder

Der Auftragsmörder hat die Umgebung der Waldenbergstrasse 5 ausgekundschaftet. Er entschliesst sich, sich nicht in seinem Wagen auf die Lauer zu legen, aber aus seinem Wagen auszusteigen und aus einem Hinterhalt, mit Sichtschutz von ein paar Bäumen, mit Schalldämpfer einen gezielten Schuss auf Janosz Polowiezcsikz abzugeben und dann zwischen zwei Wohnhäusern hindurch in Richtung Albrechtstrasse zu verschwinden, wo er sein Wagen parkiert ist.

Am Samstag, den 20. Mai 1972, um siebzehn Uhr siebenundzwanzig lehnt er lässig gegen einen der Bäume. Beobachtet, wie die über eine Drittperson von ihm anonym beauftragten Einbrecher die Liegenschaft unbehelligt verlassen. Gleich danach pflanzt sich eine ältere Frau pompös auf dem Gehsteig vor der Liegenschaft auf. Die Polizei brescht mit Sirenengeheul herbei. Die ältere Frau weist die Polizisten nervös winkend ein.

Der Auftragsmörder in seinem Hinterhalt zieht feine Lederhandschuhe an. Einem durchsichtigen Plastikbeutel entnimmt er die Pistole und den Schalldämpfer. Er schraubt den Schalldämpfer auf. Er lädt die Pistole. Er spielt lässig mit der Pistole herum, in Vorfreude auf den Mord vor den Augen der Polizei. Er entsichert die Pistole. Der ihm beschriebene schwarze Mercedes taucht vor der Liegenschaft Waldenbergstrasse 5 auf. Janosz Polowiezcikz entsteigt der eleganten Limousine. Der Auftragsmörder nimmt die Pistole fest in Griff. Hebt seinen ausgestreckten Arm. Zielt. Kaltblütig. Der Auftragsmörder hasst diesen Konkurrenten, der unter dem falschen Namen Janosz Polowiezcsikz in der Schweiz lebt, lukrative illegale Geschäfte mit Ware aus dem Osten betreibt und ihm die eigenen Geschäfte vermiest.

Der Auftragsmörder stutzt. Diesen eigentümlichsten Gang der Welt, den dieser Janosz Polowiezcsikz hat, kommt ihm bekannt vor. Dieser Gang ist so eigenartig, dass ihn niemand nachahmen kann. Als ob er den sterbenden Schwan tanzen würde. Dieser Janosz Polowiezcsikz ist, Irrtum ausgeschlossen, sein Vetter dritten Grades. Jetzt erkennt der Auftragsmörder auch die Gesichtszüge. Seinen Vetter dritten Grades kann er unmöglich abknallen. Mit ihm muss er sich auf andere Art arrangieren.

Der Auftragsmörder schiebt die Pistole mit aufgeschraubtem Schalldämpfer zurück in den Plastikbeutel. In dem Augenblick hört er einen Hund in höchsten Tönen bellen. Er wendet sich um. Sieht einen kleinen Kläffer auf sich zurennen. Bevor der Auftragsmörder etwas denken oder vorkehren kann, hat das unscheinbare Biest ihn überraschend in die untere Partie der Wade seines rechten Beines gebissen. Der Auftragsmörder erschrickt. Verliert für den Bruchteil einer Sekunde die Kontrolle über sich. Lässt die durchsichtige Plastiktüte mit der Pistole fallen. Der kleine Kläffer schnappt die Plastiktüte samt Pistole und ist verschwunden. Bevor der Auftragsmörder begreift, wie ihm geschieht.

Klassische Bildungsbürger reagieren meist verstört oder gar empört auf solche Inszenierungen, da sie die Konfektionierung von Situationen als Trivialisierung empfinden, vor allem aber, weil sie von einer Sonderstellung des Buches überzeugt sind, wenn es um Fiktionalisierung und Sinnstiftung geht.

Wolfgang Ullrich, Alles nur Konsum. Kritik der warenästhetischen Erziehung, Wagenbach 2013, S. 61

Tatsache 2

Opernhaus Langwardia

An diesem Samstag, 20. Mai 1972, zwanzig Uhr einunddreissig, wogt ein Menschenmeer auf dem Opernplatz vor dem Opernhaus Langwardia. Menschen drängeln, rangeln, rühren sich, bevor sie sich, Körper an Körper in einer bequemen Lage einpendeln und den besten Blick auf die Grossleinwand haben, auf die die Gala-Opernaufführung ,Le Nozze di Figaro' übertragen wird. Die Menschenmenge drückt beinahe die Abschrankung zum Eingang des Opernhauses ein. Abgeschrankt sind die Vorfahrt und der Eingangsbereich des Opernhauses. Von der Vorfahrt zum Eingang ist ein roter Teppich ausgerollt. In der Mitte steht ein Podium, in Richtung Menschenmasse hinter der Abschrankung. Hinter dem Podium stehen etliche Honoratioren fein säuberlich aufgereiht.

Heller Sankt Philipp steht neben dem Podium. Neben ihm stehen Prof. Dr. Dr. h.c. Dr. h.c. Lubi Trettner und Vinzenzus Vagantus. Heller Sankt Philipp brüstet sich, bleckt die Zähne und lässt seinen Blick über die Menschenmenge gleiten.

„Wie haben wir das wieder geschafft!," seufzt er genüsslich.

Prof. Dr. Dr. h.c. Dr. h.c. Lubi Trettner tritt nervös von einem Fuss auf den andern.

„Der Konvoi hat bereits eine Minute Verspätung. Ich bin am Ende mit den Nerven. Alle stehen bereit, der Direktor des Opernhauses mit seiner kleinen Freundin, der Bürgermeister, angetan sogar mit der silbernen Bürgermeisterkette, mit seiner Frau Gemahlin, die Müntwerks samt Isidor, der Präsident der Transkölanischen Nationalbank mit ... sag mal, ist die Frau neben Wollplattner, die in Violett, seine Frau?"

„Vielleicht haben Deus und Kuni doch noch herausgefunden, dass Jackie verschwunden ist", spottet Vinzenzus Vagantus."

„Nur weil die Tochter verschwunden ist und zur Abfahrtszeit weder hübsch angezogen, noch da ist, kommt man nicht zu spät, jammert Prof. Dr. Dr. h.c. Dr. h.c. Lubi Trettner."

„Die Frau in Violett? Du, das ist nicht die Frau Wollplattner. Das ist die Müller Napf. Mich laust der Affe! Was hat ausgerechnet die Müller Napf hier verloren und das mit dem Wollplattner!? Als Präsident der Transkölanischen Nationalbank müsste Wollplattner wissen, dass ... Und dann, du, ich bin doch nicht besoffen und sehe doppelt, neben der Müller Napf ein Klon der Müller Napf! Bloss andere Kleider.

Wer ist dieser Klon der der Müller Napf? Dort vorne kommen die ersten Motorräder der Polizei. Gleich fährt der Rolls Royce vor."

„Gott sei Dank!"

„Übrigens", fährt Heller Sankt Philipp fort, „Ruprecht Villanius wird, sobald Deus siebzehn Minuten gesprochen hat, mit einer Horde Anarchisten von dort her mit riesigen Plakaten und Spruchbändern auf den Platz stürmen, die Rede stören, einen solchen Radau vollführen, dass du zu Deus aufs Rednerpodest gehst und ihm einflüsterst, seine Rede abzubrechen. Das Volk hat die Reden von Deus über und ist erleichtert, wenn er nicht so lange schwätzt. Das Volk will den Opernspektakel … Obacht, sie kommen! Mein Gott, ist die Kuni herausgeputzt. Wie ein Christbaum. Bewegt sie sich zu sehr, scheppern die Juwelen und stören Mozarts schöne Musik."

„Und den Gesang!"

„Richtig, und den Gesang."

Der Staatspräsident und die First Lady sind ausgestiegen, werden vom Opernhausdirektor und dessen junge Freundin mit grossen Ehrerbietungen und Überschwang begrüsst. Das hohe Paar schreitet die Ehrengarde der Honoratioren ab, schüttelt Hände, übt sich in volksnaher Herablassung.

Inzwischen ist das hohe Paar beim Präsidenten der Transkölanischen Nationalbank, Prof. Dr. Aloisius Wollplattner, und dessen Begleitung angelangt. Hold lächelnd reicht Kunigunde Paravanz-Altenmeyer Elvira Müller Napf ihre behandschuhte Hand, an deren Finger etliche Ringe mit riesigen Klunkern funkeln. Elvira Müller Napf grinst Kunigunde Paravanz-Altenmeyer an. Dicht neben Elvira Müller Napf steht Mizzi Cluster und grinst Kunigunde Paravanz-Altenmeyer ebenfalls an. Kunigunde Paravanz-Altenmeyer stutzt, als sie zwei identische Frauen in verschiedenen Kleidern sieht. Gleichzeitig ist sie empört über das freche Grinsen dieser impertinenten Frauenzimmer. Will sich brüsk abwenden, um diese feinen Damen zu lehren, was sich bei einer First Lady gehört.

„Kuni-Prinzesschen, erkennst du mich nicht? Uns, ich bin die Erda. Und da ist Fricka ..."

Bloss die allerengste Familie weiss, dass Kunigunde Paravanz-Altenmeyer von ihrem Vater, dem Konsul Kuni-Prinzesschen genannt wurde. Inzwischen hat sie ihm diesen Namen ausgetrieben und Kuni-Prinzesschen ausgemerzt. Kunigunde Paravanz-Altenmeyer beginnt am ganzen Leib zu zittern. Ihre Juwelen scheppern. Sie wird leichenblass. Dann fällt sie mit Knall zu Boden. Wie ein Brett. Amadeus Paravanz, der abundant auf den Bürgermeister von Langwardia einschwatzt, wendet sich der nächsten Person zu, ohne seinen Redeschwall zu unterbrechen. Er spürt, dass Kunigunde Paravanz-Altenmeyer ihm nicht folgt. Zwischen herablassendem Gezwitscher raunt er verärgert, „wo bleibst du, Kuni?". Er tritt einen Schritt zurück. Tut den Schritt ins Leere. Stolpert rückwärts über die flach am Boden ausgestreckte Kunigunde Paravanz-Altenmeyer. Im Fall lässt er einen lauten Furz. Er kommt präzise auf sie zu liegen. Das Volk gerät ausser Rand und Band und applaudiert frenetisch. Polizei und Helfer kümmern sich um die Wiederherstellung der Ordnung.

Der Polizeikommandant von Langwardia, in Galauniform, mit mehreren Orden auf der Brust, heult los, „Festnehmen, nehmt sie fest."

Die Polizisten fragen ratlos, „Wen sollen wir festnehmen? Und wozu?"

„Die Paraschwanz," piepst der kleine Zollenberger, der Hanswurst des Polizeikorps, „ist von selber umgekippt. Habe ich mit eigenen Augen gesehen. Da hat niemand nachgeholfen."

Denken, angreifen, aufbauen – so ist die fabelhafte Leitlinie.

Unsichtbares Komitee, AN UNSERE FREUNDE: NAUTILUS FLUGSCHRIFT, Edition Nautilus Verlag Lutz Schulenburg Hamburg 2015, E-Book Position 2538

Tatsache 3

Der Zufall

Eliane Kuhn Zwigart ist müde und will sich schlafen legen. Sie hat diesen Abend des Samstag, 20. Mai 1972, genossen. Rumzuhängen. Dies und das zu tun. Nichts Besonderes. Ganz einfach Sein. Doch bevor sie zu Bett geht, will sie den Abfallsack, den sie im Korridor bereitgestellt hat, noch zum Container bringen. Beim Gedanken daran, wie ihre liebste Freundin Trudi Meier immer gleich das Schlimmste vermutet, wenn ihr Gerold Küchler nicht pünktlich um Sechs zum Abendessen nachhause kommt, muss sie lachen. Für sie ist es befreiend, wenn Joel Zwigart mal nicht nachhause kommt. Selbst wenn er tatsächlich eine Freundin hätte, würde sie es ihm nicht übel nehmen. Es würde sie sogar beruhigen, wenn sie mit Bestimmtheit wüsste, dass sie auf ihn keine Rücksicht mehr zu nehmen braucht.

Sie geht zum Abfallcontainer der Siedlung Altendorf. Wirft den Abfallsack in den Container. Wundert sich, dass Nachbars Lumpi, ein grauer zotteliger Wollknäuel mit bissiger Schnauze, um diese Zeit noch im Gebüsch hinter den Containern herumstreicht. Sieht dann, als sie hinter die Container schaut, dass auf einem Stein im Gebüsch die Mietze der Tallungs hockt und bedenkliche Töne von sich gibt, ein seltsames Jaulen, das Elvira Kuhn Zwigart von Katzen nicht kennt. Einmal, fällt ihr wieder ein, hatte sie von Mietze solche Töne vernommen. Als diese vor einem Erdloch auf der Lauer lag, in das sich Marder verkrochen hatten.

Elvira Kuhn Zwigart geht zurück ins Haus. Sie schaut, ob am Fernseher etwas Gescheites kommt. Wie so oft bleibt sie hängen. Obwohl es Mist ist. Sie bleibt länger hängen, als ihr lieb ist. Sie ärgert sich. Geniesst aber diesen Abend des wohligen Herumtrödelns. Sie schaltet den Fernseher aus. Wirft sich in ihrem eleganten Aufzug noch einmal vor dem Spiegel in Positur. Sie erstarrt. Der kostbare Ring ist weg. Ihr wird heiss und kalt. Wie von Sinnen rennt sie im Haus herum, klappert alle nur erdenklichen Ecken, Winkel und Flächen ab, bis ihr endlich einfällt, dass ihr der Ring versehentlich vom Finger gerutscht sein könnte, als sie den Abfallsack in den Container beförderte.

Sie zieht sich um, Jeans und T-Shirt. Sie wundert sich, dass Lumpi und Mietze sich noch immer hinter dem Container produzieren. Keine Spur von Nachbars. Typisch, wenn sie ausgehen, lassen sie Lumpi draussen herumstreunen. Elvira Kuhn Zwigart öffnet den Deckel des Containers. Hievt sich ins Innere des Containers. Denkt, wenn bloss niemand zufällig vorbei kommt und mich so sieht. Gleichzeitig ist sie stolz darauf, den Sprung in den Container auf Anhieb geschafft zu haben. Sie braucht nicht lange zu wühlen. Im Lichtkegel ihrer Taschenlampe funkeln die Brillanten. Sie ist überglücklich. Schaut aber dennoch kurz nach, was die Tiere im Gebüsch hinter dem Container machen, ob sie etwas Auffälliges entdecken kann. Im Mondlicht sieht sie eine Plastiktüte auf der Erde liegen. Mit, sie kann es nicht fassen, einem Revolver drin. Lumpi springt wie wild herum und will das Ding verteidigen. Ein dumpfes Pffft. Eliane Kuhn Zwigart ist getroffen. Sinkt zu Boden, Niedergestreckt.

Der feine Faden Blut rinnt nicht aus dem Mund, doch aus der Nase über den Mund. Der schwarz-violette Fleck über der linken Brust ist die Spur eines harmlosen Streifschusses. Der Schrecken löst bei ihr eine Schockstarre aus und sie ist scheintot, ohne Bewusstsein, bis der Gerichtsmediziner, etliche Stunden nach dem Ereignis und einige Zeit nach der Entdeckung der leblos scheinenden Frau, verdutzt ruft, „unsere Leiche schlägt die Augen auf!"

Als Joel Zwigart in der Nacht nachhause kommt und von der Tiefgarage zum Haus geht, hört er seltsame Geräusche, die aus der Richtung der Abfallcontainer kommen. Klare Sternennacht. Der Mond zunehmend. Wird wohl bald bereits wieder Vollmond sein. Er geht, anstatt direkt nachhause, zuerst rasch zum Container. Ortet Tiere im Gebüsch hinter dem Container. Schiebt die Äste beiseite. Er sieht Eliane Kuhn Zwigart daliegen. Leichenblass. Mit weit aufgerissenen Augen. Aus dem Mund ein getrocknetes Blutgerinsel zur Erde hin. Tot. Wie von Sinnen rast er nachhause. So besoffen kann er nicht sein, dass er Gespenster sieht. Zur Beruhigung trinkt er ein paar, wenige, etliche, viele Schlucke J&B direkt aus der Flasche. Setzt sich ans Klavier. Hämmert wie von Sinnen Chopins a-Moll-Walzer op. 34 Nr. 2 in die Tasten. In nüchternem Zustand bringt er das Stück nie hin. Jetzt gelingt es, mit Schwung und im Walzertakt. Einmal. Zweimal.

„Spinnst du, Papi, dieser Lärm," kreischt Lucy, die wie ein Gespenst im Türrahmen auftaucht.

Hinter ihr Kevin, der sich die Augen reibt und mit weinerlicher Stimme hervorbröselt, „bei diesem Lärm kann ich nicht schlafen."

Joel Zwigart zieht sich im Ankleidezimmer aus, geht auf Zehenspitzen umher. Schleicht ohne das Licht anzudrehen ins Schlafzimmer, um auch ja Eliane Kuhn Zwigart nicht aufzuwecken. Dreht sich auf seine Seite und schläft im Nu ein.

Tatsache 4

Sonntag, 21. Mai 1972, ein Uhr fünfundvierzig, Klarfeldstrasse 17

Eine konkrete Konstellation eines Augenblicks besteht aus einem Gewebe von verschiedenen Fäden der Vergangenheit. Zufall oder nicht? Tatsache ist die Textur, die sich dabei ergibt.

Die Klarfeldstrasse ist in der Nacht wie ausgestorben. Gesäumt von Bürohäusern mit hübschen Gartenlandschaften und Bäumen, der Strasse entlang Parkplätze, die nachts leer stehen, brennen in der Nacht ausschliesslich Strassenlampen, doch kein Licht in den mehrstöckigen Häusern.

Am frühen Sonntagmorgen dieses 21. Mai um ein Uhr fünfundvierzig ist ein einsamer, mausgrauer VW-Käfer vor dem Haus Nummer 17 in Fahrtrichtung stadtauswärts geparkt. Ein mausgrauer Opel Rekord kommt von ausserhalb in Richtung Stadt gefahren, hält auf der Höhe des VW-Käfers. Fensterscheiben werden runtergekurbelt. Ein roter Leitz-Ordner wird hinübergereicht von da nach dort. Wenig später wandert im Gegenzug ein dicker Briefumschlag von dort nach da. Autoscheiben werden raufgekurbelt. Der Opel Rekord setzt seine Fahrt fort. Der VW-Käfer fährt los, wendet und fährt ebenfalls stadteinwärts davon.

Hinter einer Buche vor der Liegenschaft Klarfeldstrasse 11 flüstert David Sert Jackie Paravanz ins Ohr, „sorry, ich wusste nicht, dass das alles ist und was es zu bedeuten hat."

Jackie Paravanz meint lachend, es sei doch spannend, vielleicht seien sie einem Verbrechen auf der Spur. David Sert macht, „schschsch", und legt Jackie Paravanz den Zeigefinger seiner rechten auf die Lippen. Sie lacht, „ist ja niemand hier." David Sert weist mit seinem Kinn in nördlicher Richtung. Jackie Paravanz lacht, „ach!"

Am Strassenrand vor dem Geschäftshaus Klarfeldstrasse 22 steht eine Vespa mit einem Paar, das sich unterhält. David Sert hat von weitem bereits und mit Schrecken seine Eltern erkannt, Lisa Weinmann Sert und Ronny Sert. Jackie Paravanz verschweigt er diese Entdeckung.

Weder Jackie Paravanz und David Sert, noch Lisa Weinmann Sert und Ronny Sert fällt der schwarze Chrysler auf, der auf dem zum Bürogebäude Klarfeldstrasse 18 seitlich des Gebäudes befindlichen Parkplatz steht. Im schwarzen

Chrysler sitzen Kunigunde Paravanz-Altenmeyer und Prof. Dr. Dr. h.c. Dr. h.c. Lubi Trettner.

Kunigunde Paravanz-Altenmeyer beobachtet das ihr unverständliche Geschehen in alter Frische. Ihre Ohnmacht vor dem Opernhaus hatte sie aus strategischen Gründen gespielt, weil ihr die Lust gefehlt hatte, sich mit ausgerechnet Erda und Fricka herumzuschlagen. Zum Glück waren die beiden sogleich von Ordnungshütern entfernt worden. Eine ungeschickte Nummer bot Amadeus Paravanz-Altenmeyer, als er über sie gestolpert war. Zum Glück spielte sich das Ganze hinter dem Rednerpodium ab, so dass die Öffentlichkeit nichts davon mitbekam. Kaum waren Erda und Fricka entfernt gewesen, nahm das Programm seinen geplanten Verlauf. Amadeus Paravanz-Altenmeyer kündigte die Verlobung von Jacqueline Altenmeyer mit Isidor von Müntwerk an. Dann kam von rechts, vom Rednerpult her gesehen, die Protestaktion von Ruprecht Villanius. Amadeus Paravanz-Altenmeyer konnte nicht mehr weiterreden. Dann begab man sich ins Opernhaus und ‚Le Nozze di Figaro' wurden gegeben.

„Und du bist sicher, dass Sankti in einem der Wagen sass. Die beiden Wagen waren so dicht beieinander. Ich habe nichts erkennen können."

„Trifft man sich mitten in der Nacht an einem gottverlassenen Ort, wenn man mit offenen Karten spielt. Ich habe Sankti erkannt. Ich werde ihn morgen in die Mange nehmen. Dieser Mann ist mir zu selbständig. Und morgen müssen wir uns auf die Suche nach Jacqueline machen. Mir gefällt überhaupt nicht, dass sie bei der Operngala nicht dabei war. Die Verlobte fehlt. Es wird zu reden geben. »

Je me rendais bien compte pourtant, et depuis des années, que l'écart croissant, devenu abyssal, entre la population et ceux qui parlaient en son nom, politiciens et journalistes, devait nécessairement conduire à quelque chose de chaotique, de violent et d'imprévisible.

Michel Houellebeq, Soumission, Flammarion 2015, E-Book Position 1192

Zukunft

Alles nimmt seinen Lauf. Wie dieser Lauf aussieht? Kann eine Utopie explodieren? Nun ja …

Tele Langi und TRF (Trankölanisches Radio und Fernsehen) berichten am Sonntagabend bereits von der im bürgerlichen Quartier Finkenweiler gefundenen Frauenleiche. Die Leiche, insbesondere an diesem Ort, In Verbindung mit der kniffligen Frage, ob es sich um ein Eifersuchtsdrama handelt und der Ehemann allenfalls die untreue Ehefrau erschossen hat, ist ein gefundenes Fressen für die Medien.

Sepp Pfund und Sepp Hungerbühler schnarchen je auf ihren Sofas vor dem laufenden Fernseher, während ihre Frauen, Ida Pfund und Hulda Hungerbühler je gebannt die neuste Nachricht aufsaugen. Hulda Hungerbühler sagt zu Ueli Hungerbühler, ihrem Sohn, der jeweils am Sonntag zum Abendessen zu seinen Eltern kommt und nach den

Abendnachrichten am Fernsehen wieder verschwindet, „und stell dir vor, so etwas in unserer Nähe bei unseren Leuten!"

„Mach dir bloss keine Illusionen, Mutti," antwortet Ueli Hungerbühler. „Gerade gestern kontrollierte ich im Tram ein hiesiges Mädchen, hübsch und jung. Rote Locken. Fröhlich. Doch als ich ihren Fahrschein kontrollieren wollte, du, Mutti, Hirnriss! Total hirnrissig! Mir hängte es total aus mit dieser verwöhnten Göre. Ich liess sie springen ohne Busse. Obwohl sie ohne gültigen Fahrschein unterwegs war. Ehrlich, oft sind Ausländer viel pflegeleichter!"

Sepp Pfund murmelt, als er beim Frühstück in der Küche den Langi vor sich ausbreitet, „da, meine Leiche von gestern". Dann explodiert er.

„Dieser Hornochs von Strubiwisch! Schreibt er, die Polizei gehe davon aus, dass der Ehemann der Täter ist."

„Das haben sie aber bereits gestern Abend in den Fernsehnachrichten gesagt. Dann wird es wohl so sein."

„Von wegen. Ich hatte dem Hieronymus Strubiwisch vom Langi klar und deutlich gesagt, man hat noch keine Anhaltspunkte, man untersucht. Der Strubiwisch hatte insistiert, weshalb haben sie dann die peinliche Befragung mit dem Ehemann durchgeführt? Ich sagte, Strubiwisch, du spinnst. Nichts von peinlicher Befragung. Ich habe bloss die Personalien der Getöteten aufgenommen. Und jetzt schreibt dieser Tölpel, die Polizei gehe davon aus, dass …"

„Schrei mich nicht an! Dass du immer gleich mich anschreien musst!"

ALTER KLEISTER ist alter Kleister, ausgetrocknet, nicht mehr brauchbar. Muss entsorgt werden, etwas Neues muss her, erklärt eine aufgeräumte Mizzi Cluster dem versammelten Redaktionsteam von ALTER KLEISTER.

„Da mache ich nicht mit," grinst Dickie Tann hämisch. „Diese Nummer müssen sie alleine durchziehen, oder," fragt er grimassierend in die Runde der jungen technokratischen Crew, die einköpfig nickt.

„Darf ich sie fragen, Herr Tann, ob sie damit gekündigt haben," fragt Mizzi Cluster in einer Seelenruhe. „Welche der anwesenden Herren kündigen ebenfalls?"

„Das lasse ich mir nicht bieten", giftelt Dickie Tann, steht auf, lässt seinen Blick in die Runde schweifen und verlässt das Sitzungszimmer, gefolgt von seiner jungen technokratischen Crew.

„Die sind wir los," lacht Mizzi Cluster, klatscht in die Hände und sagt, „jetzt geht es richtig los."

„Wenn ALTER KLEISTER eingestellt wird, sind wir dann nicht automatisch gekündigt," fragt Tamarinda Waschkler.

Mizzi Cluster schüttelt ihren Kopf und zwinkert Elvira Müller Napf lustig zu.

Das Redaktionsteam von ALTER KLEISTER ist geschrumpft. Verstärkt jedoch durch Mizzi Cluster.

„Mein Traumteam!," sprüht Mizzi Cluster vor Enthusiasmus. „Wir machen die Zeitung, die die Menschen lesen wollen und die wir ehrlich vertreten können. Das Finanzielle ist kein Problem. Wir kommen ohne Werbung aus. Die Anstellungsbedingungen bleiben für sie wie bisher. Auf ein Jahr. Dann muss die Zeitung sich selbst tragen. Wenn sie das nicht tut, wird sie eingestellt und ihr seid eure Jobs los. Vorschläge, bitte! Wie muss ein Medium aussehen, dass die Leute es ernst nehmen? Nehmt euch Zeit. Ausschliesslich

aus ‚Julia Hinterdemmond klatscht & tratscht über Promis'
und Leserbriefen darf eine Zeitschrift nicht bestehen.

Bobby Renner nagt sinnbildlich an seinem Bleistift,
in Wahrheit nuckelt er an seinem Flachmann und befördert
allerkleinste Schlucke J&B aus dem Behältnis in seine Kehle
und betrachtet dabei das Foto von Joel Zwigart, das
Tamarinda Waschkler ihm vor einer Woche gegeben hatte. Er
begreift nicht, weshalb die gesamten Medien immer mehr
Geschwätz über den Mord in Finkenweiler produzieren und
sich auf Joel Zwigart als Täter einschiessen.

An der nächsten Teamsitzung explodiert Bobby
Renner.

„Mir stinkt es. Der ganze Scheiss hier kann mir
gestohlen bleiben. Ich höre auf. Ich kann und will mich nicht
mehr auf jeden Mist einlassen. Vor lauter Buchstaben und der
Vorstellung der Dinge und Menschen, die hinter dem
Geschwätz über Ereignisse, ‚Ereignisse', Nichtereignisse,
Scheinereignisse, Vermarktungsereignisse, Exhibitioner-
eignisse, Missionsereignisse, Selbstinszenierungen und
Lügen stecken, wird mir übel. Wir haben ein gestörtes
Verhältnis zur Realität. Wir erklären die Akteure im
öffentlichen Leben für tot oder lassen sie als Zombies im
medialen Dickicht herumirren. Wo bleibt das Ereignis, das
diese verkommene Welt erschüttert?! Ich wende mich vor
Ekel, Überdruss ab. Starre ins Grüne. Erkenne im Grün der
Natur und dem Blau des Himmels Ruhe und die
Projektionsfläche für meine drängendsten Ideen! Am liebsten
würde ich mit einer Ausgabe, bestehend aus leeren Seiten,
einen Schlusspunkt setzen. Und diesen Schlusspunkt
Mistkübel nennen."

Tamarinda Waschkler, Mizzi Cluster, Elvira Müller Napf und alle anderen applaudieren frenetisch. Alle stellen sich voll und ganz hinter das Projekt.

„Und wir sehen, was dabei rauskommt", grinst Mizzi Cluster.

Mit ausschliesslich weissen Seiten geht es nicht. Das Titelblatt des zu Hauf in Langwardia an vielbegangenen Orten zur Mitnahme hingelegten Schwanengesangs von ALTER KLEISTER vom 7. Juni 1972 ziert ein wie gesprayter Schriftzug ‚Mistkübel'. Auf der Rückseite ist ein Comic, der die letzte Ausgabe von ALTER KLEISTER, naturalistisch gezeichnet und koloriert, in einem Mistkübel zeigt.

Selbstverständlich kann Bobby Renner es nicht lassen und schmuggelt heimlich auf die der weissen Doppelseite 56/57 folgenden Seite 58 die Karikatur einer tränenden Auges, den Titel, ‚Julia Hinterdemmond: schluchz, schluchz' und einen Leserbrief von Rautigunde Blaschkus.

Der Leserbrief lautet wie folgt:

Langwardia, 24. Mai 1972

Lieber ALTER KLEISTER

„something ist rotten in the state of" Transköl! Nachdem der einzige Gegenkandidat für das Amt des Staatspräsidenten, Ruprecht Villanius, von Schlägern, die im Dienste von grauen Eminenzen stehen, zusammengeschlagen wurde, drohte er, seine Kandidatur zurückzuziehen, falls nicht sein Honorar für diese Gegenkandidatur verdoppelt werde. Das

Präsidentenpalais verschweigt mit Nachdruck, dass die auf tragische Weise verschollenen Geschwister der First Lady, als Mizzi Cluster und Elvira Müller Napf aufgetaucht sind. Keines der „anständigen" oder eingebetteten Medien greift diese Tatsachen auf. Medien inszenieren einen Hype über den angeblichen Gattenmörder Joel Zwigart und entlarven den ehrlich arbeitenden Mittelstand als scheinheilig, verlogen, in Wahrheit gewalttätig und korrupt. Ich kenne Joel Zwigart persönlich. Er ist der reizendste Mensch, den man sich vorstellen kann. Ich sage ernsthaft, gut bedacht: Joel Zwigart for President! Und ich weiss, wenn wir nur wollen, yes, we can! Das Verfaulte im Staate Transköl gehört in den Mistkübel. Der globalisierte Finanzkapitalismus und die Marionetten-Regierungen müssen weg!

Hochachtungsvoll

Ihre

Rautigunde Blaschkus.

Am 9. Juni 1972 sticht Bobby Renner der Hafer. Dem Medientheater im Langi, in der TNZ, auf Tele Langi und Fernsehen TRF und allen übrigen Blättern, Blättchen und Medienkanälen entnimmt er, dass Joel Zwigart zwar auf freiem Fuss ist, von der Staatsanwaltschaft jedoch freigestellt wurde. Er besteigt seinen Porsche und fährt in das Altendorf, peilt dort das Haus Nummer 18 an, wo gerade Joel Zwigart mit einem kleinen Rollkoffer steht und dabei ist, die Haustüre von aussen abzuschliessen.

„Sind sie der Taxifahrer", fragt Joel Zwigart.

„Klar", antwortet Bobby Renner und behändigt den kleinen Rollkoffer.

Joel Zwigart geht nicht auf den Umstand ein, dass es sich beim Taxi um einen Porsche 365 handelt und die Taxi-Plakette fehlt.

„Wohin?"

„Flughafen. TranskölAir. International."

„Alles klar. Urlaub?"

Es dauert eine Weile bis Joel Zwigart zu sprechen beginnt. Doch dann bricht es aus ihm raus.

„Einmal im Leben. Ich meine, es gibt diese Inselträume. Ich fliege nach Nuku Alofa. Fragen sie mich nicht weshalb. Fragen sie überhaupt nichts. Ich bin in die verrückteste Sache hineingeraten, die denkbar ist. Ach, sie haben mich bestimmt längst erkannt. Ich habe meine Frau nicht umgebracht. Die Wahrheit ist, sie ist überhaupt nicht tot. Das Ganze war eine Aktion, ein Happening, eine Inszenierung. Ist gelungen, oder etwa nicht?! Was weiss ich! Nachbars Lumpi soll sie angeschossen haben. Ich verstehe die Welt nicht mehr. Wenn die Schroterei, die gesamten Staatsplämpel und alle Medien auf ein Nicht-Ereignis hereinfallen und es zu weiss der Kuckuck was für einem Skandal aufbauschen – da hängt es mir aus! Ich muss weg. Vielleicht vermissen die Kinder, Elvira mich ein wenig. Dann kehrte ich zurück, wenn Gras über die ganze Geschichte gewachsen ist. Elvira hat sich die Haare gefärbt und kurz geschnitten, trägt in der Öffentlichkeit eine dicke Brille, um bloss nicht erkannt zu werden. Sie hat mir gesagt, Joel, hat sie gesagt, jetzt hast du die Gelegenheit, deinen Inseltraum zu verwirklichen. Wir nehmen eines Aus-Zeit und danach beginnen wir von Neuem. … Sagen sie mal, ist das ein reguläres Taxi? Sind sie Taxifahrer?"

Bobby Renner fährt vom Flughafen zurück in die Stadt und gerät in einen Stau. Zuerst nur stockender Kolonnenverkehr durch die Südstrasse. Dann läuft gar nichts mehr. Die Autos hupen, wie verrückt. Zwecklos. An einer Strassenkreuzung in der Ferne stehen Polizisten herum. Tun nichts. Bobby Renner hat einen Wahnsinnsdruck auf der Blase. Er dreht das Autoradio an. „Nicht bewilligter Demonstrationszug in der Innenstadt". Bobby Renner verzweifelt. Ausgerechnet an der Südstrasse steckt er fest. Endloser Strassenzug, gesäumt von verlotterten Mehrfamilienhäusern aus der Jahrhundertwende. Kaum Geschäfte. Und wenn, dann abgefuckte Verkaufsläden mit Ramsch. Weit und breit keine Wirtschaft.

Bobby Renner steigt aus seinem Porsche, schaut um sich. Kaum Leute. Niemand achtet auf ihn. Ein Durchgang führt in den Hinterhof eines Gebäudegevierts. Einige der Häuser sind verlottert und scheinen nicht mehr bewohnt. Im Durchgang sind mit frecher Schrift die Worte ‚Legalize Schokoladeneis – Tod den Spekulanten!' gesprayt. Der Innenhof gleicht einer Mülldeponie. Bobby Renner findet einen nicht einsehbaren Ort, wo er sein Wasser unbemerkt abschlagen kann. Aus der Ferne vernimmt er Stimmen, skandierte Sprüche einer aufgepeitschten Menschenmenge. Er horcht, aus welcher Richtung der Lärm kommt. Falls er diesen Innenhof überquert, beim Durchgang auf der gegenüberliegenden Seite auf die Parallelstrasse kommt, kann er vielleicht einen Blick auf den Demonstrationszug, der in der Nähe sein muss, erhaschen. Zu lange mag er sich von seinem Porsche nicht entfernen, doch nachschauen muss er unbedingt.

Beim Austritt vom gegenüberliegenden Durchgang auf die Parallelstrasse rennt er beinahe ein Hutzelweibchen um, die dem Innenhof entgegen strebt.

„Entschuldigen sie," stottert Bobby Renner.

Das Hutzelweibchen, das einen strengen Duft aussendet, strahlt Bobby Renner an. Die Worte platzen aufgeregt aus ihrem Innersten und sie schwenkt etwas Papierenes vor Bobby Renners Nase.

„Schauen sie, schauen sie! Ich habe mir ein Exemplar ergattert! Alle Leute reden nur vom MISTKÜBEL. Zuerst bin ich zur Langwandstrasse gerannt. Lag kein einziges Exemplar mehr auf. Dann zur Putzlistrasse, ach. Erst bei der Irrwischenallee sah ich noch ein Exemplar auf dieser Mülltonne liegen. Dann hat so ein Frechdachs über mich hinweggelangt und wollte sich den letzten MISTKÜBEL schnappen. Ich haute ihm meine Handtasche über die Birne. Ich bin so glücklich! Da, da, lesen sie, ‚Joel Zwigart for President!'! Meine Stimme bekommt er! …"

Bobby Renner gelangt von der Parallelstrasse durch eine kleine Seitengasse auf die Granitlänge und sieht dort den Demonstrationszug auf der Müllackerstrasse. Die breite Müllackerstrasse rauf, runter, soweit das Auge reicht ein Menschenmeer, das sich langsam in Richtung Innenstadt wälzt. Die Demonstrantinnen und Demonstranten skandieren etwas. Bobby Renner geht näher, kann die mitgetragenen Spruchbänder lesen, versteht die Worte. ‚Joel Zwigart vor President!' und ‚Yes, we can!'.